NACHTENGEL VON KÖLN

Reinhard Rohn, 1959 in Osnabrück geboren, lebt seit über dreißig Jahren in Köln und arbeitet als Verlagsleiter in einem Berliner Verlag. Er hat zahlreiche Spannungsromane geschrieben, die noch als E-Book erhältlich sind. Im Emons Verlag sind bisher acht Romane mit den Kommissaren Birte Jessen und Jan Schiller erschienen: »Falsche Herzen«, »Kölnisch Wasser«, »Kölner Lichter«, »Barfuß in Köln«, »Der Richter von Köln«, »Kölner Finale«, »Kölner Ringe« sowie »Die drei Toten von Köln«.

REINHARD ROHN

NACHTENGEL VON KÖLN

Köln Krimi

emons:

Bibliografische Information der Deutschen Nationalbibliothek
Die Deutsche Nationalbibliothek verzeichnet diese Publikation in der Deutschen Nationalbibliografie; detaillierte bibliografische Daten sind im Internet über http://dnb.d-nb.de abrufbar.

MIX
Papier aus verantwortungsvollen Quellen
FSC® C083411
FSC
www.fsc.org

Umschlagmotiv: lomographic/photocase.de
Umschlaggestaltung: Nina Schäfer, nach einem Konzept von Leonardo Magrelli und Nina Schäfer
Umsetzung: Tobias Doetsch
Gestaltung Innenteil: César Satz & Grafik GmbH, Köln
Lektorat: Dr. Marion Heister
Druck und Bindung: CPI – Clausen & Bosse, Leck
Printed in Germany 2020
ISBN 978-3-7408-0922-5
Köln Krimi
Originalausgabe

Es steht an jeder Laterne und in manchem Gesicht
So als hätte man Wölfe unter die Menschen gemischt
Dauert nicht mehr so lange, dann schlägt hier irgendwas ein.
Fortuna Ehrenfeld

1

Was sie vermisste, war Zärtlichkeit – die Zärtlichkeit, die sie gespürt hatte, wenn ihr Großvater ihr über die Wange gestrichen hatte. Er war der Ziegelmacher des Dorfes, seine Hände waren voller Risse und Schwielen, und doch hatte er sie mit der größten Zärtlichkeit berührt. Ihre erste Erinnerung galt auch ihm – es war der Geruch von feuchtem Lehm und Tabak. Ihre Großmutter hatte sich immer im Hintergrund gehalten, sie war die Schweigerin, und ihre Eltern hatten sich 1995 in den Westen aufgemacht; da war sie ein Jahr alt gewesen. Zwei Jahre später waren sie bei der Fahrt zurück verunglückt, ein Lastwagen hatte sie überrollt, und ihr Versprechen, sie eines Tages nachzuholen, wenn sie eine große, schöne Wohnung hatten, hatte sich in nichts aufgelöst.

Ohne ihren Großvater wäre sie verloren gewesen. Wenn sie die Augen schloss, konnte sie ihn neben sich spüren, sie konnte nach seiner Hand tasten, und sie konnte die Wiesen riechen, auf denen die Arnika wuchs, und sie konnte die Schmetterlinge hören. Ja, davon war sie überzeugt – dass sie Schmetterlinge und deren Flügelschlag wahrnehmen konnte. Am liebsten mochte sie den Segelfalter. Ihr Großvater kannte sich wie kein anderer mit Schmetterlingen aus. Er kannte alle Namen, die deutschen und rumänischen und sogar die lateinischen. Als Kind hatte sie sich mit geschlossenen Augen auf die Wiese hinter seiner Werkstatt gestellt, hatte die Arme ausgebreitet und darauf gewartet, dass ein Schmetterling kommen und sich auf ihren Handrücken setzen würde. Meistens war auch einer herangeflogen – ein sanfter Lufthauch war bereits entstanden, wenn er sich ihrer Haut genähert hatte.

In Köln hatte sie noch nie einen Schmetterling gesehen. Wahrscheinlich gab es hier gar keine. Es gab Autos, Geschäfte, Menschen, sehr viele Menschen, aber keine Schmetterlinge.

Die Sehnsucht nach dem Großvater trieb ihr die Tränen in

die Augen. Warum war sie nur hierhergekommen? Es war doch alles ein Irrtum.

Nein, war es nicht, musste sie sich eingestehen. Ihre Eltern waren hier gewesen, und sie hatte immer schon den Ort sehen wollen, an dem sie so viel Geld hatten verdienen wollen, um in ihrem Dorf ein Haus zu kaufen und es zum schönsten in der ganzen Gegend zu machen. Und außerdem hatte sie gedacht, dass sie ja die Sprache sprechen konnte. Ihre Großeltern hatten immer Deutsch mit ihr geredet, von klein auf, ihr Großvater war stolz darauf gewesen, ein Siebenbürger Sachse zu sein, Nachfahre von deutschen Auswanderern, aber als der Mann, der sich Radu genannt und sie in Sibiu angesprochen hatte, sie mit seinem Bus in Köln abgesetzt hatte, hatte sie zuerst kaum ein Wort verstanden. Ihr Großvater hatte seine Worte langsam und deutlich betont, hier jedoch redeten die Leute schnell, in einem merkwürdigen Singsang, und sie verwendeten Begriffe, die sie noch nie gehört hatte.

Radu war auch sofort wieder abgefahren, und Vladan, der andere Mann, der älter und viel unfreundlicher war, hatte sie zu einem Arzt gebracht. Sie hatte sich auf eine Liege legen müssen, und dann war ein noch älterer gebückter Mann ins Zimmer gekommen und hatte sie untersucht, ohne ein einziges Wort zu sagen.

Als Radu sie in Sibiu gefragt hatte, wie alt sie sei, hatte sie sich vier Jahre jünger gemacht. Zweiundzwanzig, hatte sie gesagt.

»Du bist hübsch«, hatte er auf Rumänisch gesagt, »und du sprichst Deutsch. Im Westen könntest du viel Geld verdienen. In einem Restaurant in Deutschland suchen sie so jemanden wie dich. Könnte es dich interessieren, viel Geld zu verdienen und eine eigene schöne Wohnung zu haben? Außerdem bist du nicht allein. Irina ist auch in Deutschland. Du kennst doch Irina, nicht wahr?«

Ja, sie kannte Irina, die auf ihre Schule gegangen war und auch deutsche Vorfahren hatte, trotzdem hatte sie Nein sagen wollen. Nein, ich bin zufrieden hier, in diesem Café in Sibiu zu arbeiten, aber es stimmte ja nicht. Und dann hatte sie gezögert und Radu gefragt, von welcher Stadt in Deutschland er spreche, und zu ihrer Überraschung hatte er Köln genannt, die Stadt, in der ihre Eltern gearbeitet hatten.

Davon, dass sie das Haus, in dem sie ein kleines Zimmer hatte, gar nicht mehr verlassen sollte, hatte Radu nichts gesagt; auch nicht, dass Vladan, ihr Aufpasser, ein mürrischer, wortkarger Mann war. Irina, die sie gleich nach ihrer Ankunft im Haus getroffen hatte, hatte sie gewarnt, dass er nachts in die Zimmer der Mädchen kommen würde. Und genau eine Nacht später hatte sie Irina schreien gehört, schreckliche Schreie, die noch in ihrem Kopf widerhallten. Vladan oder jemand anderes hatte Irina geschlagen, da war sie ganz sicher, auch wenn die Schreie abrupt aufgehört hatten. Doch am nächsten Tag war Irina nicht mehr da gewesen. Sie war ganz allein gewesen und hatte beschlossen zu fliehen. Aus dem Fenster hatte sie springen müssen und sich dabei den Fuß ein wenig verstaucht, doch nun würde alles gut werden. Sie hatte am Bahnhof Therese, eine freundliche alte Frau, getroffen, und sie würde nur noch einmal zurückgehen in dieses dunkle Haus, in dem noch zwei andere Mädchen eingesperrt waren, wie Irina gemeint hatte, die sie selbst aber nie gesehen hatte.

Es war fast Mitternacht. Irina hatte ihr verraten, wo der Schlüssel für die Kellertür lag, unter einem schweren Aschenbecher aus Stein, und dann würde sie hinaufschleichen in ihr Zimmer und ihre Tasche mit ihren Sachen, mit den Fotos und dem Geld holen, das Radu ihr als Anzahlung gegeben hatte – dreihundert Euro in sechs schönen neuen Fünfzig-Euro-Scheinen.

Sich anzuschleichen hatte sie immer schon vermocht; das hatten ihr die Schmetterlinge auch beigebracht – dass es Momente gab, in denen man ganz lautlos sein musste.

Sie hatte sich zuerst beinahe verirrt. Wo war das Haus, aus dem sie vor drei Tagen aus dem Fenster geklettert war?

Sie war am Rhein entlanggegangen, dann hatte sie ein Haus mit einem kleinen Turm gesehen, und da hatte sie gewusst, dass sie in der richtigen Gegend war.

Das Haus war weiß und sehr verwinkelt. Nur in einem Fenster, unten neben der Tür, brannte Licht. Wahrscheinlich wohnte Vladan, der Wächter, da. Ihm durfte sie auf keinen Fall über den Weg laufen.

Als sie an der Haustür entlangstrich, sprang sofort das Licht an. Hastig zog sie sich in die Dunkelheit zurück. Die Kellertreppe lag rechter Hand, da befand sich auch der schmale Kiesweg in den Garten, der von ihrem Fenster hübsch ausgesehen hatte. Eine Terrasse mit einer Rasenfläche und Büschen rundherum.

»Du wirst noch einmal untersucht werden«, hatte Vladan gemeint, »und dann darfst du auch in den Garten. Bevor deine Mission beginnt.«

Sie hatte nie herausgefunden, was das für eine Mission sein sollte, aber eines hatten ihr Irinas Schreie verraten: Mit einem Restaurant hatte diese Mission nichts zu tun.

Vorsichtig schlich sie die Kellertreppe hinunter. Und wenn der Schlüssel da gar nicht lag, wie Irina gemeint hatte?

Hier war es so dunkel, dass sie kaum etwas erkennen konnte.

Plötzlich surrte das alte Nokia-Handy, das Therese ihr gegeben hatte, in der Hosentasche ihrer Jeans. Wahrscheinlich machte die alte Frau sich Sorgen, wo sie abgeblieben war.

Sie tastete auf einem schmalen Fenstersims nach dem Aschenbecher. Tatsächlich, da stand etwas, das sich wie ein schwerer Stein anfühlte. Darunter kam in dem Lichthauch, der bis in die Treppenwinkel drang, ein silberner großer Schlüssel zum Vorschein.

»Abends betrinkt Vladan sich, obwohl er der Aufseher ist«, hatte Irina gemeint, »und dann steht er vor der Tür und raucht, und wenn die Tür zuschlägt und er den Schlüssel vergessen hat, kommt er durch den Keller ins Haus zurück.«

Sie nahm den Schlüssel, der sich wie ein Stück Eis anfühlte. Das Handy surrte immer noch. Mit größter Vorsicht schob sie den Schlüssel ins Schloss.

War es ein Fehler, dass sie ihre Sachen holen wollte? Nein, das Geld gehörte ihr und die Fotos und ihre wenigen Sachen, der Wollpullover, den ihre Großmutter ihr zum zwanzigsten Geburtstag gestrickt hatte. Diese Sachen konnte sie nicht einfach aufgeben. Und in ein paar Tagen war sie zurück, bei ihrem Großvater und den Schmetterlingen. Deutschland ist schön, würde sie ihre Großeltern belügen, aber es ist nichts für mich – zu laut, zu viel Verkehr und die Sprache verstehe ich auch nicht so richtig. Sibiu und euer Haus sind meine Heimat.

Das Surren des Telefons hörte auf. Geräuschlos drehte sie den Schlüssel herum. Mit einem leisen Knirschen drückte sie die Klinke herunter. Die Metalltür sprang sofort aus dem Schloss. Sie drückte die Tür einen Spaltbreit auf. Sie hatte keine Taschenlampe dabei, aber ihr Handy verbreitete ein wenig Licht. Ihr Zimmer lag im ersten Stock. Sie hoffte, dass es nicht abgeschlossen war, aber falls doch, hatte sie sich von Therese einen Dietrich geliehen, na, ausgeborgt, ohne sie danach zu fragen.

Nach zwei Schritten in den Keller hinein lauschte sie. War da irgendwo jemand? Nein, nur ihr Herz schlug hart und sandte ein dumpfes Pochen bis in ihre Ohren hinauf.

Geh nicht weiter, sagte ihr dieses Pochen. Es ist dumm, was du tust. Du bist hier abgehauen, und nur für ein paar Geldscheine und ein paar Erinnerungsfotos kehrst du zurück – zu einem Mann wie Vladan, der dich einsperrt hat.

Sie zögerte. Sie sollte auf ihr Herz hören. Bei Florim hatte sie es auch getan, obschon er sie dann betrogen hatte. Florim mit den langen blonden Haaren, der ihr die Unschuld genommen hatte.

Sie seufzte; es klang viel zu laut, ein Geräusch, das sie selbst erschreckte.

Großvater, flüsterte sie stumm, ich habe versprochen, sofort zurückzukommen, wenn es mir hier nicht gefällt. Und du hattest recht: Es gefällt mir nicht. Ich will zurück in unser langweiliges Dorf, ich will dir zusehen, wie du deine Ziegel brennst, und dann will ich mit dir über die Wiese gehen zu den Schmetterlingen und zu deinen Bienen, oder wir pflücken Arnika und bringen sie zu Daria, die es an den Apotheker in Sibiu verkauft.

Sie wandte sich um. Sie würde auf ihr Herz hören. Ja, das würde sie tun – sie würde zurück zu der alten Frau gehen und dann mit der Eisenbahn nach Rumänien fahren – ohne Geld und ohne ihren Pullover und ihre Fotografien.

Immer mehr, immer schnellere Gedanken wirbelten durch ihren Kopf. Zurück, ja zurück nach Daia, ihr Dorf, zu dem Großvater und seiner kleinen Werkstatt.

Doch da, kaum dass sie einen Schritt retour in Richtung Tür gemacht hatte, sprang ein Licht über ihr an, ein gleißendes, hässliches Licht, das ihr in den Augen wehtat und ein hartes Netz aus grellweißen Strahlen über sie warf.

Vladan stand auf der Treppe. Sein Schnauzbart verzog sich, seine Zähne sprangen darunter hervor, er grinste. Er war kein bisschen betrunken.

»Schön, dass du wieder da bist, Julika«, sagte er auf Rumänisch. Seine Stimme klang heiser, als hätte er den ganzen Tag geschrien. »Ich hatte mir schon Sorgen gemacht.« Sein Grinsen erfasste nun auch seine Augen.

Nun musst du aber abhauen, sagte ihr Herz, ganz schnell. Die Beine in die Hand nehmen, sozusagen.

Aber nein – das, was Vladan, da in der Faust hielt, war schwarz und aus Metall, der kurze Lauf einer Pistole, die eindeutig auf sie gerichtet war.

2

»Bordeaux«, hatte Nadine gesagt, »hast du Lust, mit mir nach Bordeaux zu fliegen? Wir fliegen am Dienstag hin und kommen am Freitag zurück. Ein alter Freund von mir inszeniert dort an der Oper. ›Fidelio‹ – deutsch mit französischen Untertiteln –, keine ganz leichte Angelegenheit.«

Seit zwei Monaten sahen sie sich regelmäßig, aber waren sie zusammen? Nein, wohl nicht. Zu mehr als ein paar zarten Wangenküssen war es bisher nicht gekommen, noch nie hatte Schiller bei ihr übernachtet, obschon sie nur eine Etage unter ihm wohnte. Einmal, als er sie vom Theater abgeholt hatte, hatte Nadine mit einem Regisseur, einem typischen Schönling mit Dreitagebart, und einer jungen Schauspielerin zusammengestanden. Sie hatte ihn recht uncharmant als ihren Nachbarn vorgestellt.

Trotzdem hatte er sofort Ja gesagt. Es würde ihm guttun, einmal aus Köln herauszukommen. Drei Brandanschläge auf Autos von lokalen Politikern hatte er zu ermitteln. Nichts, was keinen Aufschub duldete.

Erst als er begann, seine Sachen zu packen, wurde ihm wieder mulmig zumute. Er hatte nicht nachgefragt, wo sie übernachten würden. Bei diesem Freund? Und er sprach kein Wort Französisch – nichts außer *oui* und *non* und *café au lait*. Es könnte peinlich werden, tumb und sprachlos neben Nadine herzulaufen, die wahrscheinlich fließend Französisch sprach. Er war nur ein Polizist, großer Gott! Mit ein wenig Englisch in internationalen Fällen kam man da prächtig durch. Und von Oper verstand er auch rein gar nichts. Einmal war er mit Carla in der Kölner Oper gewesen – er erinnerte sich nur daran, dass eine zu korpulente Sängerin, die nicht tanzen konnte, mit einem Männerkopf, der eindeutig aus Wachs gewesen war und auf einem Tablett gelegen hatte, herumgehüpft war. Nein, eigentlich war die Oper nichts für ihn.

Aber Nadine nur neben sich zu wissen, im Flugzeug, wenn sie die Augen für Momente schloss, ihr wunderschönes Profil zu sehen, würde ihn für alles entschädigen. Er war verliebt in sie. Ja, das war er wirklich.

Die Maschine würde morgen in Köln um sieben Uhr dreißig abheben – und er würde neben ihr sitzen. Auf jeden Fall.

Während er ein paar Kleidungsstücke zusammensuchte, lauschte er, ob Nadine nach Hause kam. Es war erst siebzehn Uhr. Er hatte das Präsidium bereits am frühen Nachmittag verlassen, aber sie musste noch eine Premiere vorbereiten, ein Stück über den Dreißigjährigen Krieg, das sie als Dramaturgin bearbeitet hatte.

Als er Schritte im Treppenhaus hörte und es dann an seiner Tür klingelte, spürte er, dass all seine Befürchtungen von ihm abfielen. Auch wenn er dumpf und stumm hinter ihr herlaufen würde, ein langes Wochenende mit Nadine an einem warmen südlichen Ort – etwas Schöneres könnte ihm nicht passieren.

Er hörte ein leises Schnaufen, gefolgt von einem langen Seufzen, während er die Tür noch nicht ganz geöffnet hatte. Nicht Nadine stand vor der Tür, sondern Therese, die alte Hebamme, nun fast vierundachtzig Jahre alt und nach dem frühen Tod seiner Eltern die Frau, die ihn all die Jahre begleitet hatte.

Therese trug wie immer ihren babyblauen Wollmantel, sie hielt ihre abgewetzte braune Ledertasche in der Armbeuge, obschon sie nun keine Hausgeburten mehr betreute, und lächelte. »Jan«, keuchte sie, »mein Junge. Die Haustür war offen. Da musste ich nicht klingeln. Ich brauche einen Kaffee, ganz dringend. Du hast doch richtigen Kaffee?«

Sie nahm ihm immer noch übel, dass Carla und er sich getrennt hatten, und war erst ein Mal in seiner neuen Wohnung gewesen. Ungewöhnlich missgelaunt hatte sie sich umgesehen und war nach einer halben Stunde wieder gegangen – mit den Worten: »Ich komme erst wieder, wenn du dir ein paar vernünftige Möbel angeschafft hast.«

»Natürlich habe ich Kaffee«, sagte Schiller. »Aber ich habe

nicht viel Zeit. Ich muss packen. Morgen fliege ich nach Frankreich. Ein kurzer Urlaub …«

Therese winkte ab und ging an ihm vorbei in die Wohnung. Ihr langes graues Haar stand noch wirrer von ihrem Kopf ab; sie war eigentlich immer in Eile, stets auf dem Sprung, die Berufskrankheit einer Hebamme, die mehr als fünftausend Kindern auf die Welt verholfen hatte, doch nun wirkte sie noch abgehetzter als gewöhnlich.

Sie wird nicht mehr ewig leben, ging es Schiller durch den Kopf. Dieser Gedanke erschreckte ihn.

In der Küche sank Therese auf den einzigen gepolsterten Stuhl, den er besaß. Sie seufzte wieder. »Stark und mit viel Zucker«, sagte sie. Ihr Kopf sank ihr auf die Brust, dann holte sie etwas aus ihrer Ledertasche hervor.

Was willst du?, wollte er sie fragen. Warum kommst du ohne Ankündigung vorbei? Aber sie blickte mit ernster Miene auf ein ziemlich neues Smartphone, das er noch nie bei ihr gesehen hatte. Bisher hatte sie stets ein altes Nokia benutzt.

Er kochte mit einer Espressomaschine Kaffee für sie und sich. Nach dem ersten Schluck richtete Therese sich mühsam auf.

»Ich brauche deine Hilfe«, sagte sie. »Es ist etwas passiert. Vielleicht ein Verbrechen. Eine junge Frau ist verschwunden.« Sie hielt ihm das Smartphone hin. Auf dem Display war, schlecht belichtet, eine junge Frau zu sehen: dunkelblonde halblange Haare, ein zusammengepresster Mund, braune, irgendwie traurig wirkende Augen. Offenkundig war die Aufnahme in Thereses Küche gemacht worden. Schiller glaubte ihren stets mit Zeitungen, Babysachen, Zetteln, Tellern und Tassen vollgestellten Küchentisch zu erkennen.

»Das ist Julika«, sprach Therese weiter. »Sie kommt aus Rumänien, spricht aber Deutsch. Na, mit einem ziemlichen Akzent, ihre Eltern waren Deutsche – Rumäniendeutsche. Irgendjemand hat sie hierhergelockt und irgendwo in der Stadt eingesperrt. Und jetzt ist sie verschwunden.«

»Wie kommst du an ein Mädchen aus Rumänien?«, fragte

Schiller. Wieder meinte er Schritte im Treppenhaus zu hören. War Nadine nun nach Hause gekommen? Nein, die Schritte gingen an seiner Tür vorbei. Der Mann aus der vierten Etage, von dem es hieß, er sei Pharmavertreter, vermutlich.

Therese winkte wieder ab. Offensichtlich hatte er die falsche Frage gestellt.

»Ich kenne sie eben, habe das arme Mädchen am Bahnhof getroffen. Bei Gulliver. Da helfe ich manchmal aus. Verteile Essen und solche Sachen. Sie ist mir gleich aufgefallen. Ihre Verzweiflung … und da habe ich sie mitgenommen. Zwei Nächte war sie bei mir, dann wollte sie nur etwas holen. Aus einem Schließfach, habe ich geglaubt. Ganz hat sie es mir nicht verraten. Sie hat versprochen, sofort zurückzukommen. Ist sie aber nicht.« Therese seufzte und schloss die Augen.

Sie so erschöpft zu sehen schmerzte ihn.

»Wahrscheinlich hat sich eine Gelegenheit ergeben, dass sie nach Rumänien zurückkonnte, und die hat sie genutzt«, sagte er.

Therese hob abrupt den Kopf. Ihre grauen Augen hinter den dicken Brillengläsern musterten ihn. »Nein«, sagte sie, »niemals. Ich kenne mich mit Menschen aus. Julika wollte unbedingt wiederkommen. Wir wollten zusammen einen Brief an ihre Großeltern schreiben, damit die sich keine Sorgen machen. Sie wohnen auf dem Land bei Hermannstadt, in einem Dorf ohne Telefon. Außerdem …«, sie zog etwas aus der Tasche hervor und hielt es hoch, »… außerdem hat Julika ihren Pass bei mir gelassen.«

Er nahm ihr den Pass ab. Romania – tatsächlich. Julika Sophia Bottesch, geboren am 6. Juli 1994 in Sibiu.

»Ihr muss etwas zugestoßen sein. Sonst hätte sie sich gemeldet. Ich habe ihr mein altes Handy mitgegeben.« Therese beugte sich vor und griff nach seiner Hand. »Ich dachte, du könntest dich mal erkundigen. Ich habe bei ein paar Krankenhäusern angerufen, aber da gibt man mir keine richtige Auskunft. Am Bahnhof bei Gulliver war ich auch mehrmals. Keiner hat sie da gesehen. Du hast doch diese Nele, deine Assistentin, die alles herausbekommt. Vielleicht hatte Julika einen Unfall und liegt irgendwo bewusstlos auf der Intensivstation. Hat es nicht gestern wieder einen schweren Unfall mit der Straßenbahn gegeben?«

Nun hörte er die Tür in der Wohnung eine Etage tiefer. Er atmete erleichtert durch. Nadine war nach Hause gekommen. Gleich würde sein Telefon klingeln. Er würde zu Ende packen und dann hinuntergehen. Sie könnten noch ein Glas Wein trinken, roten Bordeaux, gewissermaßen als Vorbereitung auf ihre erste gemeinsame Reise.

»Kannst du sie nicht einmal anrufen?«, fragte Therese und umklammerte seine linke Hand.

Er nickte. »Ich rufe sie an, und wenn Nele etwas herausgefunden hat, soll sie sich mit dir in Verbindung setzen. Ich bin sicher, es wird sich alles klären. Wahrscheinlich hat diese Julika dir nicht alles gesagt. Sie ist jung und ganz hübsch. Vielleicht hat sie einen Mann getroffen, oder sie ist einem Freund nachgereist.«

»Unfug!«, stieß Therese laut hervor und ließ endlich seine Hand los. »Man hatte sie eingesperrt, und jemand hatte sie untersucht. Gibt es so etwas nicht, dass man Menschen eine Niere wegnimmt? Habe ich mal gelesen.«

Schiller lächelte sie an. Ja, wollte er sagen, solche abenteuerlichen Geschichten geisterten durch manche Zeitungen, er hatte so etwas allerdings noch nie erlebt. Sein Smartphone summte. Nadine rief ihn erst an, bevor sie ihre Sachen packte, vermutete er. Der Blick auf das Display verriet ihm jedoch, dass der Anruf aus dem Präsidium kam. Nele Krach, ihre Assistentin.

»Nele, was für ein Zufall«, sagte Schiller launig, »ich wollte dich eben auch anrufen. Ich brauche deine Hilfe. Therese hat …«

»Jan«, unterbrach Nele ihn mit ungewohnt ernster Stimme, »tut mir leid, dass ich dich störe. Es ist etwas passiert, das dir nicht gefallen wird. Der Fund einer Leiche, stark verbrannt. In einer verlassenen Siedlung in Weidenpesch. Ich fürchte, Birte und du, ihr müsst euch das ansehen. Jetzt gleich.«

3

»Geh nicht ans Telefon«, hatte Max gesagt, während sie noch auf ihr Telefon geschaut hatte.

Selten hatte sie ihn so aufgekratzt gesehen. Er hatte Fotos und Kataloge um sich ausgebreitet. Hawaii – bevor sein Buch herauskommen würde, würden sie nach Hawaii fliegen, seinem Sehnsuchtsort. Zwei Wochen auf der Insel. Im Mai waren die Temperaturen noch erträglich, selten über dreißig Grad, anders als im September, wenn der berühmte Triathlon stattfand. Das war sein Plan gewesen – ein Mal an diesem Wettbewerb teilzunehmen –, aber mittlerweile hatte er sich damit abgefunden, dass dieser Lebenstraum sich nicht erfüllen würde. Beim Training auf dem Rennrad hatte ihn ein Lastwagen überfahren, der Unterschenkel seines rechten Beines hatte ihm amputiert werden müssen. Der Phantomschmerz machte ihm immer noch zu schaffen.

»Geh nicht«, sagte er wieder. »Ich will dir ein paar Fotos zeigen, und für die zweite Woche müssen wir noch ein Hotel buchen.«

Birte schaute ihn an. Sie versuchte besänftigend zu lächeln. Seit vier Wochen waren sie verlobt. Max hatte auf einem altertümlichen Ritual bestanden: Ringe überstreifen und einen Schwur leisten, danach waren sie in einem edlen Hotel essen gegangen und hatten von einer Dachterrasse auf Köln hinabgeblickt.

»Es ist Nele.« Sie warf einen letzten Blick auf die Kataloge. »Sie würde nicht anrufen, wenn es nicht dringend wäre. Und Jan will morgen mit seiner neuen Freundin in einen kurzen Urlaub fliegen. Bis Freitag, damit wir am Samstag abreisen können. Da kann ich nicht so tun, als wäre ich nicht da.«

Fünf Minuten später saß sie in ihrem alten Alfa, der immer mehr Rostflecken aufwies, und gab die Adresse einer Straße in Weidenpesch ein – Auf dem Ginsterberg. Obschon sie nun schon über drei Jahre in Köln lebte, kannte sie immer noch nicht jeden Winkel dieser Stadt.

Sie hatte das Gefühl, aus der Stadt herauszugeraten – in eine einsame, öde Gegend. Eine schmale Straße führte am Bahndamm entlang, rechter Hand befanden sich ein paar Gärten, ein Schrotthändler. Dann sah Birte eine Ansammlung weiß getünchter Häuschen. »Im Volksmund heißt diese Ecke auch Zigeunersiedlung«, hatte Nele noch gesagt. »Nicht sehr nett.«

Sie bremste ab. Zwei Polizeiwagen parkten da. Ja, sie war also richtig. Langsam rollte sie auf das erste der Häuser zu. Aus der Entfernung hatte es hübsch ausgesehen, doch je näher sie kam, desto mehr erkannte sie, wie heruntergekommen dieses Ensemble von Häusern war. Der Putz war abgeblättert, die Jalousien waren überall heruntergelassen; nur an einigen Fenstern waren die Plastiklamellen abgerissen worden.

Hinter ihr tauchte plötzlich ein weißer Golf auf. Offenbar hatte Nele auch Jan Bescheid gegeben. Im Rückspiegel beobachtete sie, dass er ausstieg, mit düsterer Miene, und er war nicht allein. Therese, die alte Hebamme, stieg auf der Beifahrerseite aus. Birte stellte gleichfalls den Motor ab.

»Therese kann uns vielleicht weiterhelfen«, sagte Jan statt einer Begrüßung.

Birte nickte der alten Frau zu, die sie freundlich, aber mit erschöpfter Miene anlächelte. Sie schien ihren blauen abgewetzten Wollmantel niemals auszuziehen.

»Er wollte gar nicht herkommen«, sagte sie mit ihrer schrillen Mädchenstimme. »Weil er in Urlaub fahren will, aber ich habe ihn gezwungen. Ich suche Julika, ein Mädchen aus Rumänien.«

Jan schaute sich um, ohne Thereses Worte weiter zu erklären. »Was für ein trostloser Ort«, sagte er.

Vor einem der Häuser tauchte ein uniformierter Polizist auf und winkte sie zu sich. Beim Näherkommen roch Birte das Feuer, das hier gebrannt haben musste.

»Ein Spaziergänger hat uns angerufen«, erklärte der Polizist. »Sein Hund hat ihn hierhergelockt.« Er verzog das Gesicht und deutete hinter sich.

Ein schmaler Flur, der mit Scherben übersät war, führte in das Haus. Der Geruch von Rauch und verbranntem Fleisch wehte ihnen entgegen. Therese stöhnte auf. In einem Raum, der vielleicht einmal die Küche gewesen war, jedenfalls gab es noch ein altes Spülbecken und einen Wasserhahn, der aus der Wand ragte, lag ein verkohlter Leichnam auf dem nackten rissigen Betonboden. Von dem Gesicht war nichts mehr zu erkennen; es war völlig verbrannt, doch Birte hatte sofort den Eindruck, dass da der Körper einer Frau vor ihnen lag, die jemand mit Benzin übergossen und in ihrer Kleidung, die auf der Haut geschmolzen war, angezündet hatte.

»Oh, wie schrecklich!«, stieß Therese aus, während Jan zwei Schritte näher trat und sich über den Leichnam beugte. Ein Taschentuch hielt er sich dabei vor den Mund.

»Da werden Schultke und seine Leute von der Technik viel Arbeit haben«, sagte er. »Und die Rechtsmedizin obendrein. Sieht aus, als hätte man die Frau in einer Daunenjacke verbrannt. Ein paar Fetzen sind noch zu erkennen und ...« Er stockte. »Sogar die Hände. Sie gehören einer Frau, ganz sicher, das sind die Hände einer Frau.«

Therese stöhnte wieder auf, während Birte das Gefühl hatte, kaum noch Luft zu bekommen. Der Geruch von verbrannter Haut verursachte ihr Übelkeit.

Als ein Smartphone summte, griff sie in ihre Tasche. Max, dachte sie schuldbewusst, er schickte ihr eine SMS. In letzter Zeit fiel es ihm schwer, Verständnis dafür aufzubringen, dass sie von einem Moment auf den nächsten einen Einsatz haben konnte.

Aber es war Thereses Smartphone, das gesurrt hatte. Birte beobachtete, wie Therese auf das Display blickte.

Hinter ihren dicken Brillengläsern kniff sie die Augen zusammen, als fiele es ihr schwer, den Text zu lesen.

»Hat sich die verschwundene Rumänin gemeldet?«, fragte Birte.

Therese blickte auf und hielt ihr das nagelneue Smartphone hin.

»Liebe Therese«, stand da, »tut mir leid bin nach Hause. Vater krank Überraschung. Dank für immer Deine Julika.«

»Na, das ist doch eine gute Nachricht.«

Vor dem Haus konnte Birte endlich wieder durchatmen, obwohl der Brandgeruch immer noch sehr stark war. Sie sah, wie zwei Vans der Spurensicherung von der Straße abbogen und langsam auf das Haus zurollten.

»Nein«, sagte Therese leise und nachdenklich. »Das ist gar keine gute Nachricht. Die Nachricht stammt nicht von Julika. Sie hat keine Eltern mehr, nur noch Großeltern. Deshalb war sie ja in Sibiu geblieben. Nun beginne ich mir erst recht Sorgen zu machen. Kann man mein altes Telefon nicht orten? Geht so etwas nicht?«

4

Schiller sah die Verzweiflung in ihrem alten faltigen Gesicht. Du kannst nicht morgen irgendwohin in den Süden fliegen, sagten ihre Augen. Diese verschwundene junge Frau … Falls sie es ist, die da angezündet wurde, musst du ihren Mörder finden.

Wenn Therese Kummer hatte, wurde sie schweigsam und fahrig. Sie zupfte dann an allem herum, mit zusammengepressten Lippen und starrem Gesichtsausdruck.

Als er vor ihrem Bungalow in Seeberg abbremste, griff er nach ihrer Hand. »Ich werde nicht fliegen«, sagte er. »Wir werden diese Rumänin finden. Ich bin sicher, dass ihr nichts passiert ist. Und diese verbrannte Leiche … Die Rechtsmedizin wird bald Genaueres herausfinden. Deine Julika ist es bestimmt nicht.«

Therese seufzte. Er spürte, wie sich ihre Hand unter seiner entspannte. »Du fährst nicht? Ich habe gehofft, dass du das sagen würdest. Ich würde dich auch nicht darum bitten, wenn es nicht wichtig wäre.«

Er nickte.

»Es ist noch etwas anderes«, sprach sie weiter. »Morgen? Du weißt, was morgen für ein Tag ist?«

»Ja«, sagte er einsilbig und stieg aus.

Der Vorwurf, der in ihrer Stimme lag, gefiel ihm nicht. Es war der Todestag seiner Eltern. Achtundzwanzig Jahre war es nun her, seit sie bei einem Wohnungsbrand ums Leben gekommen waren. Und an diesem Tag wolltest du durch Bordeaux laufen, mit einer neuen Frau? Dieser stumme Vorwurf hatte in ihrer Stimme mitgeschwungen.

Ein muffiger Geruch schlug ihnen entgegen, nachdem Therese die Tür aufgeschlossen hatte. Es war stickig und warm. Schon in dem schmalen Flur standen die ersten Kartons. Kleidung quoll daraus hervor. Therese bedachte irgendwelche Heime oder einzelne Familien mit allem, was sie irgendwo auftrieb. Er hatte noch nie erlebt, dass sie etwas nicht gebrauchen konnte.

Auch in der Küche, die wie immer völlig überhitzt war, weil sie selbst im Sommer die Heizung nicht ausschaltete, türmten sich Kartons. Auf dem Tisch lagen Ordner, Zeitungen, aufgeschlagene Bücher – und auf einem Stück Plastik ein toter Vogel, der aussah, als schliefe er.

»Meine treue Amsel«, sagte Therese beiläufig, »hat sechs Jahre in meinem Garten gewohnt, muss ich nun begraben.«

Auf der winzigen freien Fläche des Tisches standen zwei Tassen und zwei Teller.

»Ich sollte mal wieder aufräumen.« Therese schaute sich um, dann lächelte sie. »Julika hat es hier gefallen. Sie hat kein Wort über die Unordnung verloren. Geschlafen hat sie in den zwei Nächten, die sie hier war, hinten in meinem Bügelzimmer, und gewaschen hat sie sich auf der Gästetoilette. Wollte sie so.«

Während Therese einen Tee zu kochen begann, ging Schiller in den Flur zurück, um in den hinteren Teil des Bungalows zu gelangen. Er warf einen kurzen Blick in das Wohnzimmer, das eher wie ein Möbellager aussah. Von dem Fernseher, der, umringt von etlichen Büchern, in einer Schrankwand stand, war er nicht sicher, ob er überhaupt noch sendete, und wenn, dann möglicherweise nur schwarz-weiß. Vermutlich nahm Therese sich auch nie die Zeit, fernzusehen. Wenn sie sich entspannen wollte, hörte sie Musik. Mozart – sie liebte Mozart, und einmal im Monat, wenn eine Generalprobe mittags umsonst war, ging sie in die Philharmonie und hörte mit geschlossenen Augen zu.

In dem Bügelzimmer, in dem sich ein altes Sofa und tatsächlich auch ein Bügelbrett befanden, schaute Schiller sich um. Gab es irgendetwas, das die Rumänin zurückgelassen hatte? Eine schwarz-gelb gemusterte Decke lag auf dem Sofa, daneben ein Kissen, und über dem einzigen Stuhl hing ein Schal, rot, aus Wolle, der so neu wirkte, dass er kaum Therese gehören konnte. Wenn sie Glück hatten und die Rumänin ihn häufig genug getragen hatte, würde man in der Kriminaltechnik genug

DNA-Spuren finden, und vielleicht war es sogar möglich, einen Abgleich mit der verbrannten Leiche zu machen.

Schiller streifte sich einen Latexhandschuh über und steckte den Schal vorsichtig in eine Plastiktüte. Dann besah er sich das winzige Bad eine Tür weiter. In einem Kamm, der auf der Ablage vor dem Spiegel lag, entdeckte er ein paar lange dunkelblonde Haare.

Als er den Kamm in eine andere Tüte versenkte, summte sein Smartphone.

Es war kurz nach zwanzig Uhr. Nadine hatte nun ihre Sachen gepackt und wunderte sich, warum er sich noch nicht gemeldet hatte.

Der Blick auf das Display bestätigte seine Vermutung.

»Mein Polizist«, sagte Nadine in dem leicht spöttischen Tonfall, den er so sehr an ihr liebte, »welche Verbrecher hast du heute schon gefangen?«

Schiller zögerte. Er räusperte sich. »Nadine …«, sagte er. »Ich habe ein Problem …«

Sie lachte. »Ich verstehe schon«, sagte sie. »Du hast keine Lust, mit mir nach Frankreich zu fliegen. Oper magst du auch nicht, stimmt's? Wen hast du zu einem Verbrechen angestiftet?«

Er musste unwillkürlich lächeln. »Eine Rumänin, vielleicht fünfundzwanzig Jahre alt, die Therese bei sich aufgenommen hat, ist verschwunden, und dann haben wir die verkohlte Leiche einer Frau in einem leeren Haus in Weidenpesch gefunden.«

»Also«, sagte Nadine nun ernster, »der Platz neben mir wird frei bleiben. Aber ich möchte dich noch sehen, bevor ich abfliege.«

»Ich kümmere mich um diese Rumänin«, sagte Schiller, bevor er wieder fuhr. »Es ist nicht mehr nötig, dass du in der Gegend herumläufst und sie suchst.«

»Sie hat einen Namen – sie heißt Julika«, entgegnete Therese, »und sollte ich zufällig am Bahnhof sein, werde ich mich trotzdem umhören, ganz bestimmt. Aber auf jeden Fall werde ich im Dom eine Kerze für sie aufstellen. Und für sie beten. Dass ihr nichts passiert ist.«

Schiller küsste sie zum Abschied auf die Wange. Es war hoffnungslos: In dieser alten Frau würde bis zu ihrem letzten Atemzug ein störrisches Mädchen stecken, das sich von niemandem etwas sagen ließ. Gewiss würde sie, keine fünf Minuten nachdem er ihren Bungalow verlassen hatte, in die nächste Tram steigen, um zum Bahnhof zu fahren und diese Julika zu suchen.

Vom Auto aus rief er Nele im Präsidium an. Gab es neue Hinweise zu der Leiche?

»Die Kriminaltechnik ist immer noch in der Siedlung. Kameras oder so etwas gibt es da leider nicht. Auch in der Gegend hat niemand etwas mitbekommen. Allerdings auch kein Wunder. Ist ja alles verlassen da – das letzte der sechs Häuser war bis vor zwei Jahren bewohnt«, erklärte Nele. »Die Siedlung heißt übrigens Zigeunersiedlung, weil die Stadt die Häuser Ende der siebziger Jahre errichtet hat, um dort Sinti- und Romafamilien anzusiedeln.«

»Das ist bestimmt super gelungen«, erwiderte Schiller. »Da ist nichts in der Nähe, kein Laden, keine Kneipe, nicht einmal eine Bushaltestelle. Und der Name ›Zigeunersiedlung‹ spricht ja auch für sich.«

Seine Laune hatte sich wieder um etliche Grad abgekühlt. Eigentlich sollte er nun in seiner Wohnung sitzen und seine Reisetasche packen. Er unterbrach die Verbindung mit einem kurzen Gruß und dem Versprechen, später noch im Präsidium vorbeizukommen, obschon er es in Wahrheit nicht vorhatte.

Birtes Alfa stand auf dem Parkplatz der Rechtsmedizin. Eine Frau von etwa vierzig Jahren öffnete ihm. Sie war die neue Rechtsmedizinerin, seit Almut Schwäbe, mit der er eine kurze, unfreundliche Affäre gehabt hatte, nach Frankfurt gegangen war.

»Sie sind von der Kripo?«, fragte die Frau ihn, ohne sich selbst vorzustellen. Er nickte. »Ihre Kollegin führt gerade ein Telefonat. Ich bin eben dabei zu diktieren, was ich bereits herausgefunden habe. Ich habe aber lediglich die erste oberflächliche Leichenschau hinter mir. Viel können Sie da nicht erwarten.«

Die Rechtsmedizinerin führte ihn in ein winziges, dunkles Büro. Sie setzte sich, deutete auf einen Stuhl vor sich und nahm ein Diktiergerät in die Hand. Schiller sah ein Foto von ihr auf dem mit Papieren übersäten Schreibtisch. Da saß sie mit längeren, deutlich rötlicheren Haaren auf einem Pferd. Sie beugte sich zu einem älteren Mann hinab, der ihr offenbar eine Medaille überreichte.

»Bei der Toten handelt es sich vermutlich um eine fünfundzwanzig- bis dreißigjährige Frau, die etwa fünfundfünfzig Kilogramm schwer und einen Meter siebzig groß war. Der Zahnstatus deutet nicht darauf hin, dass die Person sich im Milieu der Obdachlosen aufgehalten hat. Gepflegte Zähne, keine Lücken. Die Person ist vermutlich komplett bekleidet gewesen, als sie mit einem Brandbeschleuniger übergossen und angezündet wurde. Überall außer am linken Bein sind Brandverletzungen dritten Grades entstanden. Ob das die Todesursache ist, lässt sich aber ...«

Die Rechtsmedizinerin unterbrach ihr Diktat, als Birte hereinkam.

»Frau Dr. Grams«, sagte sie. »Mein Kollege von der Kriminaltechnik hat mich soeben angerufen. Ein leerer Kanister Benzin ist in dem Haus gefunden worden.« Dann wanderte ihr Blick zu Schiller. »Und noch etwas. Ein recht neuwertiger Schal mit einem Symbol. Eine Krone auf einem roten Schild und zwei gekreuzten Schwertern. Das Wappen von Sibiu, einer Stadt in Rumänien.«

5

Warum war die Frauenleiche angezündet worden? Die Antwort konnte nur lauten: um die Identifizierung der Frau zu verhindern. Nur hatte der Täter den Schal übersehen, den die Frau getragen hatte. Sibiu hatte früher Hermannstadt geheißen. Viele Deutsche hatten sich dort angesiedelt. Also war es möglich, dass sie die verschwundene Julika tatsächlich gefunden hatten und Thereses Sorgen begründet gewesen waren. Jan hatte versprochen, das alte Nokia orten zu lassen, aber bisher war nichts dabei herausgekommen.

Birte spürte, wie erschöpft sie war, als sie nach Hause kam. Sie würde sofort duschen müssen, um den Brandgeruch abzuwaschen. Was musste das für ein Bild sein, einen lebendigen Menschen, der vor einem lag, mit Benzin zu übergießen, als wäre er ein Stück Holz? Bei dem Gedanken erschauderte sie.

Es war kurz vor Mitternacht. Max war auf dem Sofa eingeschlafen, zu seinen Füßen aufgeschlagene Kataloge. Hawaii – die Strände, die Bars und Cafés. Sie betrachtete die Aufnahmen mit einem gewissen Unbehagen. Eigentlich hatte sie nicht nach Hawaii fliegen wollen, aber Max meinte, es müsse sein – nur so könne er endlich mit seinem Unfall und der Amputation seines Beines abschließen.

Sie setzte sich an den Esstisch und klappte ihren Laptop auf. Noch stand nichts von dem Fund der Frauenleiche im Internet, doch lange würde man die Nachricht nicht zurückhalten können.

Als Nächstes gab sie »rumänische Mädchen« ein. Sie landete auf mehreren Seiten, auf denen Frauenbekanntschaften offeriert wurden. Rumänische Mädchen seien attraktiv, zärtlich, treu und nicht sehr anspruchsvoll. Mindestens zehn Anbieter präsentierten dazu im Netz ihre Dienste mit aufreizenden Fotos junger, stark geschminkter Frauen.

War diese Julika deshalb nach Köln gelockt worden – um

verheiratet zu werden oder als Prostituierte zu arbeiten? Vermutlich. Aber wie passte da ein Mord ins Bild?

Birte klappte ihren Laptop zu. Die Fotos dieser Mädchen, die sich leicht bekleidet und in lasziven Posen anboten, deprimierten sie.

Max schlug kurz die Augen auf. »Bist du wieder da?«, flüsterte er.

»Ja«, erwiderte sie, aber im nächsten Moment war er schon wieder eingeschlafen.

Sie ging ins Bad und duschte so lange, bis sie meinte, den Brandgeruch völlig abgewaschen zu haben, dann kroch sie zu Max ins Bett, der im Schlaf sanft die Hand um sie legte. Doch bereits nach drei Stunden schreckte sie auf. Es war halb vier. Sie war hellwach. Max lag neben ihr und atmete ruhig ein und aus. Die verbrannte Leiche, die wie eine Mumie aussah, stand ihr vor Augen. Welch eine grausame Tat! In der Küche kochte sie sich einen Kaffee und zog sich dann fast geräuschlos an. Sie würde nicht mehr einschlafen können. Da konnte sie ebenso gut ins Präsidium fahren.

Auf der Straße war nur der Zeitungsbote zu sehen – ein alter grauhaariger Italiener, mit dem sie schon einige Male gesprochen hatte, als sie spät von einem Einsatz zurückgekehrt war, und der sie freundlich grüßte.

Statt sofort nach Kalk ins Präsidium zu fahren, rollte sie langsam an den Ringen entlang. Zwei Gruppen von Männern, die wahrscheinlich gerade aus einem der Clubs kamen, zogen die Straße entlang. Weitere Passanten waren nicht zu sehen. Wie viele junge Mädchen waren in den letzten Monaten mit falschen Versprechungen nach Köln gelockt worden?, fragte sie sich. Und wo kamen all diese Mädchen unter? Ungefähr fünfzehnhundert registrierte Prostituierte gab es in Köln, die Dunkelziffer kannte niemand. In der letzten Zeit hatte die Polizei sich um Shishabars, um die Salafistenszene und Rockerbanden gekümmert; um illegale Prostitution war es kaum mehr gegangen.

Birte begriff, dass sie immer eine Polizistin sein würde; Schiller hatte ihr gestanden, dass er nach ihrem letzten großen Fall seine Kündigung geschrieben hatte, die fertig in seiner Schublade im Präsidium lag und die er nur hervorziehen und mit einem aktuellen Datum versehen musste, wenn ihm alles zu viel wurde; sie aber könnte nie etwas anderes sein als eine Ermittlerin. Das würde auch Max verstehen müssen.

Von den Ringen bog sie über den Ebertplatz in Richtung Bahnhof ab. Hier hatte Therese die junge Rumänin entdeckt, die ängstlich umhergeschlichen war.

Der graue, öde Platz hinter dem Bahnhof lag verlassen da. Nur an einem Tisch vor einer Bäckerei saß eine Gestalt, die sich langsam aufrichtete und zu ihr herüberschaute. Birte stoppte den Wagen. Die Gestalt trug einen dicken Parka und eine Wollmütze, die sie tief ins Gesicht gezogen hatte. Neben ihr lag ein Rucksack.

Eine Frau, erkannte Birte, da saß eine junge Frau. Sie schaltete den Motor ab und stieg aus, und im selben Moment richtete die Frau sich auf, griff nach ihrem Rucksack und begann in Richtung Rhein zu laufen, doch sie hinkte leicht und kam nur langsam voran. Birte hatte keine Mühe, sie einzuholen.

»Bitte bleiben Sie stehen!« Birte zog ihre Polizeimarke hervor. »Ich möchte Sie nur etwas fragen.«

Erschöpft beugte die Frau sich vor und versuchte, ruhig ein- und auszuatmen.

»Ich habe nichts getan«, sagte sie mit einem schweren osteuropäischen Akzent. »Nichts getan.«

»Ich glaube Ihnen gerne«, erwiderte Birte mit sanfter Stimme. »Woher kommen Sie? Rumänien?« Es war eine Frage ins Blaue hinein.

Die Frau schaute auf, sie war jung, allenfalls Anfang zwanzig. Grünliche Augen starrten sie ängstlich an. »Polen«, sagte sie. »Ich bin Ewa aus Polen. Ich habe im Moment kein Haus.« Ihr Mund verzog sich schmerzhaft.

»Ich suche eine Frau – sie kommt aus Rumänien«, sagte Birte. Sie zog ihr Smartphone hervor und rief das Foto auf, das Therese von Julika Bottesch gemacht hatte. »Haben Sie diese Frau schon einmal gesehen?«

Ewa starrte auf das Display. »Ich weiß nicht«, sagte sie. »Kann sein. Ich weiß nicht … Einmal in der Woche kommt ein Bus aus Rumänien mit Mädchen.«

Im Bahnhof hatte bereits ein Café geöffnet. Als Birte hinüberdeutete, begann Ewa heftig zu nicken. »Kaffee?«, fragte sie.

»Ja«, sagte Birte. »Ich könnte auch einen vertragen.«

In dem Selfservice-Café mussten sie an der Kasse warten, weil bereits etliche Frühaufsteher anstanden. Wortlos tranken sie ihren Kaffee. Birte beobachtete die junge Frau, die auf dem Sprung zu sein schien, als wollte sie gleich wieder fliehen.

»Ich bin Danuta – aus Litauen«, erklärte die Frau unvermittelt. »Ich sage immer erst falschen Namen. Ich dachte, ich hätte einen Freund in Deutschland, aber es war kein Freund.« Sie brach abrupt ab. Ihr Blick glitt ins Leere. »Deutscher Mann war ein Lügner«, sagte sie leise. Zwischendurch trank sie, und als ihr Becher leer war, stand Birte auf, holte einen zweiten und ein Croissant.

»Wir haben eine tote Frau gefunden.« Birte beobachtete, wie Danuta sich über das Croissant hermachte. »Könnte sein, dass sie aus Rumänien eingereist ist.«

Danuta starrte sie über ihren Kaffeebecher an. »Ich habe eine Krankheit, schlechtes Blut. Eigentlich müsste ich nach Litauen zurück, aber da glaubt man, dass ich reich geworden bin in Deutschland. Habe am Telefon gesagt, ich hätte Geld. Zweitausend Euro.«

War jemand reich, der zweitausend Euro besaß? Birte besah die Hände der Frau, die schmutzig und rissig waren, als hätte sie schon längere Zeit auf der Straße gelebt.

»Was haben Sie in Litauen gemacht?«, fragte sie.

Danuta verzog erneut den Mund. Es sah aus, als würde diese Frage ihr Schmerzen bereiten. »Ich habe studiert. Englisch und Deutsch. Ich wollte Lehrerin werden …« Sie zögerte. »Nein, wollte ich eigentlich nicht. Ich bin … Puppenspielerin. In Vilnius bin ich durch die Altstadt gegangen, alte Stadt sehr schön, und habe gespielt … Vor dem Rathaus … vor der Kathedrale und am Tor der Morgenröte.«

»Tor der Morgenröte – was für ein schöner Name!« Birte lächelte.

Danuta nickte. »Es ist ein Tor und eine Kapelle mit einer schwarzen Madonna. Wunderschönes Haus.« Plötzlich liefen ihr zwei dicke Perlen über die Wangen, die sie sich mit einer schnellen Bewegung wegwischte. »Sorry«, sagte sie. »Mir geht es nicht gut. Ich muss zurück nach Hause, aber ich habe nichts. Meine beiden Puppen ... gestohlen.« Sie zog sich die Mütze vom Kopf. Kurzes, blondes, schmutziges Haar kam zum Vorschein. »Ich habe sogar auf Deutsch gespielt, für Touristen. ›Faust‹. Eine Figur war Faust, die andere Mephistopheles.« Sie veränderte ihre Stimme ein wenig. »›Ich bin der Geist, der stets verneint.‹« Dann begann sie zu husten, und zwei weitere Tränen rollten ihr über die Wangen.

Birte wartete einen Moment. Dann sagte sie zu ihrer eigenen Überraschung: »Ich muss etwas über diese Mädchen wissen, die aus Rumänien kommen, aber vorher kannst du duschen und dir etwas anderes anziehen.«

Es war kurz vor halb sieben, als sie mit Danuta in ihrer Wohnung eintraf. Max schlief noch. Nachdem sie Danuta das Badezimmer gezeigt und ihr ein paar Kleidungsstücke hingelegt hatte, nahm Birte wieder ihren Laptop hervor. Gab es einen Fahrplan? Konnte man einsehen, wann Busse aus Bukarest oder Sibiu nach Köln kamen? Nein, sie fand nichts. Von Köln aus wurden sieben Ziele in Rumänien angeflogen, aber nur die Namen Bukarest und Sibiu sagten ihr etwas. Dann schickte sie Nele eine Nachricht, dass sie sich bei der Bundespolizei, die für den Bahnhof zuständig war, erkundigen mussten, ob etwas über Busse aus Rumänien bekannt war.

Als Danuta in einer ihrer alten Jeans und einem weißen T-Shirt aus dem Bad kam, trat ihr ein veränderter Mensch entgegen. Sie wirkte nun noch jünger und viel hübscher.

Gleichzeitig schlurfte leicht hinkend Max aus dem Schlafzimmer. Er trug seinen langen Bademantel, der seine Prothese bedeckte. Erstaunt blickte er die fremde Frau an.

Birte lächelte. »Max, das ist Danuta aus Litauen. Sie ist Puppenspielerin und irgendwie in Köln gestrandet. Ich glaube, wir müssen ihr ein wenig helfen.«

6

Wenn es nicht um Therese ginge, sagte er sich, wenn es ihr nicht so wichtig wäre, herauszufinden, ob die Tote die rumänische Frau war, die bei ihr übernachtet hatte, dann würde er keine Rücksicht nehmen – dann würde er morgen früh in der Maschine nach Bordeaux sitzen. Doch es ging um Therese ... Der Mensch, der die größte Konstante in seinem Leben gewesen war.

Er fuhr von der Rechtsmedizin nicht mehr ins Präsidium, sondern in seine Wohnung. Nein, nicht in seine Wohnung. Im Dunkeln stieg er die Treppen hinauf, als müsse er sich anschleichen, dann klopfte er an Nadines Tür. Zu spät fiel ihm ein, dass er etwas hätte kaufen sollen – eine Flasche Wein, Blumen, irgendetwas.

Nadine öffnete sofort, als hätte sie auf ihn gewartet. Sie blinzelte ins Treppenhaus, als würde es ihr schwerfallen, in die Dunkelheit zu starren.

Sie ist wahrhaftig die schönste Frau, die ich je gekannt habe. Dieser Gedanke überfiel ihn geradezu.

Nadine trug wie so oft einen schwarzen Rollkragenpullover und ihre schwarze Hornbrille, hinter denen ihre blauen Augen funkelten. Ihre blonden Haare, die sie zusammengebunden hatte, schimmerten, als würde sich ein geheimes Licht in ihnen verbergen.

»Du kommst doch noch«, sagte sie; es klang freundlich, ja beinahe erleichtert, und sie tat etwas, das sie noch nie getan hatte: Sie schlang die Arme um ihn und küsste ihn leidenschaftlich auf den Mund.

Dann zog sie ihn herein und fingerte gleichzeitig an dem Reißverschluss seiner Jacke. Ihr Kuss wurde immer leidenschaftlicher. Ihre Zunge zuckte wild hin und her. Sie zerrte seine Jacke herunter, dann taumelten sie beide in einer Umarmung in Nadines Schlafzimmer.

Er sah ihre weiße wunderschöne Brust aufblitzen, nachdem

sie ihren Pullover abgestreift hatte. Hastig knöpfte er sein Hemd auf und dachte kurz daran, dass sein T-Shirt darunter alt und zerschlissen war.

Doch einige Sekunden später lagen sie bereits nackt nebeneinander.

Ich liebe sie, schrie er stumm in sich. Ein Schrei, der in ihm widerhallte. Sie ist ein Wunder. Ich liebe sie.

Schiller erwachte aus tiefem Schlaf, als Nadine mit nassen Haaren und in ein gelbes Handtuch gehüllt aus dem Bad kam. Mühsam richtete er sich auf.

»Ich fahre dich zum Flughafen«, sagte er und hatte für einen Moment die Hoffnung, dass sie ohne ihn gar nicht abfliegen würde.

Sie küsste ihn flüchtig auf den Mund und ging dann zum Kleiderschrank, um sich anzuziehen.

»Dieser Mann in Bordeaux«, sagte sie, das Gesicht von Schiller abgewandt, »er lebt jetzt meistens in Tel Aviv ... Er heißt Marcel ... Wir hatten vor langer Zeit mal etwas miteinander, und ich glaube, er denkt, es könnte wieder anfangen.«

Sie hatte sich einen weißen Pullover und eine schwarze Jeans angezogen. Sie schaute ihn an.

»Und?«, fragte er. »Könnte wieder etwas anfangen?«

Einen Moment regte sie sich gar nicht, als würde sie den Atem anhalten. »Nein, wohl nicht«, sagte sie leiser und tastender. »Ich habe mich in einen notorisch unzuverlässigen Polizisten verliebt, der nach Kaffee und manchmal auch nach richtigem Feuer riecht. Seinetwegen habe ich sogar eine Kugel abbekommen.«

Schiller dachte mit einem Schauer daran, dass Nadine bei seinem letzten großen Fall angeschossen worden war. In der Nacht hatte er die Narbe – einen schmalen weißlichen Streifen auf ihrer Haut – gesehen. Zum Glück hatte die Kugel sie nur gestreift und sie nicht gefährlich verletzt.

»Was macht dein neuer Fall?«, fragte sie, während sie ein paar Sachen in einen Rucksack stopfte. Anscheinend hatte sie noch nichts gepackt.

In wenigen Worten erzählte Schiller, was vorgefallen war und was sie wussten.

»Deshalb hast du gerochen, als hättest du stundenlang an einem Lagerfeuer gesessen. Geht es um Prostitution? Wurde die Frau deswegen aus Rumänien nach Deutschland gelockt?«

Er stand auf und zog sich an. »Vermutlich. Wir werden uns in den einschlägigen Bordellen umsehen müssen.«

Nadine zog die Augenbrauen in die Höhe. »Auch im Pascha? Ich wollte da immer schon mal hinein. Das ist doch auch eine Art Theater, oder nicht?«

Das Pascha war das mit Abstand größte Bordell Kölns, eine Legende geradezu. Elf Etagen und fast hundertfünfzig Zimmer.

»Frauen wie du werden da nicht gerne gesehen«, sagte er in einem leicht spöttischen Tonfall. Im nächsten Moment erschrak er, als er auf sein Smartphone sah und das Datum las. Der Todestag seiner Eltern – Therese hatte ihm gestern noch vorgehalten, dass er an diesem Tag in Urlaub hatte fahren wollen.

Einen Augenblick später, als hätte sie sein Erschrecken bemerkt, erklärte Nadine: »Ich nehme mir ein Taxi zum Flughafen. Du musst arbeiten, und ich habe keine große Lust auf eine Abschiedsszene. Ich bin ja auch in vier Tagen zurück.«

Vor der Tür verabschiedeten sie sich mit einem Kuss, der wenig von der Leidenschaft der Nacht hatte, als wären sie beide von dem überrascht, was mit ihnen geschehen war.

Es war kurz nach acht Uhr, als Schiller in seinem alten Golf saß. Er wählte Therese an, die jedoch nicht an ihr Telefon ging. Niemals kam es vor, dass die alte Frau länger als bis sieben Uhr schlief. War sie um diese Zeit schon unterwegs und suchte diese Julika? Von dem Schal, den sie im Haus gefunden hatten, wusste sie noch nichts. Die alte Hebamme begleitete zwar keine Hausgeburten mehr, aber sie kümmerte sich noch um alleinerziehende Frauen, die nach der Geburt nur notdürftig von einem Pflegedienst betreut wurden.

Nach seinem dritten Anruf, als er bereits am Südfriedhof angekommen war, schrieb er ihr eine Nachricht. »Bin am Grab der Eltern. Schade, dass wir nicht gemeinsam hingehen konnten.

Jan«. Dann schickte er auch Nadine noch einen kurzen Gruß, den sie jedoch nicht sofort beantwortete.

Auf dem Friedhof fiel es ihm jedes Mal schwer, die richtige Abzweigung zu finden und sich nicht in dem Gewirr von Gängen zu verirren. Er kam zu selten her. Eine Gärtnerei pflegte das Grab.

Als er den rötlichen Grabstein entdeckte, atmete er auf. Gleichzeitig trat ihm der Tag des Unglücks wieder vor Augen. Zum ersten Mal war er verliebt gewesen – in Sarah, das hübscheste Mädchen der Klasse. Sie hatte ihn bisher nie beachtet, ihr Vater war Arzt, sie spielte Geige und hatte ein eigenes Pferd, nun aber hatte er sie dazu gebracht, mit ihm ins Kino zu gehen. Die Rauchschwaden hatte er schon von Weitem gesehen, ohne sich etwas dabei zu denken. Als er jedoch vor dem Haus stand, stob der schwarze Rauch genau aus den zwei Zimmern ihrer Wohnung in der zweiten Etage. Ein Defekt an einem Elektroofen, hatte es später geheißen; Genaueres hatte man nie herausgefunden. Sein Vater und seine Mutter waren erstickt. Die Leichen hatte man ihm nicht gezeigt.

Er spürte, dass sein Smartphone summte, als er sich dem Grab näherte. Im Präsidium fragte man sich gewiss, wo er abgeblieben war. Ein alter Mann stand vor dem Grab, in der Hand hielt er eine rote Rose. Schiller beobachtete, wie der Mann sich verbeugte, dann legte er die Blume vor dem Grabstein ab. »Elisabeth und Johannes Schiller«, stand in filigranen goldenen Buchstaben da, unter einem zart in den Stein gemeißelten Kreuz.

Als Schiller an ihn herantrat, drehte der Mann sich um. Er mochte siebzig oder achtzig Jahre alt sein, er war hager und ungewöhnlich groß, sicherlich fast einen Meter neunzig. Sein graues Haar stand wirr vom Kopf ab, als hätte er sich nur nachlässig gekämmt oder als wäre er soeben erst aufgestanden.

»Kenne ich Sie?«, fragte Schiller.

Der Mann kniff die Augen zusammen, er war auch nicht rasiert, graue Stoppeln bedeckten seine Wangen. Plötzlich lächelte er. »Wohl nicht«, sagte der alte Mann. »Aber ich kenne dich.

Du bist Jan, nicht wahr? Deine Mutter hat mir damals viel von dir erzählt.«

»Wer sind Sie?« Schiller nahm den Greis genauer in Augenschein. Ein Verwandter konnte es nicht sein. Sein Vater hatte keine Angehörigen mehr gehabt und seine Mutter lediglich eine Schwester in Bad Godesberg, die vor einem Jahr gestorben war und zu der er kaum Kontakt gehabt hatte.

Der Mann streckte die Hand vor. »Ich bin Friedbert. Ich hätte mich längst schon mal vorstellen sollen. Damals, nach dem Unglück, wollte ich unbedingt mit dir sprechen, aber Therese … Sie hat das …« Er zögerte und verzog das Gesicht. »Ja, sie hat das verhindert. Bedroht hat sie mich geradezu.«

Zögernd ergriff Schiller die Hand des Mannes. »Ich verstehe nicht«, sagte er. »Therese hat verhindert, dass ich Sie treffe?«

Die Augen des Mannes blitzten auf. »Genau, sie wollte das nicht. Deine Mutter und ich … Nun, wir haben uns geliebt. Wir wollten zusammen sein, deshalb hat dein Vater ja dieses Unglück angerichtet. Er konnte den Gedanken nicht ertragen, dass Elisabeth ihn verlassen wollte. Elisabeth und ich …«

Schiller rang nach Luft. Was erzählte der Mann da? Sein Vater hatte das Unglück herbeigeführt? »Ich glaube, Sie sind irre«, stieß er hervor. »Meine Mutter und mein Vater hatten damals Probleme, aber …«

Sanft schüttelte der Mann den Kopf. »Nein, keine Probleme, es war eigentlich alles geklärt. Nur dir hatten sie noch nichts gesagt. Mit Elisabeth und mir, das war etwas Besonderes. Sie ist ein Jahr vorher zu mir in den Chor gekommen, wir haben zusammen gesungen. Deine Mutter hatte eine wunderbare Altstimme, und dann nach einiger Zeit …«

»Sie sind dieser Chorleiter?«, fragte Schiller überrascht. Sein Smartphone summte wieder. Er erinnerte sich vage, dass seine Mutter an zwei Abenden der Woche zu ihren Chorproben gegangen und jedes Mal regelrecht euphorisch zurückgekehrt war.

»Ganz recht«, sagte der Mann. »Ich war Musiklehrer, mittlerweile pensioniert, aber den Chor leite ich immer noch. Vielleicht können wir darüber einmal ausführlich sprechen, und wenn dein Vater sie nicht umgebracht hätte, wären Elisabeth und ich bestimmt seit vielen Jahren verheiratet.«

Schiller hob die Hand und ballte die Faust. Er war kurz davor, zuzuschlagen. »Reden Sie nicht so!«, zischte er. »Mein Vater hat bestimmt niemanden umgebracht. Und seine eigene Frau schon gar nicht.«

Dann wandte er sich ab und eilte zu seinem Wagen.

7

Vladan war überaus freundlich zu ihr. Er brachte sie auf ihr Zimmer, indem er sie sanft am Ellbogen berührte. Es war alles noch unverändert: das Bett, der Tisch, zwei Stühle, der Schrank und der Fernseher auf dem Schrank. Nur ihre braune Ledertasche, die früher ihrem Großvater gehört hatte, hatte jemand auf das Bett gelegt.

»Setz dich«, sagte Vladan auf Rumänisch. Seine Augen schimmerten dunkel.

Sie wartete auf seinen Wutausbruch, aber nichts kam. Er nahm auf einem Stuhl Platz und steckte sich eine Zigarette an, obschon man ihnen erklärt hatte, dass sie in diesen Räumen nur zu Gast waren und dass man hier nicht rauchen dürfe. Leise Musik drang aus dem Nebenzimmer, zur Rechten, nicht aus dem Nachbarraum, in dem Irina gewohnt hatte.

»Ich habe mir Sorgen gemacht«, sagte Vladan in einem väterlichen Tonfall. »Du warst weg, und ich … ich bin für dich verantwortlich. Wo bist du gewesen? Du musst es mir sagen!«

Er zog an seiner Zigarette und schnippte die Asche dann ganz einfach auf den Boden.

Sie schaute ihn an. Nein, sie durfte ihm nichts von Therese erzählen, die sie wahrscheinlich am Bahnhof suchen würde. Zum Glück hatte sie ihr nicht genau erzählt, wo das Haus stand, in dem Vladan sie gefangen hielt.

Als sie nicht antwortete, machte Vladan eine Geste, als wolle er ihr über den Kopf streichen. Hastig zuckte sie zurück.

»Ich weiß, es ist alles neu für euch hier«, sagte er, »und wir hätten euch auch besser Bescheid sagen müssen, was euch erwartet. Bevor ihr arbeiten dürft, müsst ihr untersucht werden. Das ist in diesem Land hier so. In Deutschland gibt es viele Gesetze und Vorschriften.«

Plötzlich sah sie, dass er eine Wunde am Hals hatte, ein Pflaster klebte da. Ein Gedanke kam ihr.

»Wo ist Irina?«, fragte sie. »Was ist mit ihr passiert?«

In Vladans Augen loderte etwas auf, sein Kopf ruckte in die Höhe. »Irina ist nach Hause gefahren – mit dem Bus«, sagte er. »Sie hat eine Krankheit, deshalb haben wir sie zurückgeschickt. Sie darf in diesem Land nicht arbeiten.«

»Sie hat geschrien«, sagte sie. »Warum hat sie geschrien? Hast du ihr gesagt, dass sie hier in einem Bordell arbeiten soll?«

Vladan sprang abrupt auf. »Miststück!«, brüllte er. »Ich bin gut zu dir. Ich könnte auch anders, und wenn du noch einmal nach Irina fragst, dann …« Er beugte sich vor.

Sie roch seinen Atem. Nikotin und Bier. Widerlich!

Seine Hand schoss vor, auf ihr Gesicht zu, aber dann kniff er sie nur so heftig in die Wange, dass ein scharfer Schmerz sie durchzuckte, und stürmte aus dem Zimmer.

Sie spürte, dass sie zu weinen begann. Es war ein Fehler gewesen, zurückzukommen – nur wegen ein paar Sachen und ein wenig Geld. Sie zog ihr Nokia hervor. Sie musste Therese Bescheid geben, wo sie war – dass sie wieder eingesperrt war. Jetzt auf der Stelle!

Doch kaum hielt sie das Telefon in der Hand, war Vladan zurück. Er starrte sie hasserfüllt an, so kam es ihr vor, und als er das Nokia entdeckte, ergriff er es sofort.

»Biest!«, brüllte er erneut. »Was soll das? Du machst mir nur Ärger. Wenn du noch einmal wegläufst, muss ich dich fesseln.«

Mit dem Nokia verschwand er, aber zumindest sperrte er sie nicht ein.

Als sie zum Fenster ging, entdeckte sie, dass nun ein Schloss daran angebracht war. Keiner der beiden Flügel ließ sich mehr öffnen. Nun müsste sie schon das Glas zerschlagen, um hinunterspringen zu können.

Der Anblick des Schlosses saugte ihr die letzte Kraft aus dem Körper. Erschöpft sank sie auf das Bett, und ohne dass sie es selbst recht merkte, kamen ihr die Tränen. Sie weinte stumm, bis sie so müde war, dass sie einschlief.

8

Max zeigte sich von seiner besten Seite. Er kochte Kaffee und deckte den Tisch fürs Frühstück. Er hatte sofort begriffen, dass Danuta etwas mit ihrem neuen Fall zu tun hatte und dass es auch darum ging, dass sie Vertrauen fasste.

Danuta trank zunächst nur Kaffee, doch nach der ersten Brotscheibe nahm sie eine zweite und eine dritte, während Max, ganz als hätten sie eine gute Freundin zu Gast, davon sprach, dass er gleich Sport machen und dann mit seinem Verlag telefonieren wollte. In vier Wochen sollte sein Buch erscheinen – der Roman über den Tag, an dem das Kölner Stadtarchiv eingestürzt war.

Birte beobachtete, wie die junge Frau aus Litauen sich zusehends entspannte. Mit dem Schmutz aus ihrem Haar waren auch andere Dinge von ihr abgefallen.

Dann nach dem zweiten Kaffee sagte Danuta: »Du bist Polizistin – ich soll dir helfen, nicht?«

Birte nickte. So deutlich hätte sie es nicht ausgesprochen, aber ja, es stimmte. »Kannst du mir etwas über diesen Bus aus Rumänien sagen?«

Max zog sich in ihr Schlafzimmer zurück, um sich anzukleiden. Danuta sah ihm nach.

»Netter Mann«, sagte sie, dann wurde ihr Gesicht ernst. »Ich bin oft am Bahnhof. Für Arbeit und für Unterkunft, aber nicht für die Männer – auf keinen Fall. So etwas tue ich nicht.« Sie vollzog mit der Hand eine harte Geste, als hätte sie ein Messer in der Hand und wollte etwas abtrennen. »Da habe ich den Bus gesehen. Aus Rumänien. Nein, ist eigentlich kein Bus. Ein Transporter. Vier Männer und zwei Mädchen. Die Männer sind weggegangen, aber auf die Frauen hat jemand gewartet. Junge Frauen. Kann sein – die Frau von dem Foto war dabei. Weiß ich nicht genau.« Sie beugte sich vor, um einen weiteren Schluck Kaffee zu nehmen.

Birte hatte plötzlich das Gefühl, dass Danuta log, dass sie sich wichtigmachen wollte.

»Wann war das?«, fragte sie. »Wann genau ist dieser Bus angekommen?«

Danuta legte die Stirn in Falten. »War Mittwoch«, sagte sie. »Gegen Mittag.«

»Also vor sechs Tagen?«

Die junge Frau trank ihren Kaffee aus. »Genau«, sagte sie. Es klang allerdings nicht, als wäre sie sich ihrer Sache sicher. »Kann sein – sechs Tage.«

Und was hast du in diesen sechs Tagen gemacht – wo bist du gewesen?, hätte Birte am liebsten gefragt, doch sie ließ es.

Danuta fielen unvermittelt die Augen zu.

Sie würde gerne bleiben, dachte Birte, wenigstens für eine Nacht, um sich einmal richtig auszuschlafen. Wahrscheinlich hatte sie seit langer Zeit kein richtiges Bett mehr gesehen. Aber es ging nicht. Sie konnte Max nicht einfach eine junge Frau dalassen, um die er sich kümmern musste.

»Danuta«, sagte sie behutsam. »Ich würde dir gerne helfen und morgen mit dir zum Bahnhof fahren, damit du mir diesen Bus zeigst, aber hier kannst du leider nicht bleiben, doch vielleicht weiß ich einen anderen Ort.«

Danuta blickte auf, ihr Blick irrte umher, als hätte sie tatsächlich ein paar Sekunden geschlafen. »Ich bin müde«, sagte sie, »und ich träume von meinen Puppen. Wo sind meine Puppen?« Ihre Stimme zitterte.

»Ich weiß vielleicht einen Ort«, wiederholte Birte. »Bei einer guten Freundin.«

Danuta erhob sich schwerfällig, dann schlurfte sie zur Tür, müde und irgendwie enttäuscht, als wäre sie hinausgeworfen worden, und nahm ihren Rucksack.

Birte sagte kurz Max Bescheid, der auf dem Bett an seinem Laptop saß und zum Gruß die Hand hob.

In ihrem Alfa überlegte Birte, ob sie Therese vorher anrufen und ihren Besuch ankündigen sollte, entschied sich dann jedoch dagegen. So oder so war es eine Zumutung, dass sie einfach mit einer wildfremden Frau vorbeikam, aber insgeheim setzte sie auf das schier grenzenlose Mitgefühl der alten Hebamme, wenn sie Danuta erblickte.

»Es ist wirklich wahr«, sagte Danuta im Auto. »Ich bin Danuta, und ich war Puppenspielerin ... Ich war ... wie heißt es? ... *Famous in Vilnius.*« Sie griff in ihren alten Parka und holte einen Fetzen Papier hervor.

Es war ein Ausschnitt aus einer Zeitung, erkannte Birte, als sie an einer Ampel halten musste. Auf dem Foto stand eine junge Frau mit Zöpfen, die an Fäden zwei Marionetten vor sich herführte. Mit einiger Mühe war eine jüngere, fröhliche Danuta auf dem Bild zu erkennen.

»Ich habe gedacht, ich könnte in Deutschland mehr Geld verdienen«, sprach sie weiter. »Und ich wollte ... *adventure* ... Ja, so war es ... ein *adventure.*«

Dann war alles schiefgegangen.

Danuta begann zu schniefen.

»Du kannst bald wieder nach Hause fahren«, sagte Birte. »Ein Flug nach Vilnius kostet nicht viel, aber zuerst wird sich eine Freundin um dich kümmern, eine alte freundliche Frau.«

Hoffentlich verspreche ich nicht zu viel, dachte Birte. Nele hatte sie bereits zweimal angerufen. Wahrscheinlich gab es neue Erkenntnisse über die tote Frau.

Und was würde sie tun, wenn Therese nicht zu Hause war? Die alte Hebamme kannte keinen Ruhestand, eigentlich war sie immer unterwegs.

Die Jalousien an Thereses Küchenfenster waren hochgezogen, erkannte Birte, als sie vor dem Bungalow abbremste. Sie warf Danuta einen Blick zu.

»Hier ist es«, sagte sie. »Warte bitte einen Augenblick.«

Danuta blickte sie aus leeren Augen an, als müsse sie sich für die nächste Enttäuschung wappnen.

Durch eine rostige Pforte und über alte Steinplatten, die mehrfach gesprungen waren und aus denen Unkraut wuchs, ging Birte auf die Haustür zu, ein altes Monstrum aus Holz, das vor Urzeiten einmal braun gewesen war. Sie drückte einen Messingknopf, über dem zwei Namen standen, die so verwittert waren, dass man sie nicht mehr lesen konnte.

Ein lauter Gong ertönte.

Im nächsten Moment wusste sie, dass niemand zu Hause war. Dieser Gong würde Tote aufwecken. Sie klingelte noch einmal, aber sie lockte lediglich eine Katze heran, die aus einem Gebüsch hinter ihr hervorkam und zu miauen begann. Offenbar war sie es gewohnt, hier gefüttert zu werden.

Ratlos ging Birte zu ihrem Alfa zurück. Nun müsste sie Therese anrufen oder einen anderen Platz für Danuta finden. Nein, sie würde die Frau für eine Nacht in einem Hotel einquartieren. Das Geld dafür würde sie aufbringen.

Danuta schaute sie durch die Frontscheibe fragend an. Birte zuckte mit den Schultern und begann aufmunternd zu lächeln. Niemand da, sollte ihr Lächeln sagen, aber wir finden eine andere Lösung.

Ein Taxi rollte heran. Würde Therese mit einem Taxi kommen? Nein, das sah ihr gar nicht ähnlich. Eine Frau stieg aus, die ein kleines Kind, das kaum ein Jahr alt sein mochte, auf dem Arm trug. Hastig strebte sie auf Thereses Bungalow zu.

»Wenn Sie zu der Hebamme möchten«, rief Birte ihr zu. »Sie ist nicht zu Hause.«

Die Frau wandte sich abrupt um. Sie hatte dunkle Haut, eine Türkin oder Iranerin. »Aber das kann nicht sein«, entgegnete sie. »Therese hat gesagt, sie ist da und will sich meine kleine Samira ansehen. Sie hat unser Treffen noch nie vergessen.«

9

Eine halbe Stunde saß Schiller reglos hinter dem Steuer, unfähig, sich zu bewegen. Er sah, wie der Chorleiter den Friedhof verließ. Mit ruhigen Schritten, fast heiter ging der alte Mann auf ein riesiges Wohnmobil zu, startete und fädelte sich in den Verkehr ein. Es war ungeheuerlich, was der Alte gesagt hatte. Sein Vater hatte seine Mutter umgebracht, indem er einen Ofen manipuliert hatte …

Keinen Menschen hatte Schiller mehr geliebt als seinen Vater – nicht Carla, seine ehemalige Freundin, nicht die drei, vier Frauen, die es davor gegeben hatte. Und auch seine schweigsame, immer ein wenig zu träumerisch wirkende Mutter nicht. Sein Vater, der freundliche, muskulöse Motorradpolizist, war sein Vorbild gewesen, das er später jahrelang vermisst hatte.

Er spürte, dass sich sein Herzschlag beschleunigte. Die Kehle war wie ausgetrocknet. Er brauchte dringend einen Kaffee oder besser noch einen guten Rotwein. Zweimal summte sein Smartphone. Birte versuchte ihn zu erreichen, und Nadine hatte auch eine Nachricht geschrieben. »Hebe gleich ab, mein Polizist. War trotzdem schön mit dir. N.«

Trotzdem … Ihm aber kam es vor, als wäre ihre gemeinsame Nacht schon lang vergangen, wäre vor einer Ewigkeit passiert.

Als Birte noch einmal anrief, nahm er nicht ab, sondern ließ den Motor an. Ja, sie warteten im Präsidium auf ihn. Wahrscheinlich hatte Fitschen wegen der toten Frau eine Konferenz angesetzt, und sie sollten auch baldmöglichst eine Pressemeldung herausgeben, aber zuerst musste er für sich etwas klären.

Mit quietschenden Reifen raste er los. Was hatte dieser Chorleiter gesagt? Therese hatte ihm gedroht, und deshalb hatte er sich von dem damals vierzehnjährigen Jungen ferngehalten? Also musste sie etwas von der Affäre seiner Mutter gewusst haben. Aber konnte das sein – dass sie achtundzwanzig Jahre lang kein Wort darüber verloren hatte?

Wut und gleichzeitig Ratlosigkeit erfüllten ihn. Therese war der aufrichtigste Mensch, den er kannte. Sie konnte eine Träne vergießen, wenn sie einen toten Igel in ihrem Garten fand, und sie gab ihr letztes Hemd für Menschen, die in Not waren.

Vom Südfriedhof brauchte er nicht mehr als zwanzig Minuten bis nach Seeberg. Er würde sie stellen, ihr keine Möglichkeit für Ausflüchte geben, nahm er sich vor.

Als er in die schmale Straße einbog, sah er Birtes Alfa vor der Tür sehen. Sie sprach mit einer Frau, die ein Kind auf dem Arm hielt und die offensichtlich zu Therese gewollt hatte. Mit düsterer Miene stieg die Frau, eine noch recht junge Türkin, in ein Taxi, das neben dem Alfa wartete.

»Therese ist nicht da«, rief Birte ihm zu, nachdem er ausgestiegen war.

»Wahrscheinlich läuft sie umher und sucht diese Julika«, sagte Schiller.

Birte nickte. Er sah ihr an, dass sie ihn am liebsten gefragt hätte: Und warum bist du hier?, doch dann erklärte sie, dass sie eine junge Frau am Bahnhof aufgelesen und zu Therese hatte bringen wollen.

Schiller versuchte, die alte Hebamme am Smartphone zu erreichen, doch es sprang nur ihre Mailbox an. Er hinterließ eine kurze Nachricht. »Ich muss dich sprechen«, sagte er. »Ich hoffe, du machst keine Dummheiten. Ich war am Grab und habe diesen Friedbert getroffen.«

»Friedbert?«, fragte Birte, die seine Nachricht an Therese mitgehört hatte. »Wer ist Friedbert?«

Schiller antwortete nicht sofort darauf. Sein Zorn auf Therese war nicht abgeflaut, im Gegenteil, nun, da er sich auch noch auf die Suche nach ihr begeben musste, wuchs er noch.

»Eine Privatsache«, sagte er dann ungewöhnlich barsch. »Wo willst du diese Frau unterbringen?«

»Ich wollte ein Hotel suchen. Sie könnte uns nützlich sein.«

»Nein, kein Hotel«, sagte er nun versöhnlicher, »ich habe eine bessere Idee.«

Zwei Menschen gab es auf der Welt, die ihn sein Leben lang begleitet hatten: Der eine war Therese, der andere Henning Broder, sein bester Freund seit den gemeinsamen Tagen im Kinderheim. Broder hatte viele Krisen durchlebt. Eine Zeit lang hatte er wie ein Obdachloser im Garten einer Kirchengemeinde in Nippes gehaust, hatte Müll gesammelt und gelegentlich ein Bild gemalt. Dann war er angeschossen worden, eine Kugel in den Kopf, und hatte mühsam wieder lernen müssen, zu gehen und zu sprechen, doch er hatte sich zurück ins Leben gekämpft. Nach der schweren Verletzung war er eine Weile eine Berühmtheit in Köln gewesen; das hieß, seine Bilder waren zu horrenden Preisen verkauft worden. Sogar ein Museum hatte eines erworben. Er konnte sich nun eine kleine Wohnung und ein Atelier in einem Hinterhof in Nippes leisten.

Danuta war schüchtern zu Schiller in den Wagen gestiegen, während Birte ins Präsidium gefahren war. Sie blickte starr geradeaus.

Was genau haben Sie am Bahnhof gesehen?, wollte Schiller sie fragen, doch dann überlegte er es sich anders. »Dieser Mann, zu dem ich Sie bringe, ist mein bester Freund. Wer ist das bei Ihnen – wer ist Ihr bester Freund?«

Sie sah ihn an. Sie war hübsch, ein kleines, blasses Gesicht mit hohen Wangenknochen. Blonde Haare umrahmten es; ihre hellblauen Augen wirkten ein wenig zu groß. Sie hätte – wenn man von ihrer Erschöpfung absah – auch eine Schwedin aus einem Bilderbuch sein können.

»Ich weiß nicht«, sagte sie mit ihrem schweren osteuropäischen Akzent. »Ich hatte einen Freund … Matas, aber er wollte unbedingt in die USA … und dann …« Sie verstummte.

»Und dann?«, fragte er nach.

»Meine Mutter ist auch … ein Freund«, sagte sie, doch so vage, als wäre sie sich nicht sicher. »Sie ist Verkäuferin und hat geputzt, damit ich zur Schule gehen konnte. Einen Vater hatte ich nie, aber nein … Am meisten habe ich meine Puppen geliebt.«

Sie war Puppenspielerin, das hatte Birte ihm zugeraunt. Eine Puppenspielerin, die irgendwie in Köln gestrandet war, nachdem man ihr die Marionetten gestohlen hatte, mit denen sie ihren Lebensunterhalt verdient hatte.

»In Köln gibt es ein Puppentheater – sehr berühmt in der Stadt«, sagte Schiller. »Da bin ich mit meinem Vater manchmal gewesen, als ich noch ein Kind war. Eine schöne Erinnerung.«

Schmerz erfasste ihn wieder. Vor achtundzwanzig Jahren waren seine Eltern gestorben, und nun, nachdem er am Grab gewesen war und den Chorleiter getroffen hatte, waren alle Wunden wieder aufgebrochen, als wäre es gestern passiert.

In Nippes parkte er in der Einfahrt zu Broders Atelier. Broder saß auf einem Stuhl vor seinem Atelier und rauchte. »Hoher Besuch!«, rief er voller Spott, weil Schiller so selten zu ihm kam. »Und dann auch noch in hübscher Begleitung.«

Schwerfällig erhob er sich. Das linke Bein zog er immer noch nach, und malen konnte er allenfalls drei, vier Stunden am Tag.

Schiller stellte Danuta kurz vor.

Broder nickte. »Über dem Atelier gibt es noch einen Raum mit einem Bett. Da trocknen ein paar Bilder von mir, aber wenn es dich nicht stört …« Er sah Danuta an.

Danuta lächelte schüchtern. »Ich mag Bilder«, sagte sie und legte ihren Rucksack ab.

»Ich suche Therese«, sagte Schiller. »Wann hast du sie zuletzt gesehen?«

Broder warf seine Zigarette in eine kleine Blechdose, die zu seinen Füßen stand. »Heute ist Dienstag, nicht wahr?«, sagte er. »Da hat Therese ihren Vorlesetag – sie geht nachmittags in einen Kindergarten in Bilderstöckchen und liest vor. Danach wollte sie zu mir kommen. Sie sitzt mir Modell.«

»Sie sitzt dir Modell?« Schiller konnte vor Überraschung nichts anderes tun als Broders Worte wiederholen.

»Du kümmerst dich zu wenig um sie«, erklärte Broder vorwurfsvoll. »Therese ist sicher, dass sie bald sterben wird. Wohl eine Prophezeiung aus einer Zeit, als ihr Mann noch gelebt hat … irgend so etwas, und darum soll ich sie malen. Ich glaube sogar, das Bild ist für dich.«

10

Als Birte wieder in ihrem Alfa saß, ging eine SMS ein. »Wann kommst du?«, fragte Max. »Und denk an unseren Urlaub!«

So ungeduldig war er selten, aber diese Reise nach Hawaii war ihm wichtig, und wahrscheinlich spürte er auch, wie sie in diesen neuen Fall gesogen wurde. So war das häufig: dass sie regelrecht in einen Strudel geriet, der sie immer weiter wegtrieb von den Dingen des Alltags. Diese grausam verbrannte Frauenleiche beschäftigte sie – und nun war offenbar auch Therese verschwunden. Wo mochte die alte Hebamme sich auf der Suche nach dieser Julika umsehen? Am Bahnhof gewiss oder vielleicht würde sie auch nur im Dom sitzen, zum Richter-Fenster hinaufblicken und beten.

Birte überlegte, zum Dom zu fahren, als ihr Smartphone wieder summte. Eine unbekannte Nummer.

»Sind Sie im Präsidium?«, fragte Monika Grams, die Rechtsmedizinerin.

»Ich bin auf dem Weg«, entgegnete Birte.

»Diese Tote, die Sie gebracht haben, macht eine Menge Arbeit«, sagte die Rechtsmedizinerin in einem vorwurfsvollen Tonfall. »Aber ich mag so etwas ja, wenn die Dinge nicht gleich auf der Hand liegen. Eine echte Herausforderung, sich eine Brandleiche anzusehen.«

»Was genau haben Sie herausgefunden?«

Monika Grams lachte auf. »Sie kommen gerne sofort zur Sache, was? Also, ich bin nun sicher, dass es sich um eine Frau handelt, etwa fünfundzwanzig bis dreißig Jahre alt. Die inneren Organe sind gut erhalten. Die Frau war gesund, und sie war bereits tot, als der Täter sie in Brand gesteckt hat. Kein Ruß und keine hohe Kohlenmonoxidkonzentration in der Lunge. Ich schicke Ihnen gleich an paar Bilder rüber. Wir haben sie mit einer 3D-Kamera fotografiert.«

»Und die Todesursache?«, fragte Birte.

»Ja, darauf wollte ich nun kommen. Bei Brandleichen kann man den Zeitpunkt schlecht bestimmen. Klar, die Messung der Körpertemperatur bringt da nichts, aber was die Todesursache angeht: Ein heftiger Schlag auf den Hinterkopf, würde ich sagen. Hinter dem rechten Ort ist das Schläfenbein massiv eingedrückt. Kann man auch im Röntgenbild gut erkennen. Es handelt sich vermutlich um eine laterobasale Fraktur, die eine starke Hirnblutung ausgelöst haben könnte.«

»Das heißt, die Frau könnte ermordet worden sein?«, entgegnete Birte.

»Ein Sturz oder ein Schlag mit einem schweren Gegenstand«, erwiderte die Rechtsmedizinerin. »Genauer werden wir das kaum herausfinden. Ich habe Ihnen die Aufnahme soeben gemailt. Aber es gibt noch etwas, das Sie interessieren wird. Der Täter hat nicht besonders ordentlich gearbeitet. Die Leiche ist nicht völlig verbrannt. Der linke Fuß ist fast unversehrt. Da sieht man noch das kräftige Pink auf den Zehennägeln und am Knöchel eine zarte Tätowierung. Ein großes I und ein großes A in einem roten Herzen. Finden Sie gleich alles in Ihrer Mailbox.«

Nele hielt ihr einen Kaffeebecher hin, während sie die Bilder auf dem Bildschirm betrachtete. Die Tätowierung und die bemalten Zehen waren gut zu erkennen. »Könnte dieses I auch ein J sein?«, fragte Birte und deutete auf den Buchstaben.

»Du meinst, ein J wie für Julika?« Nele versuchte das Bild zu vergrößern.

Nein, es war ein I, kein J.

»Eindeutig ein I«, sagte Nele.

Birte stöhnte erleichtert auf. Also handelte es sich bei der Toten nicht um die Frau, die Therese suchte. Von ihr gab es immer noch kein Zeichen. Mittlerweile sprang aber auch die Mailbox nicht mehr an.

»Nun brauchen wir noch einen DNA-Abgleich mit dem Schal, den wir bei der Toten gefunden haben, und den Spuren dieser Julika«, sagte Birte.

»Die Technik ist noch nicht so weit. Morgen oder übermorgen haben wir vielleicht mehr«, meinte Nele.

Birte nahm den Kaffee und ging zum Fenster. Auch von Neles Zimmer hatte man einen großartigen Blick auf den Dom. Sie sollte einen Streifenwagen vorbeischicken, nachsehen, ob Therese da saß, sagte sie sich. Aber vielleicht war Jan auch schon da gewesen. »Jemand hat diese Leiche angesteckt, um einen Mord zu vertuschen«, sprach sie laut vor sich hin. »Und die Tote stammt vermutlich aus Rumänien – wie diese Julika. Wissen wir etwas über Prostituierte, die aus Rumänien nach Köln einreisen?«

»Wir könnten uns die gemeldeten Frauen anschauen«, antwortete Nele, »aber über die Illegalen haben wir natürlich nichts.«

Birte kam ein anderer Gedanke. »Gibt es vielleicht eine Kirche, wo Rumänen sich treffen, wo sie einen Gottesdienst in ihrer Sprache abhalten? Oder gibt es spezielle rumänische Lokale?«

Nele hob die Schultern. Sie war die hübscheste Polizistin in ganz Köln – lange blonde Haare und das ebenmäßige Gesicht eines Models. »In welche Kirche gehen Rumänen? In eine katholische wie Polen? Ehrlich, ich habe keine Ahnung.« Zehn Sekunden später hatte sie im Netz eine rumänische orthodoxe Kirchengemeinde und ein Restaurant, das typisch rumänische Gerichte anbot, ausfindig gemacht.

»Aber was genau willst du da herausfinden?«, fragte Nele.

Birte musste zugeben, dass sie völlig im Dunkeln tappte. »Ich weiß nicht«, sagte sie. »Ich suche nach einem Ansatz. Wie passen die Dinge zusammen? Warum haben wir es plötzlich mit zwei rumänischen Frauen zu tun?«

11

Schiller saß in Thereses Küche, er hatte den Tisch abgeräumt und starrte auf den Kaffee vor sich, der längst kalt geworden war. In dem Kindergarten in Bilderstöckchen war sie zur Vorlesestunde nicht aufgetaucht, auch am Bahnhof keine Spur von ihr. Bei Gulliver, der Anlaufstation für Obdachlose, hatte er nachgefragt, niemand hatte sie gesehen, und in Nippes in dem Café auf der Neusser Straße, wo sie manchmal frühstückte, hatte sie sich schon seit zwei Wochen nicht mehr blicken lassen. Ihr Handy war tot, abgeschaltet.

Wo war sie? Dieser Gedanke quälte ihn. Er hätte längst im Präsidium sein müssen, stattdessen hatte er aus einem Hohlraum an ihrer Kellertür ihren Ersatzschlüssel hervorgeholt und hockte da und erwartete, jeden Moment ihre schlurfenden Schritte an der Tür zu hören.

Es war bereits sechzehn Uhr am Nachmittag. Er hatte bei Google nach dem Chor gesucht, den dieser Friedbert immer noch leitete. »Encore«, so hieß seine Truppe, sollte womöglich ein Wortspiel sein. »Friedbert Frings, vierundsiebzig Jahre alt, seit dreißig Jahren verwitwet, pensionierter Oberstudienrat, leitet den Chor immer noch mit Engagement und Weitsicht.« Im Juni waren auf der Homepage von »Encore« zwei Konzerte aufgeführt: Gummersbach und Bergneustadt. Das Foto des Chorleiters schmeichelte ihm; da wirkte er gut und gerne zwanzig Jahre jünger.

Mit diesem Mann sollte seine Mutter vor fast dreißig Jahren eine Affäre gehabt haben? Dieser Gedanke ging ihm nicht aus dem Kopf, ebenso wenig wie das seltsame Empfinden, dass gleich sein nach kölnisch Wasser riechender Vater hinter ihm stehen und ihn beim Namen nennen würde.

Doch nein, er war allein, Thereses Küchenuhr tickte laut die Zeit herunter, der Kaffee schmeckte schal.

Zweimal hatte Birte ihn angerufen und ihm von den Ergebnissen aus der Rechtsmedizin berichtet; er hatte sie vertröstet, er müsse etwas erledigen.

Dann war eine SMS von Nadine eingegangen. »Schönes Wetter in Bordeaux – vermisse dich. N.«

Er holte sein Smartphone wieder hervor und besah sich die Nachricht. Er hatte noch nicht geantwortet. Eigentlich hätte er glücklich sein müssen. Sie hatten zum ersten Mal miteinander geschlafen, und das war noch keine vierundzwanzig Stunden her.

Als Thereses Telefon irgendwo in ihrem Wohnzimmer klingelte, sprang er auf und lief hinüber. Das Telefon, ein grünes Ungetüm mit Wählscheibe, befand sich auf dem zerschlissenen Cordsofa unter zwei Babydecken. Er hob ab. Eine Frau fragte mit zitternder Stimme nach Therese. Die alte Hebamme habe doch vorbeikommen wollen, um nach ihrem kranken Kind zu sehen. Chorweiler, Mercatorstraße.

Schiller vertröstete die Frau, bevor er wieder auflegte. Dann, als wäre er endlich aus seiner Apathie erwacht, begann er, sich genauer in der Küche umzusehen. Hier hatte Therese sich die meiste Zeit aufgehalten.

Die tote Amsel lag immer noch da, als würde sie auf Therese warten.

Er stellte das Radio an, ein Gerät, das gewiss mehr als dreißig Jahre alt war und an dem es noch ein Fach für Tonbandkassetten gab; laute klassische Musik ertönte. Zeitungen stapelten sich auf der Fensterbank, daneben Kassenzettel von Einkäufen, ein Taschenbuch – ein Roman von Utta Danella – und ein verblichener Busfahrplan, in dem eine Postkarte steckte. »Liebe Grüße aus Texel von Marion – dem kleinen Nicky geht es gut. Kein Durchfall mehr. Wir kommen nach Karneval zurück.« Wahrscheinlich war die Karte zehn Jahre alt, und Nicky war längst eingeschult worden. Auf dem Boden vor dem Fenster drei Kartons, Bettwäsche, Kinderkleidung und eine kleinere Pappkiste, in der sich offenbar nur Socken befanden.

Schiller versuchte erneut, Thereses Smartphone zu erreichen. Stille. Keine Verbindung. Sein Unbehagen wuchs immer mehr.

Er überlegte, Nele anzurufen, aber wenn man Thereses Telefon geortet hatte, hätte sie sich sofort bei ihm gemeldet.

Wo, verdammt, war sie? Und warum hatte sie nie diesen Chorleiter erwähnt?

Er begann durch das Haus zu gehen, sah in jeden Raum. Alles war hier ebenerdig; Arbeitszimmer, in dem sich auch Kisten stapelten, Bügelzimmer, Schlafzimmer, der einzige Raum, der nicht vollgestellt war, Abstellraum.

Eine Ahnung wuchs in ihm, dass Therese etwas passiert sein könnte. Wer hatte diese rumänische Frau nach Köln gebracht und offenbar ja in einer Art Gefangenschaft gehalten? Ging es um Mädchenhändler, um Prostitution? Hatte Therese etwas herausgefunden? Hatte sie doch einen Verdacht gehabt, wo diese Julika vorher gewesen oder wohin sie verschwunden war?

Für einen Moment wurde er von Kummer übermannt. Am liebsten hätte er sich hingesetzt und einen Brief geschrieben. Tatsächlich nahm er von einem Block, der auch auf dem Tisch lag, ein Blatt Papier und begann mit einem schwarzen Kugelschreiber die ersten Worte zu verfassen. »Liebe Therese, wo bist du? Das Haus ist leer, nein, die ganze Stadt ist leer ohne dich. Es ist ein Gefühl, als wärest du aus meiner Welt verschwunden …«

Schiller blickte auf seine krakelige, beinahe völlig unlesbare Schrift, dann zerknüllte er das Papier und warf es auf den Boden. Was sollte dieser sentimentale Ausbruch! Er war Polizist, ausgebildet, um Verbrechen aufzuklären. Sie würden Therese finden, eher früher als später.

Im Auto, kaum dass er den Motor angelassen hatte, summte sein Smartphone. Er wusste es, bevor er Neles ungewöhnlich angespannte, atemlose Stimme vernahm.

»Wir haben sie – Therese«, sagte Nele. »Jemand hat sie zum Krankenhaus Severinsklösterchen gefahren und dort vor dem Hintereingang abgelegt. Sie ist …«

»Ist sie tot?«, fragte Schiller panisch. »Sag mir die Wahrheit!«

Nele holte tief Luft. »Nein, aber sie war nicht bei Bewusstsein. Sie ist auf dem Weg in die Uniklinik. Im Severinsklösterchen wollte man sie nicht operieren … Sie hat anscheinend schwere Kopfverletzungen …«

»Wer hat sie da einfach so abgelegt?« Schiller schrie fast, während er Richtung Stadtzentrum raste.

»Hör zu, Jan«, sagte Nele. »Wir wissen noch nichts Genaues. Birte schaut sich die Örtlichkeiten an, ob da Kameras hängen und so weiter, und ich habe alle Taxizentralen angemailt. Wir sind dran …«

Sie wird sterben, dachte Schiller, und wieder – wie am Morgen am Grab der Eltern – reiste er in der Zeit zurück. Damals, auf dem Weg von der Schule nach Hause, fröhlich und verliebt, war er sich auch, während er den schwarzen Rauch beobachtet hatte, der aus den Zimmern ihrer Wohnung quoll, für eine lange Sekunde sicher gewesen, dass seine Eltern tot waren, noch bevor er Genaueres erfahren hatte.

»Ich fahre zur Uniklinik«, brüllte er. »Und ich will alles wissen. Jedes Scheißtaxi soll uns mitteilen, wen es in den letzten zwei Stunden gefahren hat. Und hatte Therese ihr Telefon dabei? Wissen wir das?«

»Ich muss jetzt auflegen«, sagte Nele ganz ruhig. »Ich gebe dir sofort Bescheid, wenn sich etwas Neues ergeben hat.«

»Ja«, sagte er kraftlos, aber da hatte Nele die Verbindung schon unterbrochen.

In Gedanken ging er alle Maßnahmen durch, die notwendig waren, um den Wagen zu finden – Verkehrsüberwachung, Anfrage bei Autovermietungen, Beschreibung von Therese an jeden Streifenwagen, auch die KVB musste man informieren. Therese fuhr meistens Straßenbahn … Aber wer eine Frau tötete und verbrannte, der würde auch ein Auto stehlen, um eine verletzte Frau zu transportieren … Und doch … Warum hatte man sie vor einem Krankenhaus abgelegt? Damit sie gerettet wurde? Weil etwas aus dem Ruder gelaufen war?

Schiller spürte, dass ihm Tränen kamen. Wenn Therese tatsächlich sterben würde, würde er keine Ruhe mehr finden, bis er den Schuldigen hatte – keine Sekunde, nicht einen Augenblick.

Während er das Bettenhaus der Uniklinik schon vor sich sah,

versuchte er, Birte zu erreichen, aber sie nahm das Gespräch nicht an.

Dann stürmte er mit gezogenem Ausweis zum Empfang in der Klinik, nachdem er seinen Golf auf einem Behindertenparkplatz abgestellt hatte.

»Wir haben keine Therese Stiller im System«, sagte ihm eine freundliche Frau an der Rezeption.

»Nein«, erwiderte Schiller, »sie ist eben erst eingeliefert worden. Vom Severinsklösterchen. Ein Notfall. Wahrscheinlich wird sie gerade operiert.«

»Dann muss ich mich erkundigen«, erklärte die Frau. »Wollen Sie Platz nehmen? Ist es eilig?«

Eilig? Panik bereitete sich in ihm aus. Am liebsten hätte er sie vor Wut angeschrien, doch stattdessen sagte er im Flüsterton, als würde seine Stimme gleich brechen: »Ja, es ist sehr eilig. Bitte finden Sie etwas heraus.«

12

Keine Kameras, sagte ihr erster Blick, als sie den Hintereingang des Krankenhauses absuchte, aber warum hätten hier auch Kameras hängen sollen? Hier wurden Materialien angeliefert und vielleicht auch die Toten aus der Leichenhalle abtransportiert. Bei dem Gedanken musste sie schlucken. Jan würde durchdrehen, wenn Therese ihre Verletzungen nicht überleben würde. Eine Krankenschwester hatte ein Foto von ihr gemacht und Birte gezeigt. Thereses Gesicht war blutüberströmt gewesen, und ihr rechtes Auge, das nicht von Haaren und Blut verdeckt wurde, wirkte auf dem Bild bereits verschattet, tief in die Höhle gesunken, als würde es statt nach außen in ihr Inneres schauen.

Die vier uniformierten Beamten, die Birte auf die Severinstraße geschickt hatte, um in den Geschäften zu fragen, ob jemand etwas Verdächtiges beobachtet hatte, einen Wagen etwa, der abrupt vor dem Hintereingang des Krankenhauses gehalten hatte, kehrten nach einer halben Stunde ohne Ergebnis zurück. Niemandem war etwas aufgefallen. Auch die Krankenschwester, die Therese entdeckt hatte, weil sie heimlich eine Zigarette hatte rauchen wollen, hatte keinen abfahrenden Wagen bemerkt.

Am Ende würde es auf Therese ankommen – auf ihre Aussage.

Alles hatte mit dem rumänischen Mädchen zu tun – nun war sich auch Birte dessen sicher. Sie mussten nicht nur herausfinden, wo sich diese Julika befand, sondern auch, wo Therese sich zuletzt aufgehalten hatte.

Sie schrieb Jan eine SMS und fuhr dann ins Präsidium. Sobald sie die letzten Verbindungsdaten von Thereses Smartphone hatten, würden sie weiterkommen.

Nele hatte zwei Kriminalassistenten hinzugezogen, um sämtliche Taxizentralen und die KVB zu kontaktieren. Aber wer würde eine schwer verletzte Frau in einem Taxi ins Krankenhaus fahren, wenn er danach untertauchen wollte?

Dann rief Nele sie zu sich. »Hier«, sagte sie und deutete auf ihren Computer, »eine Sprachnachricht. Kam eben von der Leitstelle.« Sie klickte eine Audiodatei an.

Die routinierte Stimme einer Beamtin war zu hören. »Polizeileitstelle Köln.« Ein heftiges Atmen, dann ein Räuspern und ein unverständliches Wort.

»Hallo«, sagte die Beamtin völlig unaufgeregt, »Sie haben den Notruf gewählt. Können Sie mir sagen, was Sie wollen?«

»Es war ein Unfall«, sagte eine männliche Stimme, offensichtlich kein Deutscher, sondern dem Akzent nach ein Osteuropäer. »Mit der alten Frau. Unfall – gestürzt. Schrecklich. Ein Unfall.« Das letzte Wort ging in einem Schluchzen unter. Dann wurde aufgelegt.

»Der Anruf ging vor sieben Minuten ein«, sagte Nele. »Die Kollegin musste sich kurz orientieren, worum es gehen könnte.«

»Haben wir einen Hinweis, woher der Anruf kam?«, fragte Birte, auch wenn sie die Antwort bereits zu kennen glaubte.

»Noch nicht«, sagte Nele. »Könnte aber eine öffentliche Telefonzelle gewesen sein.«

»Spiel die Datei noch einmal ab«, sagte Birte.

Der Anrufer war eindeutig ein Mann, wahrscheinlich älter, um die fünfzig, und er konnte gut und gerne ein Rumäne sein. Zumindest kam er mit großer Wahrscheinlichkeit aus Osteuropa. Im Hintergrund glaubte sie, Autogeräusche zu vernehmen.

»Wir müssen darauf hoffen, dass Therese bald eine Aussage machen kann.« Birte ließ sich auf einen Stuhl neben Nele sinken. Zum ersten Mal am Tag überfiel sie Müdigkeit.

An diesem Fall passte nichts zusammen. Nun dieser hilflos klingende Anruf. Da lag eine Frau schwer verletzt im Krankenhaus – und dieser Mann stammelte etwas von einem Unfall, statt sich bei der Polizei zu melden. Aber ganz offenkundig hatte er mit diesem Unfall zu tun, hatte ihn beobachtet oder war beteiligt gewesen.

»Ich werde der Kriminaltechnik die Datei schicken. Sie können eine genauere Bestimmung vornehmen«, sagte Nele. »Wenn es derselbe Mann ist, der die Frau getötet und angesteckt hat, dann hat er plötzlich sein Gewissen wiedergefunden.«

Nein, dachte Birte, jemand, der eine Frau umbringt und den Leichnam in Brand steckt, ruft nicht wegen einer alten Frau an, die gestürzt ist.

Einen Moment später hatte Nele einen Mitarbeiter von Thereses Telefongesellschaft am Apparat. »Die Hebamme ist zuletzt in Rodenkirchen gewesen«, sagte sie. »Von da hat sie eine SMS an Henning Broder verschickt.«

Rodenkirchen – konnte das weiterhelfen?

»Was ist mit dem alten Nokia-Handy, das Therese diesem verschwundenen Mädchen gegeben hat?«, fragte Birte. »Haben wir da etwas?«

Nele sah sie an. »Tut mir leid«, sagte sie schuldbewusst. »Das habe ich ganz vergessen. Kümmere mich sogleich darum.«

Birte nickte müde. Ich muss ein paar Stunden schlafen, dachte sie. Es kam ihr vor, als wäre es Tage her, dass sie Danuta, diese andere Frau, am Bahnhof aufgelesen hatte, dabei waren kaum zwölf Stunden vergangen. Max hatte ihr keine Kurznachricht mehr geschickt, er würde zu Hause sitzen, die Urlaubskataloge durchsehen und auf sie warten, um das Hotel für die zweite Woche auf Hawaii zu buchen. Doch wenn sie ehrlich war, musste sie sich eingestehen, dass sie in Wahrheit bereits wusste, dass sie am Samstag nicht nach Hawaii in den Urlaub abfliegen würde – genauso wenig, wie Jan mit seiner neuen Freundin, die Birte bisher erst einmal von Weitem gesehen hatte, nach Bordeaux geflogen war. Aber wie sollte sie Max das beibringen?

Ich werde nachkommen, dachte sie, ja, das werde ich ihm sagen. Zwei, drei Tage später. Wenn Therese rechtzeitig eine Aussage machen kann, kommen wir bestimmt schnell voran.

Kaum hatte sie diesen Gedanken zu Ende gedacht, ging eine SMS von Max bei ihr ein. »Wann kommst du, meine Schöne? Habe gekocht und warte.«

Sie lächelte.

Es war achtzehn Uhr dreiundvierzig, als sie auf die Uhr an ihrem Computer sah.

»Ich muss gehen«, sagte sie zu Nele. »Ich brauche etwas zu essen und ein wenig Schlaf und ...«

Nele winkte ab. Sie hatte zurzeit keinen Freund. Ihre Vorliebe galt erfolglosen Jazzmusikern, und den letzten hatte sie vor ein paar Wochen nach Norwegen verabschiedet. »Geh ruhig. Ich halte dich auf dem Laufenden ...«

Birte war schon an der Tür, als ihr Smartphone summte. Keine SMS, ein Anruf. Von Jan. Seine Stimme zitterte, und sie ahnte, was passiert war.

13

Einmal hatte ihr Großvater gesagt, dass man das Böse spüren könne. Sie hatte es nicht geglaubt; sie hatte ihr Gesicht in den Wind halten und die Luft tief einatmen können, doch nie hatte sie etwas Böses gespürt, nie einen dunklen Hauch oder gar einen Geruch, der sie frösteln ließ. Wenn ihr Großvater vom Bösen sprach, hatte er von den Wölfen gesprochen, die durch die Wälder zogen. Die Bären waren für ihn harmlos, doch die Wölfe fürchtete er, oder zumindest tat er so, vielleicht auch, um seine kleine Enkelin einzuschüchtern.

Nun aber in diesem Haus in Köln glaubte sie auch, etwas Böses zu spüren. Es war kein Geruch, kein Geräusch, sondern eine dunkle Abwesenheit von etwas oder die Stille, wo eigentlich keine Stille sein sollte.

Sie fühlte sich eingesperrt, obwohl sie es nicht war. Ihr Zimmer jedenfalls war nicht abgeschlossen, doch wahrscheinlich wäre Vladan sofort gekommen, wenn sie sich der Haustür genähert hätte.

Als sie auf den Flur hinausging, spürte sie dieses Böse noch heftiger. Sie klopfte an Irinas Tür, doch niemand öffnete oder meldete sich. War Irina wirklich nach Rumänien zurückgekehrt, wie Vladan behauptet hatte? Sie drückte die Klinke herunter, und zu ihrer Überraschung sprang sie auf.

Als Erstes entdeckte sie einen kleinen grünen Koffer auf dem Schrank. Das Mobiliar glich ihrem: ein Bett, Schrank, Tisch, zwei Stühle. Dieses Haus musste einmal eine ziemlich billige Pension gewesen sein, nein, eigentlich war sie das immer noch.

Dann stand Vladan plötzlich in der Tür. »Was machst du hier?«, herrschte er sie auf Rumänisch an. »Das ist nicht dein Zimmer.«

Sie deutete auf den Koffer. »Warum hat Irina ihre Sachen nicht mitgenommen?«, fragte sie.

Vladan griff nach ihrem Arm.

»Das war nicht Irinas Koffer«, sagte er und zerrte sie aus dem Raum.

Er brachte sie in ihr Zimmer, und wenig später reichte er ihr einen Tee, der sehr heiß und süß schmeckte. »Du solltest dankbar sein«, sagte er und lächelte. Sein Lächeln wirkte nachsichtig.

Wofür dankbar?, dachte sie. Dafür, dass du mich hier einsperrst, dafür, dass ich gar nicht mehr weiß, was ich hier soll?

Vladans Gesicht verschwamm auf einmal, wurde undeutlich und kippte schließlich in eine Dunkelheit, die voller Stimmen und Geräusche war.

Sie begriff, dass sie schlief und sich doch gegen diesen Schlaf auflehnte. Irgendetwas stimmte ganz und gar nicht – und dann dieses Böse oder der Gedanke daran.

Im Halbschlaf, der ihr einen furchtbar trockenen Mund bereitete, sprach sie zu ihrem Großvater. Rette mich vor den Wölfen – führe mich zu den Schmetterlingen.

Und dann zerrten andere Stimmen an ihr, ein Schrei stach heraus, wieder Geräusche, aufgeregte Schritte.

Als sie aufschreckte, hatte sie das Gefühl, aus einer Horrorvision erwacht zu sein.

Sie musste dringend etwas trinken, aber nun war die Tür wirklich abgesperrt. Sie hatte Durst, furchtbaren, peinigenden Durst. Sie klopfte gegen das Holz, schrie nach Vladan, doch nichts tat sich.

Nun hatte sogar Vladan sie vergessen.

Doch dann hörte sie, wie der Schlüssel außen im Schloss herumgedreht wurde. Sie war eine Gefangene, ging ihr durch den Kopf.

Die stumme Frau stand da. So hatte Irina sie genannt – die Frau mit den hellrot gefärbten Haaren, eine Deutsche, die ihnen unten an ihrem ersten Tag im Speiseraum ein Frühstück gemacht hatte und die sie gelegentlich beim Staubsaugen gesehen hatte.

Die Frau sah sie an. Dann machte sie eine Geste, wischte sich über den Bauch, offenbar, um da Schmerzen anzudeuten.

Sie nickte. »Durst«, sagte sie dann. Aber ja, die Frau hatte recht. Sie war krank, sie hatte sich mit etwas Bösem infiziert.

Die Frau huschte davon und kehrte mit einem Glas Wasser zurück, das sie sofort hinunterstürzte, das ihren Durst aber kaum linderte. Und plötzlich, als die rothaarige Frau nach dem Glas griff, stand Vladan wieder in der Tür.

Er hatte sich verändert; er war verschwitzt, seine Augen waren gerötet. Er blickte die Frau mit düsterer Miene an, woraufhin sie sofort das Weite suchte.

Dann taumelte Vladan zu ihrem Bett, als könnte er sich kaum mehr auf den Beinen halten. Vielleicht war er auch krank, dachte sie, vielleicht steckte sich jeder in diesem Haus mit etwas Bösem an.

»Was hast du gemacht, Julika?«, flüsterte er, plötzlich auf Deutsch, was sie vollkommen überraschte. Anscheinend hatte er nur so getan, als könne er lediglich Rumänisch sprechen, vielleicht, um Irina und sie zu belauschen. »Verdammt, warum hast du dieser alten Frau gesagt, wo du wohnst? Und nun können wir hier nicht mehr bleiben. Julika, du hast uns alle ins Unglück gestürzt.«

Sie begriff nicht, wovon er sprach. Wer sollte diese alte Frau sein? Ihre Gedanken lichteten sich erst allmählich; Therese, die alte freundliche Hebamme, die sie aufgelesen hatte, kam wie aus einem Nebel hervor. Was hatte Vladan mit Therese zu tun? Doch bevor sie etwas fragen konnte, umklammerte er ihren Arm mit einem festen, schmerzhaften Griff.

»Du musst deine Sachen packen«, sagte er wieder auf Deutsch und klang beinahe wie ihr Großvater. »Wir können hier nicht bleiben. Es ist alles zu Ende … kaputt.«

Fünf Minuten später gingen sie zu einem alten klapprigen beigefarbenen Auto, das ein rumänisches Nummernschild hatte.

Vladan warf ihre Tasche in den Kofferraum, neben einen schwarzen Koffer, der offenbar ihm gehörte. »Du legst dich hinten auf die Decke«, sagte er wieder auf Rumänisch und in dem barschen Befehlston, den sie an ihm kannte. »Und rührst dich nicht.«

Während sie dalag, die Augen geschlossen, mit wild klopfendem Herzen, dachte sie an einen Film, den sie einmal gesehen hatte. Da hatte eine junge Frau in einem Hohlraum in einem Auto gelegen, während man sie über die Grenze in den Westen geschmuggelt hatte. Und irgendwie hatte sie auch das Gefühl, über eine Grenze gebracht zu werden.

14

Er war kein zweiundvierzigjähriger Hauptkommissar, der seit einer Ewigkeit bei der Kölner Polizei im Dienst war und der schon unzählige Fälle aufgeklärt hatte – er war ein kleiner Junge, dem vor Angst die Zunge angeschwollen und der Mund trocken geworden war, und als die Ärztin auf ihn zukam, eine kaum dreißigjährige Frau mit dünnen blonden Haaren, die beim Gehen auf und ab wippten, funktionierte auch sein Gehör nicht so richtig. Er sah, wie sich ihr Mund bewegte, aber wie in einem schlecht synchronisierten Film kam der Ton verzögert, passte nicht zu den Bewegungen ihrer Lippen.

»Sie sind der Polizist, der sich nach der alten Frau erkundigt hat?«

Ja, diese Frage stellte die Ärztin, scheinbar belanglos, aber er ahnte, nein, er wusste schon, welche Worte folgen würden. Vielleicht lag es an der Dunkelheit in ihren Augen oder daran, dass sie ihre Hände immer tiefer in die Taschen ihres Kittels drückte.

»Die Kopfverletzungen der Patientin waren sehr erheblich, ein offener Schädelbruch … auch ihr Gesamtzustand war kritisch … schon als sie eintraf … Blutverlust … Puls kaum mehr fühlbar … Wir haben alles versucht …«

Schiller spürte, wie er fiel, wie er auf den Stuhl hinter sich sackte. »Nein«, sagte er leise zu sich selbst, und als er den Kopf drehte, sah er in seine Straße, sah er, wie der Rauch aus den beiden Fenstern der Wohnung seiner Eltern quoll, und er hörte sein eigenes Herz, das immer schneller und heftiger pochte.

Die Ärztin griff nach seinem Arm, offensichtlich überrascht, dass ein Polizist so emotional reagieren konnte.

»Es tut mir leid«, sagte sie. »Ich nehme an, Sie kannten die alte Dame, nicht wahr?«

Schiller wandte wieder den Kopf. Er nickte. »Ja«, sagte er, »ich kannte sie … sehr gut.« Dann stand er langsam auf und straffte sich. Er versuchte wieder, wie ein Polizist zu reagieren. »Ich muss Therese sehen, und ich muss wissen, woran sie genau gestorben ist. Hat man sie erschlagen? Ist sie an heftigen Schlägen auf den Kopf gestorben?«

Die Ärztin suchte seinen Blick, den Kontakt mit seinen Augen. »Die genaue Ursache für die Kopfverletzung können wir nicht eindeutig benennen. Das muss sich die Rechtsmedizin ansehen, aber ja, ich kann Sie zu der Verstorbenen führen.«

Er ging hinter der Ärztin her, er sah ihr wippendes blondes Haar, und er sagte stumm vor sich hin: »Sie ist tot, Therese ist tot …« Er hatte schon manche Nachricht über den Tod eines Menschen überbringen müssen und etliche Leichen gesehen, aber diese Botschaft, die nun ganz an ihn gerichtet war, kam nicht wirklich an.

Wenig später sah er sie auf einer Bahre liegen, klein und geschrumpft, mit einem bläulichen Gesicht, die Verletzungen am Kopf waren kaum zu erkennen, nur ein paar rötliche Flecken, und doch wirkte sie bereits fremd und wächsern. Seltsamerweise fiel ihm Broder ein und dessen Satz, dass Therese sich habe malen lassen wollen, gewissermaßen als Erinnerung für ihn, Schiller.

Er hörte selbst, dass er schluchzte, er wollte sich zu der Ärztin wenden, ihr eine Erklärung abgeben. Ich bin sonst nicht so, ich weine nicht, wenn ich einen Toten sehe, aber diese Frau war für mich wie eine Mutter, ja sie stand mir näher, als meine Mutter mir jemals gewesen war.

Doch die Ärztin senkte nur leicht, und als würde sie verstehen, den Kopf. »Ich lasse Sie einen Augenblick allein«, sagte sie.

Er zog einen Stuhl heran und nahm Thereses linke Hand, die unter dem Laken neben ihrem toten Körper lag. Die Hand war kalt, aber sie wirkte nicht völlig leblos, als wäre da noch ein letzter Funken, der möglicherweise auf ihn, auf diese letzte Berührung gewartet hatte.

»Verdammt, Therese«, flüsterte er, »was hast du gemacht? Wo bist du gewesen? Konntest du nicht zu Hause bleiben?

In deinem zugemüllten Bungalow? Warum konntest du nicht einfach in deinem Garten in der Sonne sitzen, wie andere alte Frauen es tun? Du bist dreiundachtzig Jahre alt, du musst dich nicht mehr um jedes Mädchen kümmern, das traurig und einsam durch Köln läuft.«

Für einen Moment dachte er, dass sie nur tief schlafe und er den sanften Druck ihrer Hand gespürt habe, als wollte sie ihm signalisieren, dass sie ihm zuhörte, aber wie üblich keineswegs seiner Meinung war.

»Du bist ein altes unberechenbares Mädchen«, sagte er laut, dann legte er ihre Hand zurück, und in dieser Bewegung entdeckte er etwas, das ihn irritierte. Waren da schon Leichenflecken? Nein, er sah etwas Blaues, Zeichen. Als er sich vorbeugte und den toten Arm ein wenig bewegte, registrierte er, dass Therese sich etwas innen auf den linken Arm geschrieben hatte. Zahlen – eine Telefonnummer vielleicht? Nein, da konnte auch ein Buchstabe dabei sein. Die Zeichen waren ein wenig verwischt, nicht wirklich zu lesen. Aufgeregt griff er nach seinem Smartphone. Seine Stimme war irgendwie tief in ihm verschwunden, als Birte sich meldete. Er musste sich räuspern, musste die Worte hervorlocken, die er zu sagen hatte.

Therese war vermutlich ermordet worden, aber den ersten Hinweis auf ihren Mörder hatte sie sich noch auf die Haut gekritzelt.

Birte brauchte vierzig Minuten, bis sie in der Klinik eintraf. Von unterwegs hatte sie schon einige Dinge arrangiert, die er nie hätte tun können. Da hätte ihm die Stimme versagt. Sie hatte die Überführung des Leichnams in die Rechtsmedizin veranlasst, die Spurensicherung in den Bungalow nach Seeberg beordert und eine Pressemitteilung mit einem Foto Thereses und der Frage herausgeben lassen, wer sie zuletzt gesehen hatte.

Von Rodenkirchen hatte die alte Hebamme eine letzte SMS verschickt, dann verlor sich offenkundig ihre Spur.

»Was?«, fragte Birte dann sanftmütig, nachdem sie Schiller

hinaus aus der Uniklinik in die Dunkelheit begleitet hatte. »Was möchtest du jetzt tun?«

»Wir müssen ihren Mörder finden.«

»Das werden wir«, sagte Birte ernst, »aber vielleicht war es gar kein Mord.« Sie berichtete von dem Anruf, der auf der Leitstelle eingegangen war.

»Selbst wenn Therese wirklich gestürzt sein sollte – jemand hat sie vom Leben in den Tod gebracht«, sagte Schiller. Er fühlte, wie ihn eine Taubheit ergriff, die ihn matt und müde machte. Er musste für einen Moment innehalten, um Therese trauern, und danach … Ja, dann mussten sie den Schuldigen finden.

»Wir könnten in Thereses Wohnung fahren«, sagte Birte unsicher und tastend, »oder zu Frank ins Café.«

Franks Büdchen war sein Rückzugsort, da hatte er nach der Trennung von Carla viele Stunden verbracht, ein nicht sonderlich gemütliches Stehcafé am Ehrenfeldgürtel, in dem es den besten Kaffee der Stadt gab.

»Nein«, sagte Schiller, »wir müssen es Broder sagen. Er hat Therese genauso sehr geliebt wie ich. Und dann fahren wir in die Rechtsmedizin. Ich muss wissen, was Therese sich auf den Unterarm geschrieben hat.«

15

Damals, als sie bei der Hamburger Polizei anfing, hatte sie einen Mentor gehabt: Herbert Adamsberg, klein, dick, mürrisch, ein Kettenraucher, aber der beste Polizist weit und breit, der vor allem seiner Intuition vertraute. Er ahnte sofort, wann eine Sache kompliziert werden würde und wann nicht.

Bei einem Fall habe er sofort gewusst, dass er ihn nicht würde lösen können, hatte er ihr, dem Neuling, einmal in einer schwachen Stunde erklärt: Beim Mord an seinem Halbbruder, der aus dem siebten Stockwerk eines Hochhauses in Altona gefallen war, aber Spuren eines Kampfes aufgewiesen hatte, war er nicht weitergekommen, obschon er sich Tag und Nacht und gegen eine Dienstanweisung darüber den Kopf zerbrochen hatte. Er habe, hatte er ihr mit Tränen in den Augen gesagt, seinen eigenen Bruder nicht so gut durchschaut und gekannt, dass er dessen Wege habe nachvollziehen können, obwohl er gewusst habe, dass es um Wettschulden und Glücksspiel gegangen sein musste. Einen Monat nach ihrem Gespräch war Adamsberg aus dem Dienst ausgeschieden; er hatte sich, müde und frustriert, mit achtundfünfzig Jahren nach Jütland aufgemacht, um dort als Hilfskraft bei einem Bootsvermieter zu arbeiten.

Nun hatte sie den gleichen Gedanken, nur dass er Jan betraf: Sie würden nicht herausfinden, wer für Thereses Tod verantwortlich war.

Nein, so durfte sie nicht denken, sagte sie sich.

Sie saßen schweigend in Broders Atelier um einen Tisch herum, den er sonst für seine Malutensilien benutzte: Jan, Danuta, Henning Broder und sie.

Wie Jan war auch Broder in ein düsteres Schweigen verfallen, nachdem sie ihm die Nachricht von Thereses Tod überbracht hatten.

Dann hatte er eine Flasche Gin hervorgeholt und jedem eingeschenkt. Er hatte keine Fragen gestellt, sondern ihnen stumm zugeprostet.

Danuta saß neben ihm, als würde sie schon dazugehören; sie schwieg ebenfalls, beobachtete Broder jedoch aus den Augenwinkeln, als wäre sie für ihn verantwortlich.

»Eigentlich …«, begann Broder unvermittelt und zögernd, »… müssten wir ein Gebet für Therese sprechen. Sie hat immer an den lieben Gott geglaubt – und irgendwie hat … sie es … geahnt, dass sie ster…ben würde.« Er geriet ins Stottern. Nachdem ihm eine Kugel in den Kopf geschossen worden war, hatte er mühsam laufen und sprechen lernen müssen, und wenn er aufgeregt war, machte sich die Verletzung wieder bemerkbar. »Als dieser berühmte Pater aus Taizé … ermordet worden ist … in seiner Kirche … ein uralter Mann … hat sie mich angesehen und gesagt, so etwas passiert heiligen Menschen. Und jetzt ist es ihr passiert, aber … sie … sie war ja auch ein heiliger Mensch.«

Jan stöhnte plötzlich auf, während Birte spürte, dass ihr Smartphone summte. Eigentlich konnten sie es sich nicht leisten, hier ihre eigene kleine Totenfeier für die alte Hebamme abzuhalten; Nele hatte Bert Cremer, den Dritten in ihrem Team, aus dem Urlaub geholt und zudem weitere zwölf Beamte angefordert. Außerdem wartete Max auf ihren Rückruf.

»Ich könnte singen«, sagte Danuta unvermittelt, »für die tote Frau.« Als niemand Einwände vorbrachte, begann sie in ihrer Sprache ein Lied anzustimmen – ein Kirchenlied, so hell und kristallklar, dass Birte unwillkürlich Tränen in die Augen traten.

Ihr Telefon summte weiter, doch als Danuta geendet hatte, war es, als wäre jeder in seine Trauer versunken und müsste erst mühevoll aus ihr wieder auftauchen.

»Ich habe mich immer vor dem Moment gefürchtet, der nun eingetreten ist«, sagte Jan laut, »dass ich ohne Therese klarkommen muss, aber dass wir als Polizisten ihren Tod aufklären …« Er brach ab und sah Birte an. Sie konnte in seinen Augen lesen, was er dachte: Niemand darf mich von diesem Fall abziehen, niemand …

Sie nickte ihm zu.

Broder schenkte sich noch ein Glas Gin ein. »Sie war ein heiliger Mensch«, wiederholte er, »solche Menschen mit so großen Herzen gibt es gar nicht mehr, aber … zum Glück … mein Bild … von ihr … es ist fast fertig … Ich werde es heute Nacht zu Ende malen.«

Danuta legte ihm ihre Hand auf den Arm, eine Geste der Vertrautheit, die Birte überraschte. Wo war eigentlich Ela, Broders dunkelhaarige ätherische Freundin? Waren die beiden getrennt? Sie wusste es nicht.

Jan nahm sein Glas, er hob es hoch, sah jeden an und trank es dann in einem langen Zug aus. »Wir müssen weiter«, sagte er in Broders Richtung, »ich werde nicht eher ruhen, bis ich weiß, wer Therese umgebracht hat.«

»Sie wird die größte und schönste Trauerfeier bekommen, die Köln jemals gesehen hat«, rief Broder in den Raum. »Ich schwöre.« Abrupt stand er auf und ging in den hinteren Teil seines Ateliers. Offenkundig wollte er nun wirklich weiterarbeiten.

»Danke, dass ich hier sein darf«, sagte Danuta zu Birte. »Und morgen gucke ich am Bahnhof nach.«

»Ja«, sagte Birte, »wir schauen uns um, ob da ein Bus aus Rumänien ankommt.« Sie stand gleichfalls auf und zog ihr Smartphone hervor.

Eine Nachricht stammte von Max, erkannte sie. Ein ungeduldiges »Bitte lass mich nicht mehr lange warten, meine Schöne!«.

Eigentlich war sie es ihm schuldig, dass sie mit ihm sprach, doch dann schrieb sie: »Therese, Jans alte Freundin, ist tot. Der Fall wird immer komplizierter.«

Seine Antwort kam sofort. »Wir können am Samstag nicht fliegen, nicht wahr?«

Sie sandte keine Antwort, sondern fuhr mit Jan zur Rechtsmedizin.

Ein Mann mit zurückgekämmten Haaren und einem grauen Gesicht, das den Kettenraucher und Trinker verriet, öffnete ihnen die Tür. »Immer wenn ihr auftaucht, muss ich Überstunden machen«, sagte er tonlos.

Birte verzog das Gesicht. »Wir sind wegen der alten Frau hier.« Es fiel ihr bereits schwer, Thereses Namen auszusprechen.

»Weiß ich doch«, sagte der Sektionsassistent. »Frau Dr. Grams erwartet euch bereits.«

Sie gingen in ein schmales, muffiges Büro, das im Keller lag. Die Rechtsmedizinerin saß an einem Schreibtisch am Computer und blickte auf. Man konnte ihr ansehen, dass sie in den letzten Tagen viel zu wenig Schlaf bekommen hatte.

»Ich bin noch nicht so weit, Ihnen was zu sagen – Sie sind wirklich ungeduldig«, beklagte auch sie sich. Dann schob sie ihnen ein DIN-A4-Blatt zu. »Sie wollten wissen, was die alte Dame sich auf den Arm geschrieben hat. Wir haben es mit einer Spezialkamera fotografiert und vergrößert. Sieht mir nach einem Autokennzeichen aus.«

Birte nahm das Blatt und schaute es an. »SB 17 RSG«, las sie.

»Wenn es ein Kennzeichen ist, dann nicht aus Deutschland.« Jan nahm sein Smartphone hervor und begann zu googeln.

»Was ist mit den Kopfverletzungen von … Therese?«, fragte Birte. »Haben Sie etwas herausgefunden?«

Die Rechtsmedizinerin wischte sich über das Gesicht. »Leider ist das Gesamtbild nicht eindeutig. Sie hat eine Schädelfraktur erlitten … Genau hier …« Sie deutete auf ihren Hinterkopf. »Schwere Einblutungen, der Knochen ist nicht nur gesprungen, sondern eingedrückt worden … aber ob es ein Stein war, mit dem jemand mit großer Kraft auf sie eingeschlagen hat, oder ob sie gestürzt ist und etwa gegen eine Steinkante geschlagen ist, lässt sich nicht mit Sicherheit sagen. Sie hatte allerdings auch eine Verletzung an ihrem rechten Knöchel. Das könnte auf einen Sturz von einer Treppe hindeuten.«

Birte schaute Jan an. Ob er zugehört hatte, war nicht genau zu sagen. Doch nein, seine Miene war düster und aufmerksam zu-

gleich. »Es ist für mich nicht von Belang, ob sie jemand von einer Treppe gestoßen oder sie mit einem Stein erschlagen hat …«
Er hielt ihr das Smartphone hin. »Rumänien – schon wieder«, sagte er. »SB steht für Sibiu – das hieß früher Hermannstadt. Ich glaube, Therese hat geahnt, wo diese Julika hinwollte – und das hat sie das Leben gekostet.«

16

Es gab einen Ort jenseits der Müdigkeit, wo alles irgendwie dahintrieb, wo Gedanken, Gefühle, unklar und unstet, kamen und gingen. Da genau, an diesem Punkt jenseits der Müdigkeit, befand er sich nun. Das Bedürfnis nach Schlaf war aus seinem Kopf verschwunden, hatte sich allerdings bleiern in seinen Gliedern festgesetzt. Birte war nach Hause gefahren, zu ihrem Freund, dem sonst so geduldigen Max, um ihm zu erklären, dass sie am Samstag nicht mit ihm in den Urlaub ins ewig sonnige Hawaii fliegen könne.

Schiller aber hatte noch einmal an Thereses Bungalow haltgemacht. Seit Jahren, nein, Jahrzehnten kannte er das Versteck für ihren Ersatzschlüssel. Auf dem Abgang zur Treppe, die zum Heizungskeller führte, hinter einem losen Stein, lag immer, wie eine Rückversicherung, ein matt glänzender, abgegriffener einzelner Schlüssel.

Wenig später saß er in ihrem Wohnzimmer, ohne Licht. Alles war still, nur dann und wann war das Summen des Kühlschranks aus der Küche zu hören, und einmal hatte eine Katze, die offenbar von der alten Hebamme gefüttert wurde, vor dem Küchenfenster geschrien; er hatte das Tier jedoch nicht beachtet.

Aus welchem Grund war er hierhergekommen?

Es war Trauer und Wut; ja, Wut hatte sich nun auch eingestellt. Warum nur hatte sie sich allein auf die Suche nach dieser mysteriösen Julika begeben?

Aber noch etwas anderes machte ihn wütend. Therese hatte nie den Namen Friedbert erwähnt – nie hatte sie mit ihm über den Tod seiner Eltern gesprochen, und nun war es zu spät dafür. Er würde ihr keine Fragen mehr stellen können und nie von ihr erfahren, ob seine Mutter tatsächlich eine Affäre mit diesem Chorleiter gehabt hatte.

Vor der Rechtsmedizin hatte er kurz mit Nadine geredet, und als plötzlich, mitten hinein in seine Wut, sein Smartphone summte, spürte er einen Stich der Freude. Ihre Nummer leuchtete wieder auf dem Display auf.

»Tut mir leid«, sagte sie. »Ich konnte eben nur kurz sprechen. Da lief die Aufführung noch. Ich stand hinter der Bühne und …« Sie verstummte. »Ich kann wohl kaum ermessen, was der Tod dieser Hebamme für dich bedeutet. Ich komme morgen Nachmittag zurück. Mir gefällt es hier nicht.«

Er spürte, wie gut es ihm tat, Nadines Stimme zu hören – als würde die Wärme, in der sie sich aufhielt, zu ihm herüberwehen.

»Wo genau bist du?«, fragte er.

»Ich sitze auf einer Bank an der Garonne, hinter mir ist die Stadt, schön erleuchtet. Das Opernhaus ist ein Traum, aber …« Sie brach wieder ab. »Erzähl mir von eurem Fall. Seid ihr weitergekommen?«

Er berichtete von dem rumänischen Autokennzeichen, das Therese sich auf die Haut gemalt hatte. »Vermutlich geht es um Prostitution – Mädchen aus Rumänien, die nach Deutschland geschleust werden.«

»Wirklich?«, fragte Nadine, in einem zweifelnden Tonfall, wie ihn auch Birte manchmal annahm. »Deswegen begeht jemand einen Mord und verbrennt eine Leiche – weil ein paar Mädchen auf den Strich gehen sollen?«

Wahrscheinlich hatte sie recht.

»Ich weiß nicht viel über Rumänien«, redete sie weiter. »Gab es da nicht früher diesen Diktator und einen gefürchteten Geheimdienst?«

»Ceaușescu«, sagte Schiller, »aber das ist eine Ewigkeit her, und was sollte das mit einer verschwundenen Frau zu tun haben?«

Sie atmete tief ein, als würde sie eine Zigarette rauchen, und dann hörte er aus dem Hintergrund eine Stimme, die etwas auf Französisch sagte.

»Es ist noch etwas«, fuhr er fort. »Heute Morgen war ich am Grab meiner Eltern. Vor genau achtundzwanzig Jahren sind sie … umgekommen.« Dann erzählte er von dem Chorleiter und dass Therese ihn nie erwähnt hatte.

»Ich verstehe dich«, sagte Nadine bestimmt, »aber das ist im Moment alles nicht so wichtig. Du musst ein paar Antworten finden. Wo ist diese Rumänin? Und warum überhaupt sprach sie so gut Deutsch? Habt ihr darüber nachgedacht?«

Nein, das hatten sie nicht.

Nadine, dachte Schiller unvermittelt, ich würde jetzt gerne meinen Arm um dich legen, und dann sagte er: »Du fehlst mir, und ich würde jetzt gerne neben dir liegen.«

Sie lachte leise. »Genau das, mein Polizist, habe ich eben auch gedacht.«

Als sie mit einem Gruß die Verbindung getrennt hatte, stand er reglos mit dem Smartphone in der Hand da. Viele Worte schienen um ihn herumzufliegen, so viel hätte er plötzlich noch sagen wollen, und vor allem einen Satz: Bleib mir! Zwei Worte, die ihm früher niemals über die Lippen gekommen wären.

Dann stahl sich unvermittelt Carla in seine Gedanken, die Frau, mit der er so viele Jahre zusammen gewesen war. Sie wusste vermutlich noch nichts von Thereses grausamem Tod. Ihre Nummer hatte er nicht aus seinem Telefonverzeichnis gelöscht, doch als er sie anwählen wollte, spürte er die Schwere in seinen Gliedern noch deutlicher. Er ging in die Küche, um sich einen Kaffee zu machen; es mochte zehn Uhr am Abend sein.

Die Nacht in diesem verlassenen Bungalow zu verbringen war ein dunkler Gedanke, der ihn deprimierte, gleichzeitig kam es ihm unvorstellbar vor, in seine Wohnung zu fahren, als würde er bloß auf Therese warten, als könnte sie jeden Augenblick zurückkehren. Mit einem Kaffee ging er in das Wohnzimmer zurück und legte sich auf das Sofa. Hatte Nadine nicht recht? Hatten sie sich über diese Deutsch sprechende Julika zu wenige Gedanken gemacht? Vielleicht war ihre Begegnung mit Therese gar kein Zufall gewesen, sondern ein absichtsvolles Treffen. Doch wozu? Er gab bei Google »Deutsche in Rumänien« ein. Ja, es hatte bis 1989 eine große deutschsprachige Minderheit in Rumänien gegeben. Banater Schwaben, Siebenbürger Sachsen, Bukowinadeutsche ... Über achthunderttausend Menschen, die aber fast alle nach dem Fall der Mauer in den Westen gegangen waren. Vielleicht hatte die verschwundene Julika auch zu dieser Minderheit gehört. Doch was konnte das für eine Rolle spielen?

Kurz überlegte er, Nadine wieder anzurufen und ihr davon zu berichten. Dann sah er, dass es fast dreiundzwanzig Uhr war. Eine Katze schrie wieder irgendwo.

Therese wird nie wieder in dieses Haus zurückkommen, dachte er, über fünfzig Jahre hatte sie hier gelebt. Und nun hatte jemand sie umgebracht. Ein Gedanke erfasste ihn, leuchtete förmlich in ihm auf: Wenn ich diesen Fall nicht löse, werde ich niemals Ruhe finden.

Er rief einen Stadtplan von Köln auf. Zuletzt war Therese in Rodenkirchen gewesen. Gab es da einen Anhaltspunkt? Nein, nicht wenn man sich lediglich eine Straßenkarte anschaute.

Als ihm vor Müdigkeit der Kopf auf die Brust sank, ging eine SMS bei ihm ein. »Ankunft 16 Uhr 14«, schrieb Nadine mit einem Smiley.

Als er erwachte, war es taghell. Sein Smartphone summte. Schiller brauchte einen Moment, um sich zu orientieren. Er lag auf Thereses altem Sofa und hatte sich unter einer dünnen Decke zusammengekauert. Es war acht Uhr drei.

Das Smartphone surrte weiter.

»Hältst du einen langen Schönheitsschlaf?«, fragte Birte. »Haben wir nicht zu arbeiten? Nele hat einiges herausgefunden. Wann kannst du im Präsidium sein?«

17

»Glaubst du an Gott?«, fragte Vladan sie. Er sprach nun fließendes Deutsch mit ihr; offenbar hatte er sich die ganze Zeit verstellt.

»Ja«, sagte sie leise, »ich glaube an Gott.«

Ihr Großvater hatte ihr oft aus der Bibel vorgelesen, wenn sie krank war. Die schönsten Geschichten vom Jesuskind, aber am besten hatte ihr die Stelle von Daniel in der Löwengrube gefallen; der Prophet, dem die Löwen nichts angetan hatten, weil Gott einen Engel geschickt hatte. So hatte sie sich auch einen Moment gefühlt, als Therese sie am Bahnhof aufgelesen hatte, als hätte Gott ihr einen Engel geschickt.

»Es ist gut, dass du an Gott glaubst«, sagte Vladan. Er drehte sich vom Steuer weg kurz zu ihr um. »Wir brauchen jetzt Gott an unserer Seite.«

Er fuhr durch die Stadt, die ganze Zeit schon. Ihr wurde schlecht von der Kurverei, doch sie durfte sich nicht hinsetzen. Was ist mit Irina und mit Therese?, fragte sie sich die ganze Zeit, aber eigentlich kannte sie die Antwort. Es musste etwas passiert sein. Sonst hätte Vladan nicht so panisch seine Sachen gepackt.

»Mir ist schlecht«, sagte sie auf Rumänisch, laut und deutlich.

Vladan trat auf die Bremse. »Wir sind gleich da«, sagte er auf Deutsch, fast zartfühlend. »Noch Geduld, Julika.«

Sie begann zu weinen, völlig gegen ihren Willen; es brach aus ihr heraus, ein hemmungsloses Schluchzen, in dem all ihre Angst steckte.

»Irina ist tot!«, stieß sie hervor, ohne zu wissen, wo genau dieser Gedanke herkam.

Vladan bremste erneut abrupt. »Hör auf!«, schrie er. »Ich versuche uns zu retten, *ce dracu*!«

Sie musste nur noch lauter weinen, dann richtete sie sich auf. An der nächsten Ampel würde sie aus dem Auto springen, sagte sie sich. Vor Tränen konnte sie kaum etwas sehen; sie waren noch immer in Köln, erkannte sie dann, auf einer breiten Straße, viele Autos, hässliche Häuser.

»Du weißt gar nicht, worum es geht!«, brüllte Vladan weiter.

»Dann sagt es mir doch!«, erwiderte sie auf Rumänisch.

Er drehte sich wieder um und funkelte sie an. Sein Mund unter dem Schnauzbart verzog sich. »Sie haben dich verkauft – für zehntausend Euro! Wusstest du das? Der gute liebe Radu …« Die letzten Worte sprach er in einem höhnischen Tonfall aus. Dann bog er in eine Seitenstraße ab und hielt an.

Die Worte drangen langsam zu ihr. Radu hatte sie verkauft …

»Was soll das alles?«, fragte sie.

»Das erkläre ich dir später«, entgegnete er sanfter. »Jetzt bringe ich dich in eine sichere Wohnung, und dann muss ich mein Auto verstecken.«

Zwei Zimmer, drei Etagen über einem Lokal, das »Biermeisterei« hieß – oder so ähnlich. Jedenfalls trug es keinen rumänischen Namen, wie sie es eigentlich erwartet hatte. Vladan hatte sie aufgefordert, den Kopf gesenkt zu halten, während sie die Straße überquerten und durch das kahle, muffig riechende Treppenhaus in eine Wohnung unter dem Dach hinaufgingen. Es war kalt und feucht in den Räumen, die aussahen, als wären sie lange nicht bewohnt gewesen. Vladan warf ihre Sachen in den schmalen Flur.

»Du wartest«, sagte er streng und sah sie durchdringend an. Dann machte er kehrt und schloss sie ein.

Sie hörte ihr eigenes Herz laut und ängstlich schlagen. »Was, Großvater«, flüsterte sie, »was ist in meinem Leben so schiefgelaufen?«

In dem ersten Raum, dessen Fenster zu einem Baumwipfel hinauswiesen, was sie irgendwie tröstete, gab es ein altes Cordsofa, einen Sessel aus demselben Material, ein Holzregal und einen Fernseher, der auf einem braunen Holzschränkchen stand. Sie setzte sich. Ihre Knie waren wie aus Gummi; es war, als würde sämtliche Kraft aus ihr herausfließen.

Das Fenster war zu hoch. Da würde sie niemals hinausklettern können. Aber wohin sollte sie fliehen? Auch wenn sie diese Sprache sprach – Deutschland war wie ein feindliches Land ohne jede Rettung. Sie musste nach Hause, zu ihrem Großvater, zu seinen Bienen und Schmetterlingen und der großen Wiese hinter seinem Haus. Erst dann würde sie in Sicherheit sein. Aber was würde der alte Mann tun, wenn sie es schaffen würde, ihm eine Nachricht zukommen zu lassen? Er hatte immer noch kein Telefon; wenn man ihn erreichen wollte, musste man bei Max Bender, dem Orgelbauer, anrufen, der zwar erst fünfzig war, aber beschlossen hatte, nicht in den Westen zu gehen, sondern alle Orgeln der Umgebung zu restaurieren.

Sie versuchte, einen Plan zu machen – gegen ihre Schwäche und Mutlosigkeit.

Als Vladan zurückkehrte, war sie immerhin in dem engen fensterlosen Bad gewesen und hatte sich das Gesicht gewaschen.

Er sank auf den Sessel und wischte sich über die Augen. Für einen Moment glaubte sie, er habe geweint.

»Es ist zu Ende«, sagte er auf Deutsch. »Mein Leben … die Lügen … Ich heiße nicht Vladan. So hieß ich nur für euch, weil Ove es so wollte. Eigentlich heiße ich Ernst Köber. Ich bin ein Siebenbürger Sachse wie du und deine Großeltern, aber dann habe ich mich mit den falschen Leuten eingelassen.« Er seufzte. Schwerfällig stand er auf und holte aus seiner Tasche eine Flasche Bier, die er sofort öffnete und halb austrank.

Sie wagte nicht, etwas zu sagen, sondern wartete ab, was Vladan ihr noch erzählen würde.

Er blickte sich um. »Mein Neffe hat unten das Lokal. Er weiß nicht, dass du hier bist. Darf er nicht wissen. Wenn Ove uns findet, sind wir tot.« Er schwieg abrupt und trank wieder. Dann nickte er heftig. »Ja, Ove würde nicht zögern, uns umzubringen. Mich zuerst, dann wahrscheinlich auch dich.«

Sie spürte, wie ihr Gesicht zu brennen begann. Das war ihr zum letzten Mal als Schülerin passiert, als man sie vor die Klasse zitiert hatte. Der Lehrer hatte sie nicht gemocht, für ihn war sie eine »widerwärtige Deutsche« gewesen.

»Aber wir werden uns retten«, sagte Vladan dann entschlossen. »Von dieser Wohnung weiß Ove nichts.«

Wer ist dieser Ove?, wollte sie fragen, stattdessen aber sagte sie: »Warum kann ich nicht nach Haus gehen? Zu meinem Großvater.«

Vladan setzte die Flasche wieder an, obschon sie leer war. »Weil dann auch deine Großeltern in Gefahr wären. Radu würde es sofort melden. Und dann würde Ove, der Bluthund, die Sache übernehmen.«

Das Wort »Bluthund« sprach Vladan wie einen Fluch aus.

»Wer ist dieser Ove?«, fragte sie nun doch.

Vladan verzog den Mund. »Er ist auch aus Rumänien. Kein Siebenbürger Sachse, sondern aus dem Banat, aber er ist anders. Brutal, geschäftstüchtig. Ich glaube, das alles war seine Idee.«

»Was für eine Idee?«, fragte sie weiter.

Vladan sah sie an, doch er sagte kein Wort. Es war, als würde er durch sie hindurchsehen.

»Geht es darum, sich an Männer zu verkaufen?« Sie sprach so leise, als hätte sie Angst vor ihren eigenen Worten.

»Ich rede zu viel«, sagte Vladan. Seine Stimme klang wieder entschlossener. »Es ist nicht gut, wenn du zu viel weißt. Und Prostitution? Sich mit Männern ins Bett legen? Nein!« Er faltete die Hände und starrte voll müder Trauer auf sie herab. »So einfach ist die Sache leider nicht.«

18

»Du hast recht«, hatte Max in der Nacht gesagt, nachdem sie endlich zurückgekehrt war. »Wir können vielleicht nicht nach Hawaii fliegen. Thereses Tod … Ihr müsst alles darüber herausfinden. Manche Tode sind schrecklicher als andere.«

Birte hatte ihn geküsst, und dann hatten sie nebeneinander im Bett gelegen, ohne sich zu berühren. Es war, als würde Max genau spüren, welchen Schrecken ihr dieser Fall bereitete. Therese war auch für sie eine Vertraute gewesen, ein Stück Köln, unverfälscht, mit großer Klappe, aber mit dem Herzen stets auf dem richtigen Fleck.

Um sechs Uhr erwachte sie. Max neben ihr richtete sich kurz auf. »Mach dir keine Sorgen«, sagte er verschlafen. »Ihr habt bisher immer das Richtige getan.«

Aber was genau war nun das Richtige?

Noch nie hatte sie es mit jemandem zu tun gehabt, der eine Frau tötete und sie dann verbrannte. Als wären Frauen Hexen, kam ihr in den Sinn, aber nein, wie ein Scheiterhaufen war ihr die Brandstelle in dem verlassenen Haus nicht vorgekommen.

Nele saß im Präsidium bereits an ihrem Platz und grüßte mit einem Kaffeebecher in der Hand. »Konnte auch nicht mehr schlafen«, erklärte sie lakonisch. Dann legte sie ihr einen Computerausdruck vor. »Vielleicht sollte ich einen Grundkurs in Rumänisch belegen.«

Sie hatten nun zumindest das Autokennzeichen geklärt, das Therese sich auf den Unterarm gekritzelt hatte. Es handelte sich um einen beigefarbenen Škoda Fabia, Baujahr 2008, zugelassen auf Ernst Köber, geboren am 8. August 1957, wohnhaft in Sibiu, Strada Matei Millo.

»Dieser Rumäne hat ebenfalls einen deutschen Namen«, erwiderte Birte. Sie nahm sich auch einen Kaffee. »Genau wie die verschwundene Julika. Ist doch auffällig, oder nicht?«

Nele nickte.

»Können wir die Kollegen der rumänischen Polizei bitten, uns etwas zu diesem Köber mitzuteilen? Und vielleicht sollten wir ihnen auch die Audiodatei schicken. Möglicherweise war Köber der Mann, der wegen Therese den Notruf angewählt hat.«

»Habe ich schon erledigt – einschließlich Datei«, entgegnete Nele. »Aber das kann sicherlich bis Freitag oder Montag dauern. Ich habe auch hier die Verkehrsleitstelle abgefragt, ob wir etwas zu dem Kennzeichen haben. Leider Fehlanzeige. Offensichtlich kein Falschparker oder Raser.«

»Therese ist durch Rodenkirchen gelaufen und hat dieses Auto da stehen sehen«, sagte Birte. Sie trank einen ersten heißen Schluck Kaffee. »Mit einem rumänischen Kennzeichen. So hat sie herausgefunden, wo Julika gewesen ist.« Und dann hat sie an der Tür geklingelt, dachte sie weiter, und wenig später war sie tot – und jemand hat beim Notruf behauptet, es sei ein Unfall gewesen.

»Wäre möglich«, sagte Nele. »Wir könnten das an die Kollegen in der Wache Rodenkirchen weitergeben. Vielleicht ist einem von ihnen der Wagen auch aufgefallen.«

»Ja«, sagte Birte, »eine gute Idee.« Sie müsste selbst nach Rodenkirchen hinausfahren, um sich umzusehen.

Sie nahm sich ihren zweiten Kaffee, als ihr Smartphone summte. Sofort dachte sie an Max. Es war die größte Enttäuschung, die sie ihm bisher bereitet hatte, dass sie nicht nach Hawaii reisen konnten.

»Ich habe unsere Reise storniert«, sagte Max. Es klang so, als würde er etwas von einem Blatt ablesen. »Aber vielleicht sollten wir das Geld auch sparen und heiraten.«

»Ich muss mich um Thereses Beerdigung kümmern«, sagte Jan, der ihr ausnahmsweise das Steuer überlassen hatte, nachdem er ungeduscht und unrasiert im Präsidium angekommen war. »Aber wie soll ich das bewerkstelligen?« Er schaute sie beinahe flehentlich an, während sie nun durch Rodenkirchen kreuzten. »Heute Morgen hat mich der erste Reporter angerufen. Und dann zwei von Thereses früheren Schützlingen – die eine hat vor Schluchzen fast kein Wort herausgebracht.«

Die Nachricht war inzwischen in der Welt. »Berühmte Kölner Hebamme tot – war es Mord?«, hatte der Express getitelt.

»Es muss ein Fest werden«, sagte Birte. »So hätte sich Therese ihren Abschied gewünscht.«

Jan schnaubte. »Ein Fest? Nein, nicht, solange wir nicht wissen, wer sie getötet hat.«

Vom Rathausplatz in Rodenkirchen war das letzte Funksignal von Thereses Smartphone gekommen. Danach verlor sich ihre Spur, und ihr Telefon war auch nicht mehr aufgetaucht – genauso wenig wie das Nokia, das die alte Hebamme Julika gegeben hatte.

Birte parkte auf der Hauptstraße. Hier gab es zwei, drei billige Hotels, die sie sich ansehen wollten.

»Ich weiß nur, dass sie auf Melaten beerdigt werden muss. Das hätte sie sich gewünscht – und wir müssen kölsche Musik spielen, die Bläck Fööss. ›Buuredanz‹ – so hieß ihr Lieblingslied.« Die Trauer brachte Jans Stimme zum Zittern. »Aber jetzt laufen wir hier durch Rodenkirchen und haben keine Ahnung, was wir suchen.«

Doch, wollte Birte erwidern, wir suchen Julika, die rumänische Frau, mit der alles begonnen hat, aber diese Antwort würde Jan kaum befriedigen. Denn es stimmte ja: Sie hatten nichts, keinen Anhaltspunkt.

»Geht es um Prostitution? Ist es das?«, fragte Jan so laut, dass sich einige Passanten nach ihnen umdrehten. »Bringt man deshalb zwei Frauen um?«

Prostitution ist immer ein starkes Motiv, wollte Birte erwidern, als ihr Smartphone summte. Nele rief an.

»Die Kollegen in Bukarest haben schnell gearbeitet«, erklärte sie. »Über Ernst Köber lag da einiges vor. Sagt dir Securitate etwas? Das war der rumänische Geheimnisdienst bis 1990. Dann ist er aufgelöst worden. Köber war bis zuletzt Mitarbeiter, danach hat er sich in Sibiu mit einem kleinen Laden durchgeschlagen. Zuletzt war er wohl so eine Art Hausmeister. Die Wohnung in Sibiu hat er untervermietet, aber dort gewesen ist er schon lange nicht mehr. Und noch etwas ... Er hat eine Schwester, die seit 1990 in Essen wohnt. Sie heißt Hertha Zautner. Ich schicke euch gleich ihre Telefonnummer.«

»Gute Arbeit«, sagte Birte.

Es war mittlerweile kurz vor elf Uhr – ein ruhiger Vormittag. Vielleicht war Hertha Zautner zu Hause.

Eine Frau meldete sich mit einer tiefen, heiseren Stimme.

»Birte Jessen, Kriminalpolizei Köln«, stellte Birte sich vor. »Spreche ich mit Frau Hertha Zautner?«

»Ja, wird wohl so sein, wenn Sie meine Nummer gewählt haben«, erwiderte die Frau. Sie begann zu husten. »Tut mir leid«, sprach sie weiter. »Grippe. Muss heute im Bett liegen. Wie kann ich der Polizei helfen?«

»Es geht um Ihren Bruder Ernst Köber.« Birte vernahm, wie die Frau am anderen Ende der Leitung plötzlich die Luft anhielt, dann folgte ein langsames, stoßartiges Ausatmen.

»Ich habe keinen Bruder«, sagte Hertha Zautner. »Ernst war vielleicht einmal mein Bruder, aber er ist es schon lange nicht mehr.«

»Wir untersuchen zwei Todesfälle in Köln, und möglicherweise ist Ihr Bruder darin verwickelt.«

»Ja, bestimmt ist er das.« Hertha Zautner hustete erneut. »Mein Bruder war immer auf Schwierigkeiten aus, er wollte das große Geld verdienen. Wissen Sie, was er war, statt eine Lehre bei einem Klempner zu machen? Er war ein Spion, er hat seine eigenen Leute ausspioniert. Ein Verräter und Spion. Er hat selbst über mich ausgesagt.« Nun, in ihrem Zorn, drang ihr leichter Akzent wieder durch.

»Das heißt, Sie haben keinen Kontakt mehr zu Ihrem Bruder?«, fragte Birte.

»Er schickt mir jedes Jahr eine Karte zum Geburtstag. Die letzten kamen aus Köln – mit dem Dom als Bild. Sollte mir wohl sagen, dass er nun auch im Westen ist, dass wir uns sehen könnten. Aber er ist nicht mehr mein Bruder – und er heißt auch jetzt anders. Musste sich einen neuen Namen geben.«

»Kennen Sie diesen Namen?«, fragte Birte.

»Er nennt sich Vladan – wie weiter, weiß ich nicht. Bedaure.« Sie zögerte einen Moment. »Ich muss jetzt auflegen. Ich bin krank. Fieber und Husten.«

»Vielen Dank«, erwiderte Birte, »aber ich möchte Sie noch um einen Gefallen bitten. Wir haben eine Audiodatei mit einer Stimme, die Ihrem ... die Ernst Köber gehören könnte. Haben Sie eine E-Mail-Adresse? Dürften wir sie Ihnen schicken?«

»Ist gut«, sagte Hertha Zautner matt. Dann nannte sie ihre E-Mail-Adresse. »Ich kann mir das ja mal anhören.« Mit diesen Worten legte sie auf.

19

Schiller hatte gehofft, dass sie in Rodenkirchen etwas entdecken würden – einen Weg, den Therese gegangen sein könnte. Nun war ihr Foto groß in der Zeitung erschienen, und im Präsidium hatten sich eine Menge Leute gemeldet, die meinten, sie gesehen zu haben. Doch ein konkreter Hinweis auf ein Haus in Rodenkirchen, das sie betreten haben könnte, war nicht dabei.

Die Rechtsmedizin hatte Thereses Leichnam inzwischen bereits freigegeben. Er musste sich um einen Bestatter kümmern, um einen Termin für die Beerdigung. Für einen Moment überlegte er, das alles Broder zu überlassen. Er konnte das nicht, er musste arbeiten, ermitteln … aber dann kam es ihm feige vor, die Verantwortung einfach auf seinen besten Freund abzuwälzen.

Im Präsidium ging er die letzten Meldungen zu Therese durch. Jemand glaubte, einen schwarzen, mittelgroßen Wagen gesehen zu haben, der am Hintereingang des Severinsklösterchens gehalten hatte; es mochte der Škoda von Köber gewesen sein.

Gegen dreizehn Uhr erreichte ihn eine SMS. »Fliege gleich ab«, schrieb Nadine.

Sie kehrte tatsächlich schon zurück. Trotz aller Trauer und Müdigkeit spürte er einen Hauch von Freude. Sollte er sie abholen? Hatte er die Zeit dazu? Fitschen, der Kriminaldirektor, war ihm auf dem Gang entgegengelaufen, er hatte über die Pressekonferenz gesprochen, die sie am Nachmittag abhalten wollten und an der Schiller nicht teilnehmen sollte, aber er hatte keine Anstalten gemacht, ihn von dem Fall abzuziehen.

Niemand würde ihn daran hindern können, weiterzuermitteln.

»Jan«, Nele rief ihn in ihr Büro, »hier ist jemand, der nur mit dir sprechen will.« Sie hielt ihm den Telefonhörer hin. »Ein Mann«, sagte sie, »er hat nach dir gefragt.«

Köber, dachte er für einen Moment, hatte er überlegt, sich der Polizei zu stellen?

»Tut mir leid«, sagte eine ältliche Männerstimme ohne jeden Akzent, »ich habe gehört, was mit Therese passiert ist. Eine Tragödie … Wir haben uns lange nicht gesehen, aber …« Der Mann verstummte.

Friedbert Frings, der Chorleiter.

»Warum rufen Sie an?«, fragte Schiller ungehalten. »Haben Sie etwas zu dem Fall beizutragen? Andernfalls stören Sie die Ermittlungen.«

»Nein, ich habe nichts beizutragen«, sagte der Chorleiter. »Ich wollte nur mein Bedauern ausdrücken. Wir haben uns eben erst kennengelernt. Es war vielleicht ein Schock für Sie … meine Offenbarung … Ich wusste nicht, dass Sie gar nichts wussten, dass Therese alles für sich behalten hat.«

»Ich glaube Ihnen nicht«, stieß Schiller hervor. »Meine Eltern waren vielleicht nicht das glücklichste Paar der Welt, aber dass mein Vater …« Er bemerkte Neles forschenden Blick. Sein Tonfall war zu aufgeregt und schrill geworden.

»Ich verstehe«, sagte Friedbert Frings, »und eigentlich spielt es auch keine Rolle mehr. Nun ist auch Therese von dieser Welt gegangen …«

»Doch«, unterbrach Schiller ihn, »es spielt eine Rolle. Mein Vater hat in seinem Leben nichts Falsches getan. Da bin ich ganz sicher.«

»Vielleicht«, erwiderte der Chorleiter. »Würden Sie mir Ihre Mobilnummer geben? Dann schicke ich Ihnen etwas, und Sie bilden sich danach eine Meinung.«

Ohne nachzudenken, nannte Schiller seine Nummer.

»Ich bin katholisch«, sagte Friedbert Frings. »Das sollten Sie wissen. Ich habe noch nie in meinem Leben etwas leichtfertig getan. Und mit Ihrer Mutter war ich absolut ehrlich.« Er zögerte. »Und eigentlich liebe ich sie immer noch.«

Nach einem Moment der Stille legte er auf.

Schiller sah Nele an, die ihn die ganze Zeit im Blick behalten hatte.

»Ärger?«, fragte sie.

Er nickte, ohne ein Wort zu erwidern. Was sollte er auch sagen? Nach achtundzwanzig Jahren hatte er erfahren, dass seine Mutter einen Geliebten hatte, der meinte, sein Vater habe sich und seine Frau getötet und es wie einen Unfall aussehen lassen.

Zwanzig Sekunden später ging eine SMS mit einem Foto ein. Schiller betrachtete es reglos, dann sammelten sich Tränen hinter seinen Augen. Ja, so fühlte es sich an, als wären da Tränen, die er nicht herauslassen wollte.

Das Foto zeigte einen viel jüngeren Friedbert Frings mit einer unmodischen Frisur, mit halblangen, wehenden Haaren – das Bild war offensichtlich auf einem Schiff aufgenommen worden, eine Fahrt auf dem Rhein im gleißenden Sonnenlicht. Frings blickte lächelnd in die Kamera, alles an ihm lächelte, sein Mund, seine Augen, ja sogar seine Wangen. Doch die Heiterkeit und Freude, die er ausstrahlte, wurden noch von der Frau übertroffen, die er im Arm hielt. Schiller erkannte seine Mutter gar nicht wieder: eine schöne, ausgelassene Frau, die leicht den Kopf zurückgeworfen hatte, um ein lautes, freies Lachen in den Himmel aufsteigen zu lassen. Der Chorleiter hatte recht – so hatte seine Mutter nie gelacht, wenn sie zu Hause bei ihm und seinem Vater gewesen war.

»Ich muss etwas erledigen«, sagte er hastig zu Nele. Birte war zu Broder gefahren, um Danuta, die Litauerin, abzuholen und mit ihr zum Bahnhof zu fahren. »Am späten Nachmittag bin ich zurück. Kannst du Birte das ausrichten?«

Sollte er das Foto löschen?, fragte er sich auf dem Weg zu seinem Dienstpassat. Aber nein, es würde nichts nutzen – es hatte sich bereits eingebrannt, er würde es niemals mehr aus seinem Kopf bekommen.

Er würde zum Grab der Eltern fahren oder doch besser in die Rechtsmedizin, um sich von dort um Thereses Beerdigung zu kümmern.

Als eine Nummer auf seinem Smartphone aufleuchtete, die er als Carlas erkannte, drückte er den Anruf weg. Sie hatte nun also auch von Thereses Tod erfahren, aber mit ihr wollte er zurzeit gar nicht sprechen. Da würde seine Trauer nur noch größer werden.

Hinter der Deutzer Brücke machte er kehrt und schlug den Weg zum Flughafen ein.

Allein die Anwesenheit eines Menschen konnte er jetzt ertragen: Nadine, die in knapp zwei Stunden landen würde.

20

»Wo ist eigentlich Ela, deine Freundin?«, fragte Birte, nachdem Broder ihr die Tür zu seinem Atelier geöffnet hatte.

Danuta saß an einem Campingtisch vor einem aufgeklappten Laptop, sie blickte mit einem Lächeln auf. Es war ihr anzumerken, wie wohl sie sich bei Broder fühlte.

»Sie ist in New York, macht ein Praktikum bei einer Galeristin, hat ein Freund ihr vermittelt.« Er vollzog eine vage Handbewegung. »Danni sieht sich bei eBay Marionetten an. Könnte sein, dass ihre Puppen da versteigert werden.«

»Danni?« Birte musste unwillkürlich lächeln.

Broder grinste. »Sie braucht ja einen Namen, und ich kann sie unmöglich Danuta nennen. Das klingt wie ein billiger Schokoriegel.«

»Er hat Humor«, rief Danuta herüber, während sie den Laptop zuklappte. »Das gefällt mir. Und er ist ein guter Maler.« Sie postierte sich vor Birte und nickte ihr dann auffordernd zu. »Wenn Bus aus Rumänien kommt, kann ich fragen – ich spreche kein Rumänisch, aber trotzdem …«

»Wir schauen nur nach, ob der Bus kommt, den du einmal gesehen hast, dann entscheiden wir, ob wir noch mehr unternehmen«, erwiderte Birte.

»Ich habe versprochen, heute Abend etwas zu kochen.« Ganz gegen seine Gewohnheit klang Broder unsicher, schüchtern geradezu. »Wäre ganz gut, wenn Danni gesund zurückkommt.«

»Ich komme bestimmt«, sagte Danuta. »Ich muss meine Puppen weiter bei eBay suchen.«

»Wir werden nichts tun, was irgendwie gefährlich sein könnte«, erklärte Birte. Als sie im Hintergrund ein Bild erblickte, das eine alte Frau in einem blauen Mantel mit einem langen grauen Zopf zeigte, schwieg sie abrupt. Das Porträt von Therese. Der eine kurze Moment der Leichtigkeit war mit einem

Schlag vorüber. »Jan braucht Hilfe«, sagte sie zu Broder. »Vielleicht rufst du ihn einmal an.«

Sie registrierte, dass Broder noch etwas entgegnen wollte, doch als ihr Smartphone klingelte, zog sie es hervor und ging hinaus. »Sie machen mir Kummer«, sagte eine Frauenstimme. »Viel Kummer. Ich wollte nie wieder seine Stimme hören, aber ...« Die Frau hustete, und Birte begriff, dass Hertha Zautner sie anrief. »... er ist es. Das ist die Stimme von Ernst auf diesem Band. Er hat etwas verbrochen, nicht wahr?«

»Das wissen wir nicht so genau«, sagte Birte. »Sie haben wirklich keine Ahnung, wo Ihr Bruder sich aufhalten könnte?«

»Nein«, erwiderte Hertha Zautner, »aber es gibt doch etwas, das ich Ihnen sagen muss. Mein Sohn Roman ... Wir verstehen uns nicht mehr so gut ... Er hat ein Lokal in Köln. Kann sein, dass er Kontakt zu Ernst hat ...« Sie schwieg einen Moment. »Ja, sicher hat er Kontakt zu seinem Onkel. Beide sind anders als ich ... ganz anders.«

»Wo kann ich Ihren Sohn erreichen?«, fragte Birte. Sie war an ihrem Dienstwagen angekommen und entsperrte die Türen. Danuta öffnete die Beifahrertür.

Hertha Zautner nannte eine Hausnummer in der Liebigstraße. »Aber das alles wissen Sie nicht von mir, ja? Ich will meinen Bruder, diesen verdammten Spion, nie wiedersehen – nicht mehr in diesem Leben.«

Danuta roch nach Parfüm, stellte Birte fest, als sie zum Hauptbahnhof fuhren. Überhaupt hatte die junge Frau eine völlige Wandlung vollzogen. Innerhalb eines Tages war sie aufgeblüht.

»Ich möchte nur, dass wir beobachten, ob dieser Bus aus Rumänien ankommt«, sagte Birte mit dem Blick auf Danuta, während sie auf dem Breslauer Platz, auf der Rückseite des Bahnhofs, in einer Parkbucht hielt, von der aus man den Busbahnhof im Auge behalten konnte. Eigentlich nur ein Platz für Kurzparker.

Danuta nickte. »Ich würde gerne helfen«, sagte sie. Ihr Akzent trat wieder hervor. »Ich bin sehr dankbar.« Sie machte

Anstalten, nach Birtes rechter Hand zu greifen, unterließ es dann jedoch. »Ich dachte, ich hätte nie wieder Glück im Leben, aber dann habe ich gebetet … im Dom. Glaubst du, dass Gebete helfen?«

Birte fiel auf, dass Danuta sie nun duzte. »Ja«, sagte sie dann, »vielleicht können Gebete helfen.« Sie hatte auch einmal gebetet, vor langer Zeit, als ihr Freund Martin, der Geigenbauer von Sankt Pauli, an Krebs erkrankt war, aber da hatten die Gebete nicht geholfen.

»Wie lebt es sich in einer Stadt, in der so eine Kirche steht?«, fragte Danuta tatsächlich und starrte zum Dom hinüber.

Ich weiß nicht, wollte Birte erwidern, so wie in jeder anderen Stadt, aber vielleicht stimmte das gar nicht. Vielleicht wäre Köln ohne den Dom ganz anders; dieses Vertrauen – et kütt, wie et kütt – wäre dann vielleicht gar nicht da.

»Therese, die Frau, die gestorben ist, war oft im Dom, fast jeden Tag. Sie hatte ihren eigenen Gott, glaube ich, einen Gott, der alle Sünden ganz leicht vergeben und der es mit allem nicht so genau genommen hat. Sie hat als Hebamme mehr als fünftausend Kindern auf die Welt geholfen.« Was das für eine unvorstellbare Zahl war, ging Birte erst jetzt richtig auf. Fünftausend Menschen waren eine kleine Stadt. Sie spürte Trauer in sich aufsteigen, Schwermut, die ihr die Kehle zudrückte.

Taxis fuhren zum Bahnhof, ein Linienbus, ein grüner Flixbus, Passanten rannten über den Platz, und die Ansagen von den Bahnsteigen wehten zu ihnen herüber.

Danuta hielt ihre Augen auf den Dom gerichtet. »Mir hat es immer gefallen, eine eigene Welt zu erschaffen – mit meinen Puppen. Ich habe manchmal nachts auch nur für mich gespielt. Als wäre das Leben ein Spiel. Aber es ist kein Spiel. Meine Schwester ist mit achtzehn ins Koma gefallen wegen der Blutkrankheit. Mir wird das auch passieren.«

Birte wandte den Blick. Was ist das für eine Blutkrankheit?, war sie versucht zu fragen. Gibt es da keine Heilung? Dann jedoch kam es ihr zu intim vor.

Danuta sah nun zum Busbahnhof hinüber. An der Reibekuchenbude war ein Handgemenge entstanden; drei, vier dunkelhaarige Männer waren aneinandergeraten, doch sofort traten zwei uniformierte Polizisten hinzu. Am Bahnhof hatte man offensichtlich alles sehr schnell im Blick.

»Da!«, stieß Danuta plötzlich hervor. »Da ist Bus aus Rumänien.«

Birte sah, wie ein weißer Transporter mit einem kleinen Fenster zu den Plattformen des Busbahnhofs fuhr. Sie hatte einen Reisebus oder zumindest einen Van mit großen Fenstern erwartet, aber das war ein alter zerbeulter Lieferwagen, mit dem man allenfalls Kartons oder Kisten transportieren konnte.

»Bist du sicher?«, fragte sie.

Danuta nickte. »Solche Wagen fahren aus Polen und Rumänien hierher. Keine Luxusautos.«

Nein, das war weiß Gott kein Luxusbus.

Birte beobachtete, wie der Wagen anhielt. Eine Schiebetür wurde an der Seite geöffnet. Drei Männer stiegen aus, jeder von ihnen mit einer Reisetasche über der Schulter; sie beugten sich kurz zu dem Fahrer vor, der lediglich sein Fenster heruntergekurbelt hatte, und verabschiedeten sich. Sie schienen ihren Weg zu kennen und wandten sich gemeinsam Richtung Kunibertskirche.

»Da sind drei Männer ausgestiegen«, kommentierte sie das Geschehen, das Danuta auch verfolgt haben musste, »aber keine einzige Frau.«

»Wenn es so ist wie mit Polen, dann ist das ein Bus, der immer fährt, jede Woche. Dann ist vielleicht nicht immer eine Frau dabei.«

Der Wagen fuhr nicht wieder an. Stiegen nun andere Fahrgäste zu, die vielleicht zurück nach Rumänien wollten? Birte nahm ihr Smartphone und fotografierte den Transporter, um später die Nummer kontrollieren zu lassen. Oder nein, am besten wäre es möglicherweise, den Fahrer sofort zu kontrollieren.

Doch im nächsten Moment gab dieser Gas, und plötzlich hatten sie eine junge Frau im Blick, die unschlüssig dastand und dem Lieferwagen nachblickte.

»Eine Frau«, sagte Danuta. »Sie war in dem Wagen.«

Wie verloren stand die Frau da, blickte sich nach allen Seiten um; sie mochte um die zwanzig sein, halblange blonde Haare, ein roter Anorak und schwarze Stiefel. Näheres war aus der Entfernung nicht auszumachen.

»Ich schaue mir die Frau an«, sagte Birte und öffnete die Tür. »Bleib bitte hier.«

Danuta nickte, dann allerdings folgte sie ihr doch.

Die junge Frau hatte sich unter einem Glasdach auf eine Bank gesetzt. Offensichtlich hatte man ihr erklärt, dass sie abgeholt werden würde.

Für einen Moment hatte Birte das Gefühl, dass jemand sie beobachtete – sie oder die junge Frau, die mit einer Ledertasche auf den Knien auf der Bank kauerte und ängstlich aufsah, als sie sich näherte. Kurz wandte Birte sich ab und scannte den Eingang zum Bahnhof. Nein, das normale Treiben waberte um sie herum, nichts Auffälliges; Reisende kamen aus der Tiefgarage und hasteten in den Bahnhof hinein, Taxis kreuzten, ein Reisebus bog schwerfällig um die Ecke – und Danuta stand in einiger Entfernung da und beobachtete sie.

Birte zögerte. Wie sollte sie die Frau ansprechen? »Entschuldigung«, sagte sie dann.

Die Frau richtete ihre dunklen, ängstlichen Augen auf sie.

»Kommen Sie aus Rumänien?«

Die Frau nickte; ja, sie mochte allenfalls zwanzig sein. »Rumänien – richtig«, sagte sie, zwei Wörter, von einem schweren Akzent eingefärbt.

»Sie sprechen Deutsch?«

Wieder ein Nicken.

»Und Sie warten, dass jemand Sie abholt?«

»Ja«, sagte die Frau. »Hat dieser Mann, der Vladan heißt, Sie geschickt? Warum ist er nicht da? Er sollte mich doch abholen.«

Die junge Frau hieß Maria. Bereitwillig holte sie ihren Ausweis hervor, eingeschüchtert und auf der Suche nach Hilfe.

Sie stammte aus Timişoara. »Hieß früher Temeswar«, fügte sie hinzu, als würde das einiges erklären.

Birte nickte freundlich. Hatte sie von diesem Ort in Rumänien schon einmal gehört? Sie versuchte sich zu erinnern. Waren nicht vor vielen Jahren Geschichten über verwahrloste Kinder in schrecklichen Heimen in Temeswar in den Nachrichten gewesen?

»Ich würde Sie gerne zu einem Kaffee einladen«, sagte Birte mit einem Lächeln, das der verängstigten Frau offensichtlich guttat. »Vladan kommt nicht«, fügte sie hinzu.

»Nicht?«, fragte Maria. Ihre ovale Augenform erinnerte an ein Kleinkind, das immerzu staunend in die Welt blickte. Dann holte sie einen Zettel aus der Tasche.

Eine Handynummer.

»Ist das die Nummer von Vladan?«, fragte sie.

Maria nickte. »Ja, glaube.«

Birte zog ihr Smartphone hervor und wählte die Nummer. Danuta hatte sich auch heranbewegt. Sie musterte Maria, ohne ein Wort zu sagen.

Die Nummer war tot, keine Verbindung.

Birte hielt der Rumänin das Telefon hin. »Kein Anschluss«, sagte sie. »Vladan wird Sie nicht abholen.«

Maria zog die Achseln in die Höhe. Ihr Mund formte ein lautloses enttäuschtes O.

Ihr blondes Haar war gefärbt, und von ihren Fingernägeln sprang die rote Farbe ab. Die Jacke war abgewetzt und schmutzig.

»Kaffee?«, fragte sie.

Maria schaute Danuta an, dann erhob sie sich.

Erst nachdem sie den Kaffee bestellt hatten, zeigte Birte ihren Dienstausweis. »Ich bin Polizistin. Wir suchen diesen Vladan«, sagte sie. »Außer der Telefonnummer haben Sie nichts – keine Adresse?«

Maria schüttelte den Kopf, dann aber zog sie einen zerknickten weißen Umschlag aus ihrer Hosentasche, den sie Birte hinhielt, aber darin steckten keine Adressen oder Telefonnummern, sondern dreihundert Euro in kleinen Scheinen.

»Hat Radu mir gegeben – für die Reise«, sagte Maria mit leiser Stimme.

»Radu?« Birte schob den Umschlag zurück.

»Radu«, sagte sie. »Er hat mich in Timişoara angesprochen. In dem Schuhgeschäft, wo ich gearbeitet habe. ›Warum bist du nicht im Westen?‹, hat er mich gefragt. ›Du bist doch deutsch.‹ Aber meine Mutter wollte nicht in den Westen, sie war einmal da, kurz vor meiner Geburt, aber dann ist sie zurück. ›Der Westen ist grausam‹, hat sie gesagt.« Maria verstummte und griff nach ihrem Kaffee. Sie senkte den Blick.

Birte wartete ab, bevor sie eine neue Frage stellte.

»Ich komme aus Litauen«, sagte Danuta unvermittelt. »Der Westen ist grausam, aber in Litauen ist es auch nicht besser.«

Maria schaute von Danuta zu Birte. »Radu hat uns Geld gegeben – fünftausend Euro. Meine Mutter konnte sich ein Auto kaufen. Deshalb bin ich hier.«

»Und was solltest du hier tun?«, fragte Birte.

»Radu hat gesagt, ein Freund von ihm hat ein Hotel, er braucht da jemand, der ihm hilft. Für viel Geld, aber wahrscheinlich stimmt das gar nicht.« Marias Stimme klang immer leiser und ängstlicher. Offenbar ging ihr zum ersten Mal auf, worauf sie sich eingelassen hatte.

»Nein«, sagte Birte, »wahrscheinlich stimmt das nicht, aber was ist mit diesem Radu? Haben Sie eine Adresse von ihm – eine Telefonnummer?«

»Leider nein«, sagte Maria, »ich habe nur sein Geld.«

21

Als sie mitten in der Nacht aufwachte, hörte sie Stimmen. Sie erhob sich und schlich zur Tür, die aber abgeschlossen war. Vladan hatte sie schon wieder eingesperrt.

Dann lauschte sie; sie hatte sich geirrt, es war nur eine Stimme, die sie gehört hatte. Vladan redete vor sich hin. Erst glaubte sie, er führe ein Telefongespräch, doch dann begriff sie, dass er auf Deutsch betete. »Gegrüßet seist du, Maria, voll der Gnaden ...«

Beinahe hätte sie geschrien vor Angst. Ihr wurde kalt, obwohl es nicht kalt war. Als sie zu dem Sofa zurückging, auf dem sie unter einer Decke gelegen hatte, erkannte sie in dem wenigen Licht, das hereinfiel, dass Vladan ihr einen Eimer hingestellt hatte, ein orangefarbenes Plastikding, in welches sie sich erleichterte.

Dann lag sie mit offenen Augen im Bett.

Die Angst ließ ihr Herz immer schneller schlagen. »Großvater«, murmelte sie, »ich bin verloren. Was soll ich nur tun?« Sie dachte an ihre Eltern, die in dieser Stadt gearbeitet hatten, in die sie nie hatte mitreisen dürfen, und nun war sie hier, eingesperrt und ohne jede Hilfe.

Sie musste sich befreien, war der Gedanke, der übermächtig wurde, sie musste Vladan entkommen und zurück nach Sibiu zu ihren Großeltern fahren. Unbedingt!

Als es heller wurde, begann sie das Zimmer zu durchsuchen. Gab es hier irgendetwas, um die Tür zu öffnen? Nein, nichts. In den Schubladen des winzigen Schränkchens, auf dem der Fernseher stand, fand sie ein paar Blätter Papier und einen abgebrochenen Bleistift.

»Ich heiße Julika, ich bin gefangen«, schrieb sie auf Deutsch, doch als sie das Fenster öffnen wollte, um das Papier hinauszuwerfen, war es verriegelt.

Klebeband entdeckte sie in dem Schränkchen noch und eine Gebrauchsanweisung für einen Radiowecker. Sonst nichts.

Also konnte sie nichts anderes tun, als auf Vladan zu warten.
Sie dachte an Irina und Therese. Wo waren beide? Nein, diese Frage durfte sie sich nicht stellen. Beide waren tot, da war sie sich beinahe sicher. Warum sonst hätte Vladan mit ihr fliehen sollen? Für Irinas Tod konnte sie nichts, aber bei Therese lag die Sache anders. Wenn die alte Frau sie nicht am Bahnhof aufgelesen hätte, würde sie gewiss noch leben.

Was tue ich?, dachte sie immer wieder. Ein schrecklicher Gedanke, der sie schwindeln ließ. Warum gab es einfach keine Hoffnung mehr? Doch irgendwann musste Vladan kommen und ihr sagen, was er vorhatte. Und bei der erstbesten Gelegenheit würde sie abhauen, weglaufen …

Es dauerte eine Ewigkeit, bis sie Geräusche in der Wohnung hörte, Schritte, das Klappen einer Tür, eine Wasserspülung. Vladan war erwacht, doch noch länger dauerte es, ehe er die Tür zu ihrem Zimmer aufschloss. Er war angezogen, weißes Hemd, braune Hose; er sah nicht mehr so müde aus. In der Hand hielt er einen Pappbecher mit Kaffee und ein belegtes Brötchen.

»Frühstück«, sagte er auf Rumänisch. Sein Schnauzbart bewegte sich auf und ab; er lächelte matt.

Erst nachdem sie den ersten Bissen heruntergeschluckt hatte, begriff sie, wie hungrig und durstig sie war. Sie aß, beobachtete Vladan und sagte kein Wort. Sollte er anfangen zu reden.

»Es tut mir leid«, sagte er auf Deutsch und breitete seine Hände aus, große, muskulöse Pranken, wie ihr plötzlich auffiel. »Ich habe lange nachgedacht. Hast du Geld? Wie viel Geld könntest du auftreiben?«

Sie nahm einen Schluck Kaffee, der erstaunlich gut schmeckte, süß und warm. »Ich habe ein Konto«, sagte sie. »Ich habe zwölfhundert Euro. Gespartes Geld. Und ich könnte meinen Großvater fragen. Er ist nicht reich, aber er würde mir auch Geld geben. Zweitausend Euro vielleicht.«

Vladan verzog das Gesicht, seine braunen Augen ruhten auf ihr. »Das sind dreitausendzweihundert Euro. Das ist nichts. Nicht genug auf jeden Fall.«

»Warum hältst du mich gefangen?« Plötzlich brach es aus

ihr heraus – ihre ganze Wut und Verzweiflung. »Was soll das alles? Wo ist das Restaurant, in dem ich arbeiten soll?«

Vladan erhob sich und beugte sich drohend vor. Nein, sie würde ihn niemals überwältigen können. Auch wenn er schon alt war – schwach war er nicht.

»Bleib sitzen«, zischte er. »Ich versuche eine Lösung zu finden. Eine gute Lösung für dich, obwohl … Wahrscheinlich gibt es sie gar nicht.« Er setzte sich wieder. »Du kannst nicht einfach nach Sibiu zurückfahren, und ich …« Er brach ab. »Es gibt nur eine Lösung«, sagte er leiser und mehr zu sich selbst, »ich muss Ove … aus dem Weg bringen.«

Sie verstand nicht sofort. Aus dem Weg bringen – was sollte das bedeuten?

»Kannst du mit einer Waffe umgehen?«, fragte Vladan. »Wir brauchen zwei Waffen. Du musst nicht schießen, ich muss das machen, aber dann … dann sind wir frei.«

Sie sah ihm ins Gesicht. Was für ein Mann saß da vor ihr – was mochte er schon alles getan haben?

»Ich hatte noch nie eine Waffe in der Hand«, sagte sie. »Um was geht es? Kann ich nicht einfach zurückfahren? Ich werde niemandem sagen, was ich hier gemacht habe.«

»Nein«, sagte Vladan. Er blickte auf seine Hände, dann stand er auf. »Ich muss eine Waffe für dich besorgen. Dann komme ich zurück. Sie werden dich nicht in Ruhe lassen – nicht, nachdem das mit Irina und der alten Frau passiert ist.«

»Sie sind tot, nicht wahr?«, fragte sie auf Rumänisch.

Vladan nickte. »Ja. Aber mehr brauchst du nicht zu wissen. Das ist nicht gut für dich.«

Sie spürte, dass ihr Tränen über die Wange liefen. »Wenn es nicht darum geht, dass Irina und ich uns … zu Männern legen. Worum geht es dann?«

»Es geht um Kinder«, sagte Vladan, als er schon an der Tür war. »Um deutsche Kinder.«

22

Eine Erinnerung überfiel Schiller, während er am Flughafen stand und auf die Anzeigetafel starrte: seine erste Woche im Kinderheim. Er war vierzehn Jahre alt. Mit Broder hatte er noch kein Wort gesprochen, eigentlich mit niemandem, und dann wurde er krank, Fieberschübe, die ihn von seinem Vater träumen ließen. Als er nach drei Tagen aufwachte, endlich wieder klar und fieberlos, erblickte er zuerst einen weißen Teller mit geschälten Apfelsinen, und dann sah er Therese; sie saß in einem Sessel und betrachtete ihn. Ihr Mund begann zu lächeln, als sie entdeckte, dass er die Augen aufgeschlagen hatte. »Geht es dir endlich besser?«, fragte sie sanft.

Immer wenn sie Zeit gehabt hatte, war sie vorbeigekommen.

»Ich werde für dich da sein«, sagte sie mit freundlicher Stimme, »aber du verstehst, dass du nicht zu mir ziehen kannst. Ich bin fast nie zu Hause. Heute Nacht um zwei Uhr habe ich Zwillinge auf die Welt geholt – ein Mädchen und einen Jungen.«

Nie mehr, ging ihm auf, würde er ihr mädchenhaftes Kichern hören oder hören, wie sie mit einem langen tiefen Seufzen auf einen Stuhl sank.

Als Nadine durch die Absperrung lief, konnte er die Erinnerung beiseiteschieben. Sie küssten sich lange. Nadine fühlte sich warm und vertraut an.

»Du siehst müde aus«, sagte sie, und dann erzählte sie von Bordeaux, von einer mittelmäßigen Aufführung – alle Sängerinnen und Sänger waren in Häftlingskleidung aufgetreten – und davon, dass sie sich mit ihrem alten Freund Marcel überhaupt nicht verstanden hatte. »Außerdem wollte ich hier sein, wenn ihr euren Fall löst.«

Schiller berichtete von ihren Ermittlungen – in allen Einzelheiten, was gegen jede Regel war, aber es tat ihm gut. »Wir verstehen nicht, worum es geht – überhaupt nicht.«

»Warum haben diese Julika und dieser Vladan, der ja eigentlich anders heißt, wenn ich es richtig verstehe – warum haben sie einen deutschen Hintergrund?«, fragte Nadine, während er sie in die Stadt zurückfuhr. »Das ist doch auffällig, nicht wahr? Sie sind Übriggebliebene – alle mit deutschen Wurzeln sind spätestens nach dem Fall der Mauer in den Westen gegangen –, sie haben es offensichtlich erst später getan.«

»Ich weiß nichts über Rumänien«, sagte Schiller. »Beim FC haben mal zwei Rumänen gespielt, offensives Mittelfeld, gute Fußballer, aber sonst …«

»Es gab eine richtige deutsche Kultur dort«, erklärte Nadine. »Bis zum Ersten Weltkrieg gehörte das Land zum Habsburgerreich. Die Siebenbürger Sachsen sind schon im 12. Jahrhundert eingewandert, sie kamen gar nicht wirklich aus Sachsen, sondern auch aus dieser Gegend hier, aus Köln, Bonn, von der Mosel … Das hatte mit der Besiedlung des Ostens zu tun.«

»Woher weißt du das?« Schiller bog von der Autobahn ab. Sein Smartphone hatte gesummt. Birte hatte ihm zwei Nachrichten geschickt.

»Ich habe einmal einen Autor, der in Rumänien geboren ist, näher gekannt«, erklärte Nadine vage. »Noch heute spielen Deutschstämmige in Rumänien eine Rolle. Hat nicht sogar der Staatspräsident deutsche Vorfahren?«

»Mag sein«, sagte Schiller, »aber könnte das nicht alles Zufall sein? Zwei Rumänen, die zufällig Deutsch sprechen?«

»Vielleicht«, sagte Nadine. Sie lächelte ihn an. »Weißt du was? Du hast mir sehr gefehlt.«

Als er an einer Ampel auf der Aachener Straße halten musste, klingelte sein Smartphone wieder.

»Wir haben eine junge Frau aus Rumänien am Bahnhof entdeckt«, sagte Birte. »Sie hat darauf gewartet, dass dieser Köber oder Vladan, wie er sich nennt, sie abholt. Nun ist sie auch bei Broder – der Platz in seinem Atelier wird allmählich knapp.«

»Hast du mit ihr reden können?«, fragte Schiller mit dem Blick auf Nadine, die aufmerksam zuhörte. »Ich bin sicher, die Frau spricht Deutsch, nicht wahr?«

Was hätte er an einem gewöhnlichen Tag getan? Er wäre mit Nadine zum Café am Bauturmtheater gefahren, und dann wären sie zu ihr gegangen, vielleicht direkt ins Schlafzimmer. So jedoch brachte er sie lediglich zu ihrer Wohnung. Sie küsste ihn.

»Ich bin froh, dass ich zurück bin«, sagte sie.

Dann fuhr er ins Präsidium. Von unterwegs beauftragte er einen Bestattungsunternehmer, Thereses Leichnam aus der Rechtsmedizin abzuholen. Und er brauchte ein Grab auf dem Friedhof Melaten. Diesen Ort hatte sie geliebt. Er würde eine Grabstelle für sie kaufen müssen.

Birte erwartete ihn bereits.

»Wir machen Fortschritte«, sagte sie. »Noch keine Spur von der verschwundenen Julika und von Ernst Köber, aber er hat einen Neffen in der Stadt. Roman Zautner – in genau zwanzig Minuten öffnet dessen Kneipe in der Liebigstraße. Vielleicht gibt es da ja sogar einen Kaffee, den man trinken kann.«

Schiller war froh, dass sie ihn nicht fragte, wo er gewesen war. Aus ihrem Blick sprach Mitgefühl. Carla hatte auch wieder versucht, ihn zu erreichen. Er hatte mit einer simplen SMS geantwortet.

»Wir haben nun auch ein Foto von Ernst Köber«, redete Birte weiter. »Die Kollegen in Rumänien sind wirklich eine Hilfe.« Sie rief an ihrem Computer das Bild von einem Mann auf, der etwa vierzig Jahre alt sein musste: Er hatte einen mächtigen schwarzen Schnauzbart, leicht lockiges Haar und blickte mit finsterer Miene in die Kamera.

»Die Aufnahme muss etwa zwanzig Jahre alt sein«, sprach sie weiter. »Ein neueres Foto haben wir leider nicht.«

»Es gab doch einmal diesen rumänischen Tennisspieler, der später Trainer und Manager wurde – auch ein Rumäne, glaube ich«, sagte Schiller. »Ion Țiriac – irgendwie erinnert der Mann mich an ihn.«

Birte nickte.

Als sie in ihrem Dienstpassat saßen – Birte am Steuer –, sprach er von Therese. »Wann muss eine Beerdigung stattfinden – da gibt es doch sicher irgendwelche Fristen, oder nicht?«

Birte sah ihn kurz an. »Jan«, sagte sie, »vielleicht solltest du doch ein, zwei Tage Pause machen. So ein Bestatter arbeitet rund um die Uhr, um alles durchzusprechen.«

»Ich hätte gerne einen Chor«, sagte Schiller. »Ein Chor sollte für sie singen.« Dann starrte er vor sich hin. Bevor sie an der Kneipe von Roman Zautner angekommen waren, schickte er Hanno, einem alten Musiker, den er seit über zwanzig Jahren kannte, eine SMS. »Therese ist tot. Ich brauche einen Chor für die Trauerfeier und eine richtig gute Band.«

Eine Minute später traf bereits die Antwort ein. »Ich kümmere mich. H.«

»Biermeisterei« hieß die Kneipe, vor der sie hielten. Es war kurz nach achtzehn Uhr. Die Tür stand offen. Als sie eintraten, schlug ihnen ein muffiger Geruch von altem Bier und Nikotin entgegen. Es war so dunkel, dass Schiller die Augen zusammenkneifen musste. Eine typische Eckkneipe. Stehtische und rohe Bänke, dunkles Mobiliar, das seine beste Zeit in den sechziger Jahren gehabt haben mochte. Zwei Spielautomaten an der Wand. Hinter der Bar stand ein Mann von etwa vierzig Jahren – ein etwas zu korpulenter Bodybuilder mit kurzen, an der Seite rasierten Haaren.

Birte trat vor. Sie zückte ihren Ausweis. »Kriminalpolizei Köln – sind Sie Roman Zautner? Wir benötigen eine Auskunft von Ihnen.«

Der Mann fixierte sie, ohne eine Antwort zu geben. Schiller bemerkte, dass seine Unterarme tätowiert waren; eine farbige Tätowierung zog sich auch den Hals bis unters Kinn hinauf.

»Was genau wollen Sie?«, fragte der Mann mit einer tiefen, unfreundlichen Stimme, in der kein Akzent mitschwang.

Birte lächelte. Diesen Typ Macho konnte sie überhaupt nicht leiden. »Eine Auskunft«, wiederholte sie. »Es geht um Ihren Onkel Ernst Köber. Wir suchen ihn. Wann haben Sie ihn zuletzt gesehen?«

Schiller behielt den Wirt im Auge. Gleichzeitig schaute er sich in der Kneipe um. An der rückwärtigen Wand vor Tisch und Holzstühlen hingen Fotos, die alle Roman Zautner zeigten: mit jüngeren Frauen und Männern. Offenbar Aufnahmen mit bestimmten Gästen; nur dass Schiller keinen der Gäste kannte, doch nein, einer war tatsächlich der rumänische Mittelfeldspieler, der vor etwa zehn Jahren beim FC gespielt hatte. Anscheinend hatte Roman Zautner schon damals diese Kneipe geführt.

»Meinen Onkel gesehen?« Zautner kniff die Augen zusammen, als müsse er nachdenken. »Ich weiß nicht. Ist lange her. Worum geht es?«

»Wo genau wohnt Ihr Onkel?«, fragte Birte, ohne auf Zautners Rückfrage einzugehen. Sie setzte sich auf einen Barhocker, als hätte sie alle Zeit der Welt.

Schiller zog sein Smartphone hervor, um heimlich ein Foto von der Kneipe zu machen.

»Irgendwo in Kalk, keine Ahnung, wo genau, aber er ist auch noch oft zu Hause – in Rumänien«, sagte er. »Gesehen habe ich ihn schon bestimmt ein Jahr lang nicht mehr. Wir verstehen uns nicht so gut. Warum fragen Sie überhaupt?«

»Wir suchen ihn«, sagte Birte. »Das muss genügen.« Sie zog eine Visitenkarte hervor. »Es wäre hilfreich, wenn Sie kooperativer sein könnten. Wann ist Ihr Laden das letzte Mal überprüft worden? Gesundheitsamt? Steuer? Ist da alles in Ordnung?«

Zautner riss empört seine muskulösen Arme in die Höhe. »Hören Sie!«, stieß er hervor und brach dann ab, weil eine Frau mit schneeweißen Haaren, die eindeutig gefärbt waren, aus einem Hinterzimmer in die Kneipe trat.

»Roman, was ist los?«, fragte sie alarmiert.

»Susanne, geh in die Küche!«, zischte er ihr zu, doch die Frau, die etwa so alt wie Zautner sein mochte, blieb stehen und musterte Birte unverwandt.

»Es wäre gut, wenn Ihr Onkel sich bald bei uns melden würde«, sagte Birte und glitt von ihrem Hocker. »Ich habe das Gefühl, dass er sich und uns eine Menge Ärger ersparen könnte.«

Zautner griff nach der Visitenkarte, dann blickte er Schiller an. »Ich glaube nicht, dass ich Ihnen helfen kann.«

»Was für ein Unsympath!«, sagte Birte, als sie wieder auf der Straße waren. »Nele soll sich diesen Kerl einmal genauer ansehen.«

»Eines stimmt jedenfalls nicht«, sagte Schiller. »Dass er mit seinem Onkel nicht gut auskommt.« Er klickte auf seinem Smartphone die letzte Aufnahme an, die er gemacht hatte.

Weil es in der Kneipe so dunkel war, vermochte man nicht viel zu erkennen, doch als er das Bild vergrößerte, konnte er sich eines der Fotos an der Wand genau ansehen. Ein älterer Ernst Köber, nun mit grauem Schnauzbart und deutlich schütteren Haaren, der seinem Neffen den Arm um die Schulter gelegt hatte. Beide hatten den Mund aufgerissen und jubelten, als hätte ihre Mannschaft soeben das Siegtor geschossen.

23

Zautner war mehrmals mit dem Gesetz in Konflikt geraten, mailte Nele ihnen. Zweimal wegen Körperverletzung, und einmal war er bei einer Demonstration von Rechtsradikalen verhaftet worden, aber all das lag zehn Jahre zurück. Seit über zwanzig Jahren war er in Köln gemeldet.

»Vielleicht sollten wir später noch einmal wiederkommen«, sagte Jan, »wenn Gäste hier sind. Schauen uns an, was für Vögel da so herumschwirren.«

Sie stiegen ein. Birte sah im Rückspiegel, dass Zautner auf die Straße getreten war und sich eine Zigarette ansteckte. Missmutig blickte er zu ihnen herüber, und wieder hatte sie das Gefühl, dass da noch jemand war, der sie im Blick behielt. War Ernst Köber hier irgendwo? Verfolgte er ihre Spur, um selbst nicht gefunden zu werden?

»Wo würdest du dich in dieser Stadt verstecken?«, fragte sie laut.

Jan schaute sie an. Er war unrasiert und blass. Er hob die Schultern. »Ich würde mir eine Pension suchen, irgendwas am Bahnhof«, sagte er.

»Wenn ich aus Rumänien wäre, würde ich zu Landsleuten gehen«, sagte Birte. »Aber wo findet man die?« Sie zögerte einen Moment lang. »Es gibt eine rumänische Gemeinde in Köln – irgendetwas Orthodoxes. Vielleicht kann man uns da helfen.«

Die rumänische Gemeinde lag in einer ruhigen Seitenstraße in Köln-Mülheim, ein schmuckloser Klinkerbau mit einem schmalen Kirchturm, aber alles war verwaist. Das Schild mit den Sprechstunden war unlesbar; die Türglocke war laut zu vernehmen, doch niemand zeigte sich. In einem Schaukasten am Eingang wurden noch die Zeiten für die Weihnachts- und Ostermesse angezeigt.

»Offenbar steht es auch mit der orthodoxen Kirche nicht zum Besten«, sagte Jan.

»Einen Versuch war es wert.« Birte zog ihr Smartphone hervor und versuchte heimlich, einen weißen Kia SUV zu fotografieren, der langsam die Straße hinauffuhr und dann beschleunigte.

»Fotografierst du nun fette SUVs?«, fragte Jan spöttisch.

»Nein«, sagte sie, »aber ich hatte den Eindruck, die Karre ist die ganze Zeit hinter uns hergefahren.«

»Glaubst du, dass dieser Köber in so einem Protzwagen herumkutschiert?«

»Man kann nie wissen«, erwiderte sie vage. »Wollen wir noch irgendwo etwas trinken, und dann machen wir Schluss für heute?«

Jan nickte. Er blickte auf sein Smartphone, auf dem eine Nachricht eingegangen war. »Ich habe Hanno gebeten, mir einen Chor und eine Band für die Trauerfeier zusammenzustellen«, sagte er leise. »Wie es scheint, kriegt er ein halbes Orchester zusammen – sogar der Bassist von den Höhnern will mitmachen. Therese hatte viele Freunde in der Stadt.«

Birte erinnerte sich an Hanno, einen über siebzigjährigen Saxophonisten mit langen grauen Haaren, die er meistens zu einem Zopf gebunden trug. Angeblich hatte er seit den sechziger Jahren mit allen Größen der Kölner Musik von Can bis Bläck Fööss zusammengespielt und in den USA sogar mit Miles Davis.

Birte startete den Wagen. »Wo soll das alles stattfinden?«

»Ich will, dass Therese auf dem Melatenfriedhof begraben wird«, sagte Jan. »Da gehört sie hin, auf den schönsten Friedhof der Stadt.« Seine Stimme zitterte. »Wir haben noch immer keine Ahnung, was das alles zu bedeuten hat.«

»Nein.« Aber wir machen Fortschritte, wollte sie hinzufügen, obschon es eigentlich nicht stimmte. Ihr summendes Smartphone unterbrach diesen Gedanken.

Die Nummer kannte sie nicht. Es war Henning Broder, so aufgeregt, dass er nur stammeln konnte.

»Henning«, sagte sie, »ganz ruhig. Ist was mit den beiden Frauen?«

Er atmete tief durch. »Ja«, stotterte er, dann fasste er sich ein wenig. »Danni ... ich habe ihr mein altes Telefon mitgegeben ... die beiden Frauen wollten etwas essen gehen ... sie hat mich eben angerufen ... Maria ist weg. Wahrscheinlich hat jemand sie mitgenommen.«

Sie fuhren nach Nippes zum »Golde Kappes«, einer rustikalen und sehr beliebten Kölschkneipe an der Neusser Straße. Danuta saß auf einer Holzbank und schaute sie verängstigt an. Sie breitete hilflos die Hände aus und schluchzte. »Sie ist auf die Toilette gegangen, aber sie ist nicht wiedergekommen ... Als ich nachgeguckt habe, war sie nicht da ...«

Birte schob sich neben sie und legte die Hand um ihre Schultern. »Kann es nicht sein, dass Maria irgendwohin gegangen ist, etwas einkaufen, telefonieren?« Aus den Augenwinkeln bemerkte sie, dass Jan sich bereits in dem Lokal umsah. Fast alle Tische waren belegt, Stimmen wogten hin und her.

»Nein, nein«, sagte Danuta. »Es war auch ein Mann da, mit Hut ... Nein, das heißt anders ... mit einer Cap ... Er hat uns angestarrt. Da hat er gesessen ...« Sie deutete auf einen Ecktisch auf der anderen Seite des Ganges. »Wir haben etwas zu essen bestellt, und dann ist er Maria nachgegangen, und er ist auch nicht zurückgekommen. Ich habe mir erst nichts dabei gedacht, aber ... Er hat nicht einmal sein Bier ausgetrunken.«

»Wie genau hat er ausgesehen?«, fragte Birte. Sie nahm ihr schmales Notizbuch hervor. »Jede Kleinigkeit ist wichtig.«

Danuta nickte. »Ich habe etwas falsch gemacht, nicht wahr? Immer mache ich Sachen falsch.« Sie schluchzte. »Wir wollten nur etwas essen. Henning wollte sein Bild zu Ende malen ... von der alten Frau ... und da dachte ich ...«

Beruhigend legte Birte ihr die Hand auf den Unterarm. »Du hast keine Schuld, und wir werden Maria wiederfinden, aber nun brauche ich eine Beschreibung. Wie sah der Mann aus?«

Danuta schaute sie an. Tränen standen in ihren Augen; sie

wirkte wie ein ängstliches Kind. »Er war groß … er hatte diese Cap und eine Brille; er trug schwarze Kleidung, nur seine Schuhe haben geleuchtet – sie waren weiß.«

»Wie alt war er?«

»Ich weiß nicht.« Danuta starrte verzweifelt auf ihre Hände.

»War er allein?«

»Allein? Ich glaube ja, er saß an dem Tisch. Er ist kurz nach uns gekommen, hat Bier bestellt.«

Jan war zurückgekehrt, er setzte sich, dann, nach ein paar Momenten, stand er wieder auf und ging zu der Bedienung, einem Köbes, um ihn zu befragen.

»Glaubst du, dass Maria etwas Schlimmes passiert?«, fragte Danuta. Als sie sah, dass Broder die Kneipe betreten hatte, sprang sie auf und warf sich ihm um den Hals. Er tätschelte ihr den Kopf; offensichtlich war ihm dieser Gefühlsausbruch ein wenig peinlich. Während er Danuta zu trösten versuchte, ging Birte zu Jan.

»Da war tatsächlich ein Kerl«, sagte er, »recht groß, schwarz gekleidet, eine Kappe mit dem Emblem vom FC. Der Wirt meinte, er hätte auch eine Brille getragen und einen schwarzen Schnauzbart gehabt. Er hat auf Englisch ein Bier bestellt, das er aber nicht angerührt und auch nicht bezahlt hat. Klingt nicht, als wäre es Köber gewesen. Leider hatten sie das Bierglas schon abgeräumt, als wir gekommen sind, und niemand hat gesehen, wie er das Lokal verlassen hat. Es gibt aber auch einen Zugang für Lieferanten, kann also sein, dass er mit Maria gar nicht durch das Lokal gegangen ist.«

Birte sah sich um; die Wände waren holzvertäfelt, aber die weiß gestrichenen Decken gut einsehbar. Kameras hätte man auf dem hellen Untergrund recht schnell bemerkt.

»Es hat auch sein Gutes«, sagte Jan. »Nun endlich hat sich jemand gezeigt. Die Frage ist nur: Warum macht sich jemand an eine junge Frau heran, die erst vor ein paar Stunden aus Rumänien gekommen ist?«

Broder hielt Danuta am Arm und führte sie aus dem Lokal. Er nickte ihnen mit besorgter Miene zu.

»Ich habe ein Foto von Maria gemacht«, sagte Birte. »Ich schicke es an Nele. Wir müssen sie unbedingt wiederfinden.«

»Hast du eigentlich nie darüber nachgedacht, ein Kind zu bekommen?«, fragte Jan unvermittelt, als sie ins Präsidium zurückfuhren.

Seine Frage überraschte sie, nein, es war mehr – als hätte er ihr einen Stich versetzt.

»Ja«, sagte sie, »als ich noch in Hamburg war … Martin wünschte sich ein Kind, aber da war er schon sehr krank. Ich verstand seinen Wunsch; etwas von ihm sollte weiterleben. Wir haben es dann auch versucht, doch ich bin froh, dass es nicht geklappt hat.«

»Und jetzt?«, fragte Jan weiter. »Mit Max?«

Sie antwortete nicht sofort. Ein paar Dinge waren einfacher geworden mit Max. Er liebte sie, sie liebte ihn, und er verstand ihre Arbeit, dass sie mit Leib und Seele Polizistin war und dass sie nichts planen konnten – immer konnte etwas dazwischenkommen. Doch von einem Kind hatten sie nie richtig gesprochen; er war auch ganz auf sein Buch konzentriert, das bald erscheinen sollte. Obwohl … Nun hatte er doch von Heirat gesprochen, und verlobt waren sie ja bereits, auch wenn sie es, ehrlich gesagt, nicht so ganz ernst genommen hatte.

»Das Leben geht so schnell vorbei«, sagte Jan in einem ungewöhnlich melancholischen Tonfall. »Ich bin zweiundvierzig, fast dreiundvierzig, und Therese ist dreiundachtzig geworden, und jetzt ist sie tot.« Dann sprach er von seinem Besuch am Grab seiner Eltern, am Todestag, den er fast vergessen hätte, und von einem Mann, der behauptet hatte, seine Mutter geliebt zu haben – und dass sein Vater das Unglück mit dem Elektroofen verschuldet hatte, weil er nicht wollte, dass seine Frau ihn verließ.

»Therese hat mir nie etwas davon erzählt«, sagte er mit matter Stimme. »Und jetzt kann ich sie nicht mehr fragen.«

»Ich glaube kaum, dass jemand einen Elektroofen manipuliert, um sich und seine Frau umzubringen«, erwiderte Birte.

»Noch dazu, wenn derjenige Polizist ist. Da gibt es doch andere Methoden.« Als sie ihre Worte ausgesprochen hatte, fiel ihr auf, dass sie für Jan kaum ein Trost sein konnten. »Wahrscheinlich war für Therese die Gegenwart wichtiger als die Vergangenheit«, fügte sie hinzu.

Jan nickte, ohne ein Wort zu entgegnen.

Im Präsidium klebte Birte das Foto von Maria an ihr Whiteboard, dazu schrieb sie eine knappe Beschreibung des unbekannten Mannes. Erst da fiel ihr auf, dass sie möglicherweise auf Roman Zautner passte.

»Nein«, sagte Jan. »Zautners Tattoos sind viel zu auffällig. Das hätte jemand in der Kneipe erwähnt.«

Trotzdem rief sie Broder an. Danuta hatte keine Tattoos bemerkt, doch etwas war ihr aufgefallen, an das sie sich plötzlich erinnerte: Der Mann hatte einen großen silbernen Ring mit irgendeinem Symbol getragen – mit einem Totenkopf oder mit etwas, das einem Totenkopf ähnelte.

Wer trug so einen Ring? Während sie hörte, wie Jan im Hintergrund mit einem Bestatter telefonierte und einen Sarg aussuchte, forschte sie im Internet nach. Bei den Nazis hatten SS-Leute solche Ringe getragen, aber wenn man die Angebote im Netz durchging, so konnte man sie überall kaufen, selbst in harmlosen Onlineshops. Offenbar waren Totenkopfringe auch bei Bikern beliebt.

»Am Samstag ist die Beerdigung«, sagte Jan, als er sich neben sie setzte. »Länger kann ich es nicht hinausschieben. Ich werde eine große Anzeige in den Stadt-Anzeiger setzen. Wird mich ein Vermögen kosten, aber das ist es mir wert. Möglichst viele Leute sollen kommen.«

»Bis dahin haben wir den Täter«, erwiderte Birte und wunderte sich selbst, woher sie die Gewissheit nahm, so etwas zu sagen. »Du hast recht. Nun ist einer aus der Deckung gekommen.« Sie deutete auf das Foto eines Totenkopfrings vor sich. »Die scheinen in der rechten Szene beliebt zu sein.«

Jan sah sie lediglich stumm an und wandte sich ab, um wieder zu telefonieren. Sie hörte, wie er sanft den Namen »Nadine« aussprach.

Als sie ihr Smartphone hervornahm und sah, dass Max ihr eine Nachricht geschickt hatte, stürmte Nele aus dem Nachbarraum herein. Ihre sonst tadellose Frisur war durcheinandergeraten, ein paar lange blonde Strähnen wehten um ihren Kopf herum.

»Ich glaube, wir haben die junge Rumänin … Jemand hat in Bergisch Gladbach an der Diepeschrather Mühle eine verwirrte, orientierungslose Person gemeldet. Das könnte die Frau sein.«

24

Der Tag schien kein Ende nehmen zu wollen. Er hatte mit Nadine telefoniert; sie würde ihm helfen, über Thereses Beerdigung nachzudenken, sie war vom Theater, als Dramaturgin wusste sie, wie man solch eine Trauerfeier inszenierte. Er würde einen Priester brauchen, Therese war schließlich tiefreligiös gewesen, doch darüber hinaus sollten auch andere Texte vorgetragen werden. Er selbst wollte auch etwas sagen – über das Kinderheim, über seine Verlorenheit, aus der Therese ihn gerettet hatte, darüber, in welchen Abgrund ihr Tod ihn gestoßen hatte. Und dann würde die Band spielen – er müsste die Trauerhalle für mindestens eine Stunde mieten, ach, am besten für zwei.

Doch statt mit Nadine über die Feier nachzudenken, fuhr er mit Birte nach Bergisch Gladbach, in ein Waldgebiet, in dem wohl die Leute aus der Gegend ihre Hunde ausführten.

Zwei Streifenwagen standen mit kreisendem Blaulicht da. Maria saß in eine Decke gehüllt in einem von ihnen; durch die Scheibe sah sie wie ein Geist aus, eine bleiche Gestalt, die sich verirrt hatte. Sie hatte ihre Augen geschlossen und schien zu schlafen. Zum Glück war sie eindeutig unversehrt.

Birte öffnete die Tür und berührte die junge Rumänin sanft am Arm, sodass sie die Augen aufschlug, doch ihr Blick war glasig, als wäre sie betrunken oder aus ganz tiefem Schlaf erwacht.

»Maria«, sagte Birte mit eindringlicher Stimme, »was ist passiert, wo sind Sie gewesen?«

Maria öffnete den Mund, sie schien um Worte zu ringen, ihr Kehlkopf bewegte sich auf und ab, dann fielen ihr die Lider wieder zu, und sie machte mit dem rechten Arm eine fahrige, abwehrende Geste, als hätte sie Angst. Gleichzeitig murmelte sie etwas vor sich hin, einen Namen, einen Fluch, etwas, das nicht zu verstehen war.

»Wir brauchen einen Arzt«, sagte Schiller und sah sich nach

dem nächsten Uniformierten um. »Warum hat niemand einen Krankenwagen gerufen?«

Ein junger Polizist mit einem blonden Oberlippenbart schaute ihn ratlos an. »Wir wussten doch nicht …«, begann er.

»Wir nehmen sie mit«, sagte Birte kurz entschlossen, »und fahren dann in Kalk im Krankenhaus vorbei, damit sie dort untersucht wird. Man soll uns schon einmal ankündigen.«

Während Schiller am Steuer saß, versuchte Birte im Fond vergeblich, mit Maria zu reden. Mal erwachte sie aus ihrem Schlaf, flüsterte Worte, dann wieder sank ihr der Kopf auf die Brust. Als er an einer Kreuzung halten musste, begann sie plötzlich zu würgen. Im letzten Moment schaffte Birte es, die rechte hintere Tür zu öffnen, sodass Maria sich auf die Straße erbrechen konnte.

»Nicht gut«, flüsterte die junge Frau mit geschlossenen Augen. »Nicht gut.«

»Man hat ihr irgendetwas gegeben, um sie zu betäuben«, meinte Birte.

Im Krankenhaus Kalk wurden sie schon am Eingang in Empfang genommen. Zwei Pfleger legten Maria auf ein Tragegestell und verschwanden mir ihr im Behandlungstrakt.

»Wenn sie stirbt«, sagte Birte, »dann wird unser Problem noch größer.«

»Sie wird nicht sterben«, sagte Schiller. Aus einem Automaten holte er zwei Kaffee, die nicht schmeckten, aber zumindest heiß waren.

Nach zwanzig Minuten trat ein junger Assistenzarzt zu ihnen, der sich ausführlich ihre Dienstausweise ansah.

»Der jungen Frau geht es etwas besser«, sagte er. »Wir haben ihr eine Kochsalzlösung gegeben. Wir kennen solche Fälle. Wir sind ziemlich sicher, dass man ihr Gamma-Hydroxybuttersäure verabreicht hat.«

»K.-o.-Tropfen?«, fragte Schiller. »Deshalb war sie in diesem Zustand?«

»Ja, höchstwahrscheinlich«, erklärte der Arzt. »Wir haben

für einen Nachweis eine Blutprobe entnommen. Genaueres wissen wir dann am Montag.« Er nickte ihnen zu und machte Anstalten, sich abzuwenden.

»Wann«, rief Birte ihm nach, »wann können wir mit der jungen Frau sprechen?«

»Wir werden sie über Nacht hierbehalten müssen, obwohl ihr Zustand nicht kritisch ist«, sagte der Arzt. »Morgen können Sie mit ihr reden, aber an viele Dinge wird sie sich vermutlich nicht erinnern können.«

Er hatte Nadine noch nie kochen sehen; sie stand am Herd, rührte wie abwesend in einer Pfanne und sah ihn an.

Es war kurz nach zweiundzwanzig Uhr. Schiller hatte es geschafft, seine Müdigkeit abzuschütteln, und dann, als er endlich aus dem Präsidium gekommen war, hatte er an der Tankstelle an der Aachener Straße für zehn Euro einen Blumenstrauß gekauft und an ihre Wohnungstür geklopft. Nadine hatte sofort geöffnet.

»Ich koche etwas für uns«, hatte sie gesagt, als wäre es das Normalste von der Welt. »Reis, Gemüse und jede Menge Curry – mein Leibgericht.«

Schiller saß an ihrem Küchentisch, ein Glas Weißwein vor sich. Carla hatte er nie von seinen Fällen erzählt, sie war auch nicht daran interessiert gewesen, aber bei Nadine war es völlig anders. Wie eine Regisseurin ging sie an das, was er ihr berichtete, als müsste sie das Geschehen begreifen, um es auf die Bühne zu bringen. Für einen Moment war er froh, dass Birte nicht einmal ahnte, wie sehr er Nadine in alles einweihte.

»K.-o.-Tropfen«, sagte sie, während sie den Herd abschaltete und zwei elegante weiße Teller aus einem Schrank nahm, »werden ja eigentlich dann eingesetzt, wenn man jemanden willenlos machen will, um sich sexuell an ihm zu vergehen, nicht wahr? Aber das liegt in diesem Fall ja wohl nicht vor.«

»Nein, anscheinend nicht«, sagte Schiller.

Nadine schob ihm den Teller hin, und dann stellte sie eine Schüssel mit ihrem Currygericht vor ihn auf den Tisch. Es roch exotisch, und Schiller merkte, dass er den ganzen Tag nichts gegessen hatte. Bevor sie zu essen begannen, prosteten sie sich zu.

»Ein Wein vom Flughafen«, sagte Nadine. »Das war das Beste an meiner kurzen Reise … Ach, nein, Bordeaux ist auch eine sehr schöne Stadt …« Sie lächelte versonnen und blickte die brennende Kerze an, die gleichfalls auf dem Tisch stand.

Es war scharf, was sie gekocht hatte, scharf und würzig, aber es schmeckte absolut köstlich.

»Der Mann hat der Frau also die K.-o.-Tropfen verabreicht, weil er nicht will, dass sie sich an etwas erinnert«, nahm Nadine den Faden auf. »Er glaubt, dass er so ihr Gedächtnis für ihre Begegnung ausradiert hat – was vielleicht sogar funktioniert.«

»Vielleicht«, warf Schiller ein, »wir werden es morgen genauer wissen.«

»Aber warum tut er das?«, fragte Nadine sich. »Warum geht er das Risiko ein? Was könnte die junge Frau wissen, das für ihn von Belang ist?«

»Dieser Rumäne, den wir suchen, sollte sie vom Bahnhof abholen«, sagte Schiller. »Ernst Köber – nun Vladan.«

»Ja«, sagte Nadine und lächelte, als hätte sie tatsächlich ein Rätsel gelöst. »Dieser Mann sucht selbst nach Vladan und wollte von der Frau wissen, was sie über seinen Verbleib weiß. Das muss es sein. Ihr müsst beide finden, Julika und Vladan.«

»Ja«, sagte Schiller, während er sich weiter über den Reis hermachte, »und wir müssen noch etwas tun: den Mann mit dem Totenkopfring aus dem Verkehr ziehen.«

Aber jetzt, wollte er sagen, möchte ich gar nicht mehr über unseren Fall sprechen, als sein Smartphone summte.

Nadine hob die Augenbrauen. »Neuigkeiten?«

Er sah, dass Birtes Name auf dem Display aufleuchtete. »Was gibt es?«, fragte er und bemerkte selbst, wie barsch er klang.

»Tut mir leid«, sagte Birte ein wenig atemlos, »dass ich dich störe, aber es ist etwas passiert. Zautner hat uns angelogen – und eben … vor fünf Minuten hat mich jemand niedergeschlagen.«

25

Es war ein Gefängnis, in das Vladan sie gesteckt hatte. Ja, das war es. Sollte sie schreien? Versuchen, die Tür einzutreten? Sie rüttelte daran, eine alte massive Holztür. Da würde sie nur mit brutaler Gewalt weiterkommen.

Dann sank sie erneut in sich zusammen und legte sich auf das Sofa.

Ihr fiel nichts ein, was sie tun konnte.

Vladan hatte versprochen, bald wiederzukommen. Er müsse etwas besorgen, es werde alles gut. Dabei hatte er ihr beinahe wie ihr Großvater über die Wange gestrichen. Sie hatte nicht einmal gewagt, den Kopf zurückzuziehen.

Sie schwankte zwischen Wut, Trotz und Verzweiflung. Alles war eine Lüge gewesen; es gab gar kein Restaurant, in dem sie hätte arbeiten sollen. Was hatte es mit den Kindern auf sich? Es konnte doch nicht sein, dass sie Kinder beaufsichtigen sollte, als wäre sie eine Art Au-pair-Mädchen? Was hatte Vladan da geredet?

Irgendwann, nach einer oder zwei Stunden – sie hatte keine Ahnung, wie viel Zeit seit seinem Weggang verstrichen war –, nahm sie den Bleistift, um etwas an die Wand zu schreiben, hinter einen roten ausgebleichten Vorhang, der neben dem Fenster hing.

»Mein Name ist Julika Bottesch ich bin aus Rumänien ich bin hier gefangen von Vladan Ich sollte in einem Restaurant arbeiten aber das stimmte alles gar nicht jemand soll meinem Großvater Hermann Bottesch Bescheid geben er wohnt in Thalheim das heißt jetzt Daia bei Sibiu …«

Sie hörte, wie die Wohnungstür geöffnet wurde, und richtete sich auf. Bevor Vladan die Tür aufsperren konnte, schaffte sie es, den Vorhang zurückzuziehen.

Er stand in der Tür und schaute sie misstrauisch an. »Was hast du getan?«, fragte er streng auf Deutsch. »Was wolltest du am Fenster?«

Sie machte zwei Schritte auf ihn zu. »Warum bin ich hier gefangen? Ich will nach Hause. Du darfst das alles nicht!« Sie hob ihre Hände und ballte sie zur Faust.

Vladans Gesicht verzog sich zu einem schmerzhaften Lächeln. »Ich verstehe dich«, sagte er, »aber ich tue das für dich. Damit wenigstens du davonkommst. Du bist in eine Falle geraten, verstehst du?«

Aus einem schwarzen Rucksack, den er über der Schulter trug, zog er etwas hervor, eine Flasche Cola, die er ihr hinhielt und die sie sofort nahm, und dann noch etwas: eine schwarze Pistole, die er ihr gleichfalls entgegenstreckte.

Sie nahm auch die Pistole, verwundert und mit klopfendem Herzen.

Er beobachtete sie, während sie die Waffe in der Hand wog.

»Es ist gut«, sagte er, »dass du sie nicht auf mich gerichtet hast. Sie ist nicht echt, ist für Filme. Ich dachte, es ist besser, wenn du keine richtige Pistole hast. Du würdest sowieso nicht schießen, nicht?«

Sie betrachtete die Waffe und warf sie dann auf das Sofa. Dann trank sie von der warmen, süßen Cola. Wenn sie es jetzt schaffte, an Vladan vorbeizukommen – ihm einen Fuß zu stellen, nur einen Moment ... Sofort verwarf sie den Gedanken, denn nun hatte er eine Waffe in der Hand, die echt aussah. Vielleicht dieselbe, mit der er sie schon einmal bedroht hatte.

Er hob die Waffe hoch und tat so, als würde er aus dem Fenster schießen wollen. »Ich kann schießen«, sagte er, »habe es oft gemacht, aber noch nie so etwas ... Ich werde Ove töten müssen, dabei musst du mir helfen, dann kannst du zurückfahren, zu deinem Großvater ...«

»Wer ist dieser Ove?«, fragte sie. Sie stellte die Flasche neben dem Sofa ab und setzte sich wieder. All ihre Kraft schien aus ihren Beinen zu weichen.

»Du musst ihn anlocken – das ist es, was du tun musst.« Vladan redete weiter, als hätte sie gar nichts gesagt. »Ich werde versuchen, ihm ein Geschäft vorzuschlagen. Ich werde ihm sagen, dass ich kein Verräter bin und dass er allein kommen muss, um uns zu kriegen, dich und mich ... Vielleicht funktioniert es. Aber ich bin nicht sicher ... Ove ... Er macht dieses Geschäft nicht allein. Auch er hat jemanden, für den er arbeitet.« Vladan hob die Schultern und sah sie an. In seinen Augen stand die Botschaft, dass er selbst nicht glaubte, dass es funktionieren könnte.

»Ich möchte etwas verstehen«, sagte sie und bemerkte, dass sie ihre Hände gefaltet hatte. Ja, das hatte sie vergessen ... Ihr Großvater hätte ihr geraten zu beten. Ein richtiges Gebet würde immer helfen. »Was ist mit Therese ... der alten Frau passiert?«

Sie sah, wie er schluckte, wie sein Adamsapfel auf und ab hüpfte, als wäre da etwas in seinem Hals stecken geblieben. Sein Schnauzbart bewegte sich, aber keine Worte drangen darunter hervor. Er wandte sich ab, die Pistole in der Hand.

»Sie hat uns Probleme gemacht – Ove war sehr wütend, dass sie am Bahnhof herumgelaufen ist und überall nach dir gefragt hat ... Er hat es mitgekriegt.« Er sprach nun Rumänisch. »Bei Ove muss man immer aufpassen. Und dann ... einfach so ...« Vladan brach ab und wischte sich über das Gesicht, dann machte er eine abwehrende Handbewegung. »... stand die alte Frau vor der Tür. Du musst ihr unsere Adresse verraten haben ... Sie wollte dich sehen ... wollte an mir vorbei ... Ich habe sie nicht angerührt ... gar nicht richtig ... aber natürlich durfte sie nicht ins Haus kommen ... Sie hat deinen Namen geschrien, ganz laut, und da habe ich sie gepackt ... und einen Moment später lag sie unten an der Treppe und hat geblutet ... und ... Es war ein Unglück ... Ja, ein furchtbares Unglück. Ich habe Ove nichts gesagt ... Ich habe ... Es tut mir sehr leid.« Die letzten Worte sprach er auf Deutsch und wiederholte sie stumm für sich.

Für einen Moment schnürte ihr die Trauer die Kehle zu. Es war ihre Schuld, dachte sie, wahrhaftig ihre Schuld, dass Therese nun tot war. Wenn sie die alte Frau nicht am Bahnhof getroffen hätte ...

Plötzlich wandte Vladan sich um, und dann hörte sie es auch.

Jemand war an der Wohnungstür. Die Tür sprang auf, und sie sah, wie Vladan seine Pistole hochriss und in den Flur stürmte.

»He«, sagte eine Männerstimme, »was soll der Unsinn, Ernst? Spinnst du? Du musst sofort von hier verschwinden. Vorhin stand die Polizei in meinem Lokal und hat nach dir gefragt.«

26

»Irgendwann«, sagte Birte, »mache ich es wieder gut. Bald, wenn dein Buch herauskommt, dann sitze ich und halte deine Hand, wenn du Interviews geben oder vorlesen musst.«

»Unterstehe dich«, sagte Max mit einem Lächeln. Sie hatte ihn nach Ehrenfeld, in die Liebigstraße, gelockt – mit einer besonderen Bitte: »Ziehe dir etwas Schwarzes an, sodass du wie ein missgelaunter Polizist aussiehst.« Er hatte sich daran gehalten, sogar sein Dreitagebart passte zu diesem Aufzug.

»Das Essen geht auf Spesen«, sagte sie, als sie das Lokal betraten. Von einer Heirat hatte er auf der Fahrt nicht mehr gesprochen, aber das hätte auch kaum gepasst.

Roman Zautner entdeckte sie sofort, er stand hinter der Theke und starrte zu ihr herüber, als habe er sie erwartet. Das Lokal wirkte mit seinen schweren dunklen Möbeln nun noch düsterer und trostloser, obschon vier Tische belegt waren. Zwei Frauen mit gefärbten schwarzen Haaren, die in einem fast durchsichtigen Outfit aussahen, als wären sie Prostituierte, hockten in einer Nische, ein Trupp von etwa zehn Männern trank an einem langen Tisch Kölsch, ein älteres Ehepaar machte sich schweigend über sein Essen her, offensichtlich eine überdimensionierte Fleischplatte, und drei Jugendliche spielten an einem hinteren Tisch Karten.

»Das ist ja echt nobel hier«, sagte Max spöttisch, während sie sich an einem Tisch am Fenster niederließen.

Zautner kam sofort heran; er trug nun eine Lederschürze.

»Es ist ja schön, dass Sie meinen Laden so schnell wieder beehren«, sagte er. »Darf es etwas zu essen sein oder doch nur Kaffee?«

»Zwei Kölsch«, sagte Birte, »und was steht denn so auf Ihrer Speisekarte?« Sie war sicher, dass Max hier keinen Bissen hinunterbekommen würde.

»Wir haben Schnitzel, geräuchertes Rindfleisch im Paprikamantel und außerdem als Spezialität Frikadellen moldawischer Art – gefüllt mit Ziegenkäse und Gemüse«, erwiderte Zautner mürrisch und fingerte an einem Bleistift in seiner Hand herum.

»Gut«, sagte Birte. »Wir überlegen noch.«

Zautner wandte sich ab, und Max stieß sie unter dem Tisch an. »Was genau willst du hier?«, fragte er. »Doch nicht allen Ernstes etwas essen?«

Sie schüttelte den Kopf. Von den Gästen schien sie niemand zu beachten. Nur einer der Kölsch trinkenden Männer hatte kurz zu ihr herübergeschaut.

Als Zautner die beiden Gläser Kölsch brachte, zeigte sie noch einmal ihren Dienstausweis.

»Nicht nötig.« Er verzog den Mund zu einer Grimasse. »Ich weiß doch, wer Sie sind.«

»Herr Zautner, wir sind dienstlich hier«, erklärte Birte förmlich, »mein Kollege ist vom Ordnungsamt, ein weiterer vom Gesundheitsamt ist unterwegs. Wir überlegen, wo wir mit unserer kleinen Besichtigungstour anfangen – gleich in der Küche oder in den Vorratsräumen oder da, wo Sie Ihre Getränke lagern. Sie können es sich aussuchen.«

Er beugte sich vor und stützte sich auf dem Tisch auf. Der Geruch von Bier und Nikotin traf sie, und sie konnte die Tattoos auf seinen Unterarmen sehen – Fratzen von Frauengesichtern.

»Was soll das?«, fragte er. »Wollen Sie mir Schwierigkeiten machen?«

Birte nippte an ihrem Kölsch. »Ja«, sagte sie dann mit größtmöglicher Ruhe, »ich möchte Ihnen Schwierigkeiten machen. Ist ja gar nicht mein Job, mit den Schnüfflern vom Ordnungsamt durch die Gegend zu ziehen, aber Sie haben uns angelogen, als wir nach Ihrem Onkel gefragt haben.« Sie deutete auf die gerahmte Fotografie neben der Theke, die Jan entdeckt hatte und auf der Zautner eindeutig mit Köber zu sehen war. »So etwas mögen wir nicht, ganz und gar nicht.«

Zautner richtete seinen Blick auf das Foto. »Meine Mutter hasst ihn, aber er ist mein Onkel, der einzige … und ja, er hat viel Scheiße gebaut, genau wie ich … und …« Er wandte den

Kopf langsam und sah Birte an. »Er ist hier gewesen, wollte meine Hilfe, aber ich habe ihn abgewiesen, habe gesagt, die Polizei sucht ihn.«

»Und dann ist Ihr Onkel gegangen? Einfach so?«

Zautner nickte. »Ja, keine Ahnung, wo er hin ist, aber ich will keine Schwierigkeiten, nicht mehr … Das Bier geht aufs Haus«, sagte er und machte Anstalten, hinter seine Theke zurückzukehren.

»Wo könnte Ihr Onkel hingegangen sein?«, rief Birte ihm nach. »Und noch etwas: War er allein?«

Abrupt blieb Zautner stehen und wandte sich um. »Hat es etwas mit dieser jungen Frau zu tun?«, fragte er. »Die bei ihm war?«

»Ganz recht«, sagte Birte. »Diese Frau suchen wir auch. Haben Sie einen Namen für uns? Wie sah die Frau aus?«

»Sie hat im Auto gesessen, ich habe sie nur kurz gesehen, und nein … ich habe keine Ahnung, wo mein Onkel hingefahren sein könnte.«

»Chapeau!«, sagte Max, nachdem Zautner sich wieder hinter seiner Theke postiert hatte. »Hat funktioniert. Der Kerl hat richtig Angst gekriegt.«

»Nicht genug«, sagte Birte. »Ich bin sicher, er hat uns noch immer nicht die ganze Wahrheit gesagt.« Sie blickte auf die Uhr, es war kurz vor zehn. Nun bekam sie doch Hunger. »Vielleicht sollten wir woanders noch etwas essen.«

»Oder ich koche uns etwas«, sagte Max und griff nach ihrer Hand.

Den Schatten, der von draußen durch das braun getönte Fenster hereinfiel, registrierte sie nur aus den Augenwinkeln, doch im nächsten Moment war sie aufgesprungen und auf die Straße gelaufen. Die Gestalt, die in Richtung Hornstraße ging, war groß und muskulös; man sah ihr an, dass sie es eilig hatte, aber nicht in einen Laufschritt verfallen wollte. Sie war ganz in Schwarz gekleidet, trug eine Kappe, einzig die weißen Schuhe leuchteten in der Dunkelheit.

Birte lief der Gestalt nach, unschlüssig, ob sie nach ihrer

Waffe greifen sollte. Es war eindeutig ein Mann, mittelalt, gut in Form, erkannte sie im Näherkommen. Plötzlich ahnte sie, dass sie genau den Mann vor sich hatte, den sie suchten, den Mann, der Maria aus dem »Golde Kappes« entführt hatte.

Für eine unauffällige Observation war es allerdings längst zu spät.

In dem Moment, als sie ihre Pistole hervorziehen wollte, drehte er sich um und sprang mit gestreckten Händen auf sie zu. Sie sah einen aufgerissenen bartlosen Mund, sah, wie eine Faust auf sie zuraste, und spürte, wie sie einen schmerzhaften Atemzug später auf das Pflaster schlug.

Sie hatte Max noch nie so aufgeregt gesehen, er zitterte förmlich, als sie wieder im Auto saßen. Da ihr Alfa eine automatische Schaltung hatte, konnte er ihn auch fahren.

»Birte, was war das? Hat der Wirt da jemanden geholt, der dich zusammenschlagen sollte?«

Ihre Lippe war aufgeplatzt und blutete leicht. Sonst war ihr nichts passiert, doch als sie sich wieder aufgerappelt hatte, war der Mann verschwunden gewesen. Einen Moment später war Max aus der Kneipe gekommen.

»Nein«, sagte sie. »Ich glaube nicht, dass Zautner etwas damit zu tun hat, sondern der Mann, der uns die ganze Zeit Schwierigkeiten macht und …« Sie zog ihr Smartphone hervor. Es hatte bei ihrem Sturz zum Glück nichts abbekommen.

Als sie Jans unwirsche Stimme hörte, wusste sie, dass er bei seiner neuen Freundin saß und nicht gestört werden wollte, aber darauf konnte sie nun keine Rücksicht nehmen.

»Ich brauche dich«, sagte sie. »Ich fahre mit Max zu Frank ins Café. Wäre schön, wenn du in zwanzig Minuten auch da sein könntest.« Bevor er etwas entgegnen konnte, unterbrach sie die Verbindung.

Max sah sie an. »Du gibst wirklich nie auf«, sagte er.

Birte tupfte mit einem Papiertaschentuch an ihrer Lippe herum. »Wir haben ein paar Dinge richtig gemacht, sonst wäre der Mann nicht da gewesen … Aber, verdammt, woher wusste er, dass wir in dieser Kneipe sitzen?« Sie dachte daran, dass sie schon häufiger in letzter Zeit das Gefühl gehabt hatte, beobachtet zu werden. Den SUV, den sie fotografiert hatte, hatte sie noch nicht überprüfen lassen. Sie schickte Nele das Foto mit der Bitte, den Halter zu ermitteln.

Zwei Minuten später kam bereits die Antwort. Nele saß also immer noch im Präsidium. Das Kennzeichen gehörte einer Werbeagentur, die in der Brabanter Straße residierte. Also höchstwahrscheinlich Fehlanzeige.

Obschon es fast halb elf war, servierte Frank Kaffee und Apfelkuchen, etwas anderes zu essen gab es in diesem Kiosk mit Stehtischen auch nicht. Trotzdem war es Jans Lieblingsort, um Kaffee zu trinken.

Er traf nach genau zweiundzwanzig Minuten ein. Seine Laune war düster. Als Birte ihm von dem Überfall berichtete, verzog er das Gesicht. »Da versucht jemand, superschlau zu sein, und schnüffelt hinter uns her«, sagte er. »Aber warum das Ganze? Das wissen wir immer noch nicht. Eine verbrannte Frauenleiche, die verschwundene Julika, die tote Therese …«

»Wir kommen weiter«, sagte Birte, »ohne dass wir es selbst so richtig begreifen.«

Frank kam und stellte ihr ein Glas hin. »Anisschnaps«, sagte er lächelnd. »Wirkt Wunder.«

Sie trank das süße Zeug mit einem Schluck.

»Wie sah der Kerl aus?«, fragte Jan. »Hast du irgendetwas gesehen, das uns weiterhilft? Er hat bei der Aktion ja leider nicht seinen Pass verloren.«

Ich habe nichts gesehen, wollte sie sagen, es war zu dunkel, und es ging einfach zu schnell. Der Mann war groß, sicherlich einen Meter neunzig, muskulös, ohne Bart und Brille, aber die Kappe verdeckte sein Gesicht. Da sah sie in Gedanken seine Faust, die auf sie zuflog.

»Er hat keinen Ring getragen«, sagte sie, »keinen Ring mit einem Totenkopf, doch da war etwas anderes gewesen – eine Tätowierung – zwei Buchstaben … auf zwei Fingern … ein T und ein C.«

Jan schaute sie misstrauisch an. »Das hast du gesehen, während er zugeschlagen hat?«

»Ich glaube«, sagte sie, doch sofort kamen ihr Zweifel. »Vielleicht«, fügte sie matter hinzu.

27

Diesmal nahm Vladan nicht seinen eigenen Wagen, sondern hatte ein Taxi gerufen. Sie stahlen sich aus dem Haus, als es zu dämmern begann, und dann schaute er sich ständig um, während sie durch Köln fuhren.

»Wenn du Ärger machst«, hatte er ihr beim Einsteigen auf Rumänisch zugeraunt, »dann kann ich die Pistole auch auf dich richten.«

Sie fror, obwohl es nicht kalt war. Der Fahrer, ein schwarzhaariger Mann, eindeutig kein Deutscher, beachtete sie gar nicht. Sie versuchte, seinen Blick zu erfassen, wenn er hin und wieder in den Rückspiegel schaute, doch es gelang ihr nicht.

»Es wird alles gut«, sagte Vladan leise, nachdem sie ihr Ziel erreicht hatten, eine stille, dunkle Straße auf der anderen Seite von Köln. Jedenfalls waren sie über eine Brücke gefahren. Sie hatte auf dem breiten Fluss ein blinkendes Schiff unter sich gesehen.

Vladan schob sie auf ein Haus zu, das wie eine Kirche aussah, zumindest gab es da einen schmalen hohen Turm; dann führte er sie in einen Heckengang. »Warte hier«, zischte er. Einen Moment später hörte sie, wie Glas zerbarst. Er fluchte leise, doch keine zehn Sekunden danach öffnete er von innen eine Tür.

»Bist du hier eingebrochen?«, fragte sie auf Rumänisch.

Er zog sie hinein. »Hier wohnt manchmal ein alter Bekannter von mir«, sagte er, »aber er ist jetzt in Bukarest. Er hat vergessen, mir den Schlüssel zu geben.«

Ohne dass er Licht machte, führte Vladan sie in den Keller hinunter. Da erst schaltete er eine Lampe an. Sie sah einen schmalen Gang, von dem drei Türen abwiesen.

»Es gibt nur ein richtiges Zimmer«, sagte Vladan. »Da werden wir zusammen übernachten müssen.«

Er öffnete eine Tür und griff nach einem Lichtschalter. Ein Raum, der wie eine Zelle aussah, lag vor ihnen. Zwei Holzbetten, zum Glück nicht nebeneinander, sondern an jeder Wand eines, dazu zwei Stühle und ein leerer Schrank, an dem die Türen offen standen.

»Nebenan ist ein Bad mit Dusche«, sagte Vladan, »aber ich glaube nicht, dass es warmes Wasser gibt.« Er machte eine Bewegung in den Raum hinein. »Es ist nicht für lange, nur für ein oder zwei Tage.«

Erschöpft sank sie auf das Bett an der rechten Seite. Es knarrte, als sie sich setzte, und roch muffig. Ihr war nach Weinen zumute. Warum war sie nicht weggelaufen? Nein, sie kannte die Antwort; sie war viel zu schwach und mutlos geworden. Stumm rannen ihr zwei Tränen über die Wange.

»Wo sind wir?«, flüsterte sie.

Vladan begann seine Tasche auszuräumen, als hätte er eben ein gewöhnliches Hotelzimmer bezogen. »Das hier ist die rumänische Kirchengemeinde, aber der nächste Gottesdienst ist erst in zwei Wochen. Vorher kommt niemand her. Wir sind also ganz ungestört.« Nun redete er die ganze Zeit Deutsch mit ihr.

Sie legte sich auf das Bett und schloss die Augen. Für einen Moment war sie bei ihrem Großvater auf der Wiese, umgeben von Schmetterlingen, und sie konnte die Lehmziegel riechen, die ein Stück weiter im Schuppen trockneten.

»Zwei Tage – länger wird es nicht dauern«, sagte Vladan, »bis ich alles erledigt habe.«

Plötzlich spürte sie seine Hand an ihrer Wange und schrak auf.

»Lass das!«, schrie sie ihn an und stieß ihn weg. Sie wunderte sich über die Energie, die auf einmal in ihren Körper zurückgeströmt war.

Vladan machte ein schuldbewusstes Gesicht und setzte sich auf das andere Bett. »Ich möchte, dass du davonkommst«, sagte er. »Wirklich.« Er hob seine rechte Pranke, als wollte er einen Schwur leisten. »Ich habe nie eine Tochter gehabt, weil ich zu viele Dinge falsch gemacht habe, aber wenn … dann hätte ich mir gewünscht, sie wäre so klug und hübsch wie du.«

Ich bin nicht klug und hübsch, dachte sie, denn wenn ich es

wäre, dann säße ich jetzt nicht hier. Stattdessen starrte sie ihn düster an. »Ich will sofort gehen«, sagte sie. »Auf der Stelle.«

Als sie sich erheben wollte, nahm er seine Waffe hervor. »Bitte nicht«, sagte er. »Ich brauche dich, aber bald wird alles gut.«

Sie war beinahe sicher, dass er nicht schießen würde, trotzdem sank sie zurück. Wohin hätte sie auch gehen sollen? Zur Polizei? Um denen welche Geschichte zu erzählen?

»Was genau ist mit Irina passiert?«, fragte sie mit zitternder Stimme.

Vladan stand auf, ohne sie zu beachten, und holte eine Flasche aus seiner Tasche, die er sofort an den Mund setzte. Schnaps, vermutete sie.

»Irina hat sich Ove widersetzt«, sagte er. »Das war nicht gut – gar nicht gut. Ove … sie gefiel ihm … zu sehr … Ove ist der schlimmste Mensch, den ich kenne. Er ist ein Mörder, deshalb darf er auch nicht weiterleben. Wenn ich ihn erschieße, wird Gott mir vielleicht sogar verzeihen.«

28

Er träumte von der Frauenleiche, er sah, wie sie sich im Feuer bewegte, und dann hörte er schlurfende Schritte dazu, die Therese gehörten, Ja, Therese ging um ihn herum …

Nadine saß neben ihm aufrecht im Bett und schaute ihn im Dunkeln an.

»Was ist?«, flüsterte Schiller. »Warum kannst du auch nicht schlafen?«

Sie strich mit ihrer warmen Hand über sein Gesicht.

»Du hast im Schlaf geredet«, sagte sie genauso leise. »Deshalb bin ich aufgewacht.«

»Tut mir leid.« Er drückte sich an sie. Als er am späten Abend zurückgekehrt war, hatte sie ihm sofort geöffnet, und sie hatte ihn, als wäre es selbstverständlich, ohne Umwege in ihr Bett geführt.

»Außerdem lässt mir euer Fall keine Ruhe. Habt ihr schon einmal überlegt, nach Rumänien zu fahren … in dieses Sibiu? Warum geht es hier ständig um Deutschstämmige aus Rumänien? Habt ihr euch schon erkundigt, ob diese Julika, die ihr sucht, nicht längst zurück in ihrer Heimat ist?«

Schiller sah auf sein Smartphone. Es war kurz nach halb vier. Er hatte knapp drei Stunden geschlafen.

»Ja, wir haben bei der rumänischen Polizei nach der Frau gefragt«, sagte er, aber wirklich sicher war er sich nicht. Vielleicht hatten sie das auch übersehen. Von einer Antwort wusste er zumindest nichts. Ein paar Dinge waren ihm durcheinandergeraten. Er lehnte sich zurück, nahm Nadines Hand und küsste sie. Um miteinander zu schlafen, waren sie zu müde gewesen.

»Ich habe auch über diese Abkürzung nachgedacht … die der Mann sich eintätowiert hatte.« Nadine drückte ihm einen sanften Kuss auf die Stirn, ein wenig so, als wäre er ein Kind, das Kummer hatte. »TC wird ja kaum für ›Tennisclub‹ stehen. Vielleicht die Initialen eines Namens. Oder irgendeine Losung?«

»Ich weiß nicht.« Er zog sie zu sich herab. Ihre Zähne blinkten auf, er sah, dass sie lächelte, doch als er sie küssen wollte, wich sie ihm aus.

»Mir gefällt, dass du Polizist bist«, sagte sie. »Da kann man über eine Menge Dinge nachdenken, und von diesen ewig schwarz gekleideten Theatertypen, die sich für die Schlausten der Welt halten, hatte ich ohnehin genug.«

»Zu den Schlausten der Welt«, sagte Schiller, »gehöre ich wahrscheinlich nicht. Aber vielleicht heißt TC auch nur ›too cool‹ oder ›to Cologne‹ oder ›Thomas Christian‹.«

Nadine lächelte wieder. Sie legte ihm ihre Hände auf die Brust, als wolle sie sein Herz schlagen hören. »Ich werde dir helfen«, sagte sie. »Bei allem – ich glaube, ich habe mich verliebt … nach vielen Jahren wieder einmal.«

Schiller erwachte, weil sein Smartphone beharrlich summte. Nadine lag in seinem Arm, ihr Haar duftete.

Soll das Ding ruhig klingeln, dachte er, ich bewege mich hier nie wieder weg, doch dann flüsterte Nadine mit geschlossenen Augen: »Warum gehst du nicht ran? Du bist Polizist.«

Es war bereits Viertel nach acht, erkannte er mit einer gewissen Verwunderung.

»Jan«, sagte Birte ohne Begrüßung, »willst du dir heute einen freien Tag nehmen?« Sie lachte laut und hellwach ins Telefon. »Nele hatte eine brillante Idee. Wir haben einfach mal das Kürzel TC auf Nummernschildern gesucht – die stehen ja oft für Abkürzungen von Namen. Acht Kennzeichen gibt es in Köln mit dieser Kombination, und davon sind zwei hochinteressant. Wann genau kommst du vorbei?«

Gar nicht, wollte er erwidern, doch dann hörte er sich selbst mit heiserer Stimme sagen: »Birte, du bist eine echte Plage – ich bin in einer halben Stunde da.«

Im Wagen, auf dem Weg ins Präsidium, verlor er all die Wärme, die er neben Nadine gespürt hatte. Er sah Therese vor sich, ihre leblose, wächserne Hand in der Rechtsmedizin, und wieder überfiel ihn Trauer. Am liebsten hätte er auf der Stelle Nadine, die ihn schläfrig mit einem Kuss verabschiedet hatte, angerufen und sie gefragt: »Bist du nachher, wenn ich zurückkomme, noch da?« Er kam sich plötzlich klein und schwach vor wie nie zuvor in seinem Leben.

Als er im Präsidium eintraf, hatte er sich ein wenig gesammelt.

Birte empfing ihn mit einem Becher Kaffee, den sie ihm in die Hand drückte, und meinte versöhnlich: »Tut mir leid, dass ich am Telefon so ungeduldig war, aber vielleicht haben wir wirklich etwas.« Sie rief auf ihrem Computer ein Bild auf. Ein älterer, grauhaariger Mann mit Doppelkinn lächelte sie an. »Tom Claussen«, sagte sie, »vielleicht kennst du ihn. Er hat ein altes BMW Cabrio mit seinen Initialen, einen echten Oldtimer. Er war einmal der Topfriseur von Köln, hat Schauspieler und irgendwelche Stars frisiert, dann ging er pleite und war wegen Unterschlagung sogar kurz in Haft. Vor drei Jahren hat er wieder einen Salon aufgemacht.« Sie rief ein anderes Foto auf. Ein hagerer Mann mit rasierter Glatze, der den Betrachter finster zu mustern schien. »Thorsten Klever«, fuhr Birte fort. »Klever mit K, passt also nicht ganz. Er ist Rechtsanwalt, hat sich früher mal in rechtsradikalen Kreisen aufgehalten. Er hat zwei Autos, einen BMW SUV und einen Audi SUV mit dem Kennzeichen K-TC. Wo sollen wir anfangen?«

Schiller trank seinen Kaffee. Er war froh, dass er das Bild der toten Therese hatte verdrängen können.

»Mehr haben wir nicht?«, fragte er. »Wir schauen uns nun Autokennzeichen an?«

Birte nickte. »Ich habe diese Tätowierung wirklich gesehen – TC, groß auf zwei Fingern«, sagte sie bestimmt. »Und ich finde, es ist einen Versuch wert.«

»Gut«, sagte Schiller. »Vielleicht sollte ich mir mal wieder die Haare schneiden lassen. Wo ist dieser Friseurladen?«

»In der Ehrenstraße«, sagte Birte und blickte auf die Uhr. »In zwanzig Minuten öffnet Claussen seinen Salon. Vielleicht bedient er ja auch ohne Voranmeldung. Und danach fahren wir zu Maria ins Krankenhaus und holen sie ab. Sie wird gegen Mittag entlassen.«

Schiller trank seinen Kaffee aus. Er sah, wie die Tür zum Gang vorsichtig geöffnet wurde. Eine alte Hand tauchte auf. Sofort kam ihm Therese in den Sinn. Sie hatte ihn gelegentlich hier aufgesucht, doch ein alter Mann trat zögernd und unsicher herein, er hatte dichtes graues Haar, braune, faltige Gesichtszüge und trug eine grüne Joppe mit funkelnden goldenen Knöpfen; in der linken Hand hatte er einen kleinen Lederkoffer.

Der alte Mann schaute sie an. Sein Blick wanderte von Schiller zu Birte, ohne dass er etwas sagte.

»Ja bitte?«, fragte Birte freundlich.

»Ich bin Hermann Bottesch«, sagte der Mann und betonte das »r« in seinem Vornamen. »Ich bin hier, weil ich meine Enkelin Julika finden will.«

29

»Ich habe gleich gewusst, dass etwas nicht stimmt«, sagte der alte Mann mit seiner eigentümlichen Betonung. Birte sah seine Hände mit den tiefen Rissen. Schmerz stand in seinen wasserblauen Augen, die viel jünger als der Rest seines Körpers wirkten. Er war am Morgen mit dem Flugzeug in Düsseldorf gelandet – sein erster Flug überhaupt. Jan und sie waren mit ihm aus dem Präsidium ins Café am Bauturmtheater gefahren.

»Wieso haben Sie das gewusst?«, fragte Birte.

Hermann Bottesch machte eine fahrige Handbewegung. »Nachdem Julika sich verabschiedet hatte, bin ich zu meinen Bienen gegangen; sie waren aufgescheucht, richtig durcheinander, wie bei einem Gewitter. Das habe ich als Zeichen betrachtet. Julika hätte nicht fahren dürfen. Nein, hätte sie nicht.«

»Was genau wollte Ihre Enkelin denn in Deutschland?«, erkundigte Jan sich.

»Dieser Mann … dieser Radu hatte schon ein anderes Mädchen aus Sibiu nach Deutschland vermittelt. Julika sollte in einem Restaurant arbeiten. Und Köln hat sie gelockt. Mein Sohn Manuel … und meine Schwiegertochter Ariana …« Er schluckte. »Sie sind auch nach Köln gegangen, um zu arbeiten, das war 1995, kurz nachdem Julika geboren wurde. Nun, es gab später einen schrecklichen Autounfall. Ein Lastwagen hat einen Stau übersehen … Ist lange her …«

Birte sah, wie der alte Mann den Kopf senkte, dann griff er ungelenk nach der Brötchenhälfte vor sich auf dem Teller und führte sie zum Mund.

Sie schwiegen ein paar Sekunden. Birtes Blick folgte der rissigen Hand, die aussah, als hätte sie ein Leben lang Steine geschleppt.

»Ich glaube«, sagte Hermann Bottesch dann. »Sie verstehen das alles nicht. Wir sind die letzten Deutschen in unserem

Dorf, eigentlich hätten wir auch gehen müssen – wie alle in den Westen –, aber Irma, meine Frau, ist herzkrank … Und ich … ich brenne Ziegel … Meine Ziegel werden überall gebraucht, für die neuen Dächer, und dann kümmere ich mich um die leer stehenden Häuser … So viele Menschen sind nach Deutschland gezogen, und die Häuser sind verlassen. Meine ganze Verwandtschaft, viele Nachbarn … alle sind gegangen, doch einer muss da sein. Für die leeren Häuser, nicht wahr?«

»Aber Ihre Enkelin ist auch geblieben«, sagte Jan.

Bottesch nickte. »Sie hatte Angst vor dem Westen, weil ihre Eltern da verunglückt waren, und dann wollte sie uns wohl nicht alleinlassen. Sie ist ein sehr gutes Mädchen.«

Er griff nun auch nach der Kaffeetasse, ganz vorsichtig, als hätte er Angst, das Porzellan zu zerbrechen.

»Die Polizei ist gekommen und hat nach ihr gefragt. Wo ist sie?«, rief er verzweifelt aus. »Was ist mit ihr geschehen?«

»Wir werden Ihre Enkelin finden«, sagte Birte. »Aber was ist mit diesem anderen Mädchen, das auch nach Deutschland gefahren ist? Wissen Sie, wer sie genau ist?«

Der alte Mann schaute sie an. Seine blauen Augen verdunkelten sich. »Ja«, sagte er. »Sie ist auch deutsch, sprach aber nicht so gut. Sie heißt Irina, sie ist in dieselbe Schule wie Julika gegangen, nur ist sie zwei Jahre älter. Sie hat noch eine kranke Mutter in Sibiu.«

Birte überlegte einen Moment lang, dann zog sie ihr Smartphone hervor und klickte die Aufnahme des Tattoos an, das Monika Grams ihr geschickt hatte. »Es hat einen Todesfall gegeben«, erklärte sie vage. »Wir wissen noch nicht, wer die Tote ist, aber sie hat ein kleines Tattoo am linken Fuß. Vielleicht haben Sie diese Tätowierung schon einmal gesehen.«

Sie hielt Hermann Bottesch das Display hin.

Er kniff die Augen zusammen. Noch mehr Falten durchzogen sein Gesicht. »Ja«, sagte er zögernd, »ich kenne diese Tätowierung. Julika hat mir davon erzählt, weil sie auch überlegt hat, sich tätowieren zu lassen. ›I‹ heißt Irina, und ›A‹ bedeutet Arian, glaube ich. Das war der Freund von Irina. Er ist jetzt in

Österreich, aber die beiden hatten sich wohl gestritten, Irina und ihr Freund.«

»Wissen Sie, wie Irina mit Nachnamen heißt?«, fragte Jan.

Hermann Bottesch schaute ihn an. »Leider nicht«, sagte er dann. »Könnte ›Schneider‹ gewesen sein, ein deutscher Name, meine ich. Ich habe sie auch nur einmal gesehen. Sie hat in einem Schreibwarengeschäft in Sibiu gearbeitet. Da komme ich nicht so oft hin.«

Birte hörte ihr eigenes Seufzen. Sie glaubte sofort, dass es stimmte, was Hermann Bottesch da gesagt hatte. Zwei junge Frauen waren aus Rumänien nach Deutschland gelockt worden, vielleicht auch, weil sie Deutsch sprachen, und eine von ihnen war ganz sicher tot. Auf den Beweis, dass Julika vermutlich noch lebte, den DNA-Abgleich mit ihr und der Frauenleiche mussten sie allerdings noch warten.

»Herr Bottesch«, sagte Jan sanft, »Sie haben uns sehr geholfen. Haben Sie schon eine Unterkunft in Köln?«

Er schüttelte den Kopf. »Ich will Julika finden«, sagte er, »und ich weiß, dass ich das kann. Ich spüre es, wenn sie in der Nähe ist. Sie ist in Schwierigkeiten, es geht ihr nicht gut, aber sie ist am Leben. Ich weiß es genau.«

»Ja«, sagte Birte, »Ihre Enkelin ist am Leben, und wir werden sie finden, aber nun bringen wir Sie zuerst einmal in einem Hotel unter. Am Nachmittag holen wir Sie ab, und dann müssen Sie uns leider mit Irina noch einmal weiterhelfen.« Davon, dass der Leichnam fast völlig verbrannt war, sprach sie lieber noch nicht.

Sie brachten Hermann Bottesch ins Hotel Chelsea. Jan kannte eine Frau an der Rezeption, die ihm auch einen Vorzugspreis machte. Hier sollte der alte Mann erst einmal duschen und vielleicht ein wenig schlafen, bis sie ihn wieder abholen würden. Nickend, als würde er streng zu befolgende Anweisungen erhalten, nahm er ihre Worte auf, doch Birte wusste, dass er sich kaum daran halten, sondern vermutlich auf eigene Faust seine Enkelin suchen würde.

»Um drei Uhr sind wir wieder da«, erklärte ihm Jan. Er

steckte Bottesch seine Visitenkarte zu. Ein Handy besaß der Mann nicht.

Dann fuhren sie in die Ehrenstraße.

Der Salon von Tom Claussen hatte geöffnet; ein überraschend kleiner, von Neonröhren hell erleuchteter Laden, nur drei Frisierstühle warteten auf Kundschaft, doch niemand war da, und der Mann, der allein in seinem Laden stand und ihnen entgegentrat, hatte kaum Ähnlichkeit mit dem Foto aus dem Internet. Tom Claussen hatte mindestens dreißig Kilogramm abgenommen, er ging langsam und gebeugt. Den Dienstausweis, den Birte ihm hinhielt, betrachtete er nur flüchtig.

»Oh«, sagte er, »ich hatte schon länger nicht mehr mit der Polizei zu tun.« Er breitete die Hände aus. »Oder sind Sie nur wegen eines Haarschnitts gekommen? Sie sehen: keine Kundschaft. Ich könnte sofort loslegen.«

»Nein«, sagte Birte, »wir sind nicht wegen eines Haarschnitts gekommen. Wir brauchen lediglich eine Auskunft.« Was war mit diesem Mann passiert?, fragte sie sich. Ausgemergelt stand er da in einem Salon, den offenbar niemand mehr aufsuchte.

Tom Claussen hielt sich an einem Frisierstuhl fest. »Ich gebe Ihnen jede Auskunft der Welt. Ich habe Krebs – Bauchspeicheldrüse. Ein paar Wochen wird es noch gut gehen, dann ist hier für mich Ende der Show. Buchstäblich *finis*.«

Birte sah, wie Jan das Gesicht verzog. Diese Auskunft hatten sie nicht haben wollen, aber vermutlich lag darin der Grund, warum niemand mehr kam. Hier stand ein Friseur, der jedem erzählte, dass er todkrank war.

»Wir ermitteln in einem Mordfall an einer jungen rumänischen Frau«, sagte Jan. »Haben Sie Beziehungen nach Rumänien?«

Tom Claussen lächelte. »Wissen Sie«, erwiderte er. »Ich habe hier in Köln viele wichtige Leute frisiert oder Leute, die sich für wichtig gehalten haben, und dabei habe ich immer geredet – geredet und geredet, aber so etwas hat mich noch nie jemand gefragt. Was habe ich mit Rumänien zu tun? Ich bin Sudetendeutscher.

1944 geboren. Da mochte man die Rumänen nicht. Was ist das für eine Frau, die ermordet worden ist? Eine Prostituierte?«

»Nein, wohl nicht«, entgegnete Birte. »Sie ist nach Köln gelockt worden, weil ihr jemand gesagt hat, sie solle in einem Restaurant arbeiten.«

Claussen zog die Augenbrauen in die Höhe, was sein Gesicht noch hagerer wirken ließ. »In einem Restaurant? Wahrscheinlich hat jemand ein Escort gesucht. Das ist seit einiger Zeit angesagt – exklusiver stiller Sex. Das hat nichts mit normaler Prostitution zu tun. Oder es geht um etwas ganz anderes.«

»Um was könnte es gehen?«, fragte Birte.

»Mittlerweile holt man sich Frauen aus dem Osten aus vielen Gründen – Sex, Pflege von Angehörigen oder …« Er verstummte und griff sich an den Bauch. »Tut mir leid«, erklärte er. »Eigentlich ist dieser Krebs nicht mit Schmerzen verbunden, aber manchmal meldet er sich doch und krallt sich in meinen Eingeweiden fest. Ich rede mit ihm, um ihn zu beruhigen, und meistens hilft es tatsächlich. Er ist wie ein ungezogenes Tier, das ein wenig Aufmerksamkeit haben will.« Er lächelte schmerzverzerrt.

Nun kam doch jemand an die Tür; ein älterer Mann mit einem grau wuchernden Schnauzbart, der sich mit einem Winken näherte.

Claussen wandte sich um. »Fritz«, sagte er mit neuer Energie in der Stimme, »setz dich schon mal in den ersten Stuhl. Bin gleich für dich da.«

»Oder?«, fragte Jan nach. »Aus welchem Grund kommen diese Frauen noch?«

»Ach«, sagte der Friseur, dem es offensichtlich guttat, dass doch noch jemand seine Dienste in Anspruch nahm. »Gerüchte … Gerede … ich weiß es eigentlich nicht, aber es könnte auch etwas Medizinisches sein, Organe, Stammzellen, irgend so etwas. Könnte das sein?«

Organe? Stammzellen? Man brachte junge Frauen hierher, um an Stammzellen heranzukommen? Von so etwas hatte Birte noch nie gehört.

»Pardon«, sagte Claussen. »Ich muss mich nun um Fritz

kümmern. Seit fast dreißig Jahren frisiere ich ihn und gehe ihm um den Bart ... und das werde ich bis zum bitteren Ende tun.« Er lachte glucksend auf, als hätte er einen besonders guten Scherz gemacht.

»Eine letzte Frage.« Jan ging dem Friseur zwei Schritte nach. »Sagt Ihnen der Namen Thorsten Klever etwas?«

Claussen hielt inne. »Ja«, erwiderte er. »Ich habe ihn nie frisiert, doch ich habe ihn ein-, zweimal getroffen. Im Karneval, glaube ich, in meinen besseren Tagen. Ein ziemlich aalglatter Typ, wenn Sie mir diese Bemerkung gestatten. Seine Frau war vor sieben, acht Jahren manchmal bei mir, als ich noch auf dem Ring meine große Bühne hatte. Das war aber vor ihrem Selbstmordversuch, bevor sie ihre Depressionen kriegte.«

Es war kurz vor zwölf Uhr, als sie wieder in ihrem Wagen saßen.

Jan sah Birte bestürzt an. »Könntest du das? Zum Friseur gehen und dir anhören, dass der Mann, der da an dir herumschnippelt, sterbenskrank ist? Kein Wunder, dass sich bei Claussen niemand mehr die Haare schneiden lässt.«

Birte startete den Wagen. Neuerdings überließ ihr Jan immer häufiger das Steuer. »Er hat aber ein paar interessante Dinge gesagt«, erwiderte sie. »Hat es nicht früher solche Geschichten gegeben, dass man Menschen ihre Niere geraubt hat – so etwas?«

»Moderne Schauermärchen«, erklärte Jan. »Die einzige Geschichte, die ich darüber gelesen habe, ist mal in Südafrika passiert, aber nicht hier in Köln.« Er blickte auf sein Smartphone und schrieb eine Nachricht. An seine neue Freundin, vermutete sie. Dann sagte er: »Und was diese Abkürzung angeht – TC. Claussen hat wohl nichts damit zu tun.«

»Nein, anscheinend nicht«, erwiderte Birte. Das stille Lächeln auf seinem Gesicht gefiel ihr. Nach den langen schwierigen Jahren mit Carla tat ihm diese Theaterfrau gut, auch wenn er gelegentlich abgelenkt wirkte und nicht bei der Sache war.

Zu ihrer Überraschung warteten Broder und Danuta im Krankenhaus in Kalk auf sie.

Danuta hatte sich bei Broder eingehakt und löste sich erst von ihm, als sie auf die beiden zutraten.

»Wir haben uns Sorgen gemacht«, sagte Broder, als müsse er sich erklären, »ob mit Maria alles in Ordnung ist.«

»Es war ja alles meine Schuld«, fügte Danuta hinzu. »Ich hätte besser auf sie aufpassen müssen.«

Jan nickte wortlos. Der Blick, den er Birte zuwarf, war eindeutig. Was hat Danuta mit Broder angestellt, dass dieser wortkarge eigensinnige Mann sich plötzlich für eine fremde Frau interessierte?

»Habt ihr schon etwas?«, fragte Broder. »Eine Spur von diesem Kidnapper?«

»Nein«, sagte Birte. »Wir suchen noch immer den Grund, warum diese jungen Frauen nach Köln gelockt worden sind.«

Nachdem sie sich an der Rezeption gemeldet hatten, dauerte es zehn Minuten, bis eine Krankenschwester Maria zu ihnen brachte. Während Jan ein paar Papiere unterschrieb, nahm Birte die junge Frau zur Seite.

Maria blickte sie ängstlich an und schlang die Arme um ihren Oberkörper, als würde sie frieren. »Tut mir leid«, flüsterte sie. »Ärger – ich habe Ärger gemacht.« Die Worte, die folgten, waren nicht zu verstehen – vermutlich irgendetwas auf Rumänisch.

»Es ist alles gut«, sagte Birte. »Wir haben nur ein paar Fragen. Dieser Mann, der dich mitgenommen hat …«

Maria schüttelte den Kopf. Tränen traten in ihre Augen. Sie schämte sich, ja, das waren Tränen der Scham. »Ich weiß nicht …«, sagte sie. »Mein Kopf … ganz leer … Ich …«

Birte legte den Arm um sie. »Wir fahren ins Präsidium«, sagte sie sanft. »Und dann gehst du erst einmal zu Danuta und Broder …«

Maria lehnte sich an sie. »Ich habe nur … einen Schatten vor Augen. Einen Mann als Schatten. Nur die Augen hinter einer Brille … ganz blau, wie Eis … Sagt man das … wie Eis? Kalt und schrecklich. Kann man das sagen?«

»Ja«, entgegnete Birte. »Das kann man sagen.«

30

Zurück im Präsidium gab Birte sich alle Mühe, etwas, das ihnen weiterhelfen konnte, aus Maria herauszubekommen, aber mehr als die Erwähnung der eisblauen Augen, die ihr Angst eingejagt hatten, erbrachte ihre Befragung nicht. Eine Tätowierung hatte sie nicht bemerkt. Der Mann hatte jedoch zweifelsfrei Deutsch gesprochen, nicht Englisch, wie der Wirt gemeint hatte. Wie sie zu der Hütte gelangt war, in der man sie gefunden hatte, konnte Maria gleichfalls nicht erklären.

»Die Sache mit den K.-o.-Tropfen hat jedenfalls funktioniert«, sagte Schiller, nachdem Broder mit Danuta und Maria abgezogen war. »Sonst ist Maria nichts passiert, wie eine eingehende Untersuchung ergeben hat. Keine versuchte oder vollzogene Vergewaltigung, keine sichtbaren Verletzungen. Der Mann hat ihr kein Härchen gekrümmt, wenn man von den Tropfen absieht.«

»Ja.« Birte stand am Fenster und blickte zum Dom hinüber. Ein freundlicher Sonnentag in Köln. Die beiden mächtigen Türme erhoben sich in einen blauen Himmel. »Aber unser Mann hat nicht das bekommen, was er wollte: eine bestimmte Information. Maria weiß nichts über Vladan. Dieser Rumäne hat die Antwort für uns. Er ist die Anlaufstelle für die Mädchen, und offensichtlich stellt er eine Gefahr für den Tätowierten dar. Deshalb sucht er ihn.«

»Und weil er Therese zum Krankenhaus gefahren hat, um sie in letzter Minute zu retten«, warf Schiller ein. In Gedanken war er die Sätze durchgegangen, die er auf Thereses Trauerfeier sagen wollte. Sie war eine Heilige, die wichtigste Frau im Leben vieler Menschen in Köln … So in etwa? Nein, damit war er nicht zufrieden. Er müsste viel persönlicher, viel offener sprechen. Nadine würde ihm helfen müssen.

»Ja, deswegen vermutlich auch.« Birte drehte sich um, als Nele in ihr Büro trat.

»Ich habe ein paar Sachen überprüft«, sagte sie und wedelte mit einem Computerausdruck. »Also wegen irgendwelcher Stammzellen, wie dieser Friseur gesagt hat, wird niemand entführt. Ob jemand als Spender in Frage kommt, muss vorher getestet werden. Man kann da nicht einfach so Leute kidnappen. Anders sieht es mit illegalem Organhandel aus. In China gibt es einen florierenden Markt, genauso in Bulgarien und im Kosovo. Da verkaufen Leute für dreitausend Euro eine Niere. Ich habe beim BKA nach genauen Daten angefragt. In Köln hatten wir bisher allerdings keinen Fall von illegalen Geschäften mit Organen.«

»Das wird uns nicht weiterbringen«, sagte Schiller. »Wenn es um so etwas geht, müssten wir eine Klinik finden oder wenigstens eine Arztpraxis.«

»Dann sollten wir uns weiter um die Abkürzung TC kümmern«, sagte Birte. Sie blickte auf die Uhr. »Es ist gleich vierzehn Uhr. Ich bin für einen Überraschungsbesuch bei diesem Anwalt – Thorsten Klever.«

»Vor drei Jahren hat er zwei Leute von Pro Köln verteidigt, diesem rechtsradikalen Haufen, der eine Zeit lang im Stadtrat gesessen hat«, erklärte Nele. »Der eine hatte irgendwelche Spendenbelege für seine Partei gefälscht und sich das Geld in die eigene Tasche gesteckt, und der andere hatte Kinderpornos auf seinem Rechner.«

»Wie appetitlich!« Birte griff nach ihrer Jacke. »Und vielleicht können wir uns auch erkundigen, wie es seiner Frau geht. Wenn Claussen recht hat, dann hatte sie offenbar einige Probleme.«

»Sie heißt Olga Klever.« Auch das hatte Nele recherchiert. »Ist aber nicht ihr Geburtsname – vor der Ehe hieß sie Fogt. Ihr Vater hatte einen Kiosk am Sülzgürtel, der aber vor ein paar Jahren abgebrannt ist. Angeblich Brandstiftung. Sie hat studiert und war Analystin bei einer Privatbank in Frankfurt, war ein richtiger Star – ich habe im Netz einen Zeitungsartikel über sie gefunden. Vor einiger Zeit ist sie allerdings von der Bildfläche verschwunden.«

»Gute Arbeit«, sagte Schiller. Nele verblüffte ihn mit ihrer Detailversessenheit immer wieder. »Dann könnte die Geschichte, die der Friseur uns erzählt hat, ja tatsächlich stimmen – dass sie versucht hat, sich umzubringen.«

»Ich habe immer Thereses Lachen im Ohr – den ganzen Tag«, sagte Birte unvermittelt, während sie den Ring hinunter zu der Anwaltskanzlei fuhren. »Niemand konnte so lachen wie sie. Dieses heisere, ansteckende Krächzen … Und eigentlich fand sie ja auch alles zum Lachen.«

Schiller spürte, wie sich seine Kehle zuzog und ihm ein bitterer Geschmack in den Mund stieg.

»Als ich aus Hamburg hierhergekommen bin, hat sie mir sehr geholfen«, redete Birte weiter. »Du warst … na ja … ziemlich unfreundlich und abweisend, um es milde zu sagen, aber Therese hat gemeint: Ach, der Jung ist halt so. Warte mal ab, der hat ein gutes Herz. Überhaupt, die Kölner müsse man nicht so ernst nehmen, und am Ende könne man über alles lachen.«

»Ja«, sagte Schiller. »So war sie – sie hat das kölsche Grundgesetz gelebt. Et kütt, wie et kütt. Do laachs do dich kapott. Und: Et hätt noch immer jot jejange. Hat es aber nicht.«

»Nein«, sagte Birte, nun traurig, »hat es nicht. Jemand hat sie umgebracht.«

»Ich hätte immer gedacht, sie wird eines Tages vom Blitz erschlagen. Dass der liebe Gott sie mit großem Brimborium in den Himmel holt. Aber nicht, dass …«

Birte bremste vor einem gläsernen Gebäude am Ring, kurz vor dem Chlodwigplatz. Der typische Bau, in dem Versicherungen oder Anwälte residierten. Sie parkte auf dem Platz für Gäste, der ein Stück vom Eingang entfernt lag.

»Dr. Thorsten Klever und Cie. – Rechtsberatung«, stand auf einem Messingschild, das aussah, als würde es jeden Tag poliert werden.

Ein weißer BMW SUV mit dem Kennzeichen TC stand auf einem Parkplatz, direkt vor der Eingangstür.

»Scheint, als wäre der Herr Advokat im Büro«, sagte Birte.

Neben der Kanzlei gab es noch zwei Architekturbüros und eine Werbeagentur im Haus.

Birte drückte auf einen messingfarbenen Klingelknopf. Nach drei Sekunden wurde ihnen geöffnet.

Sie mussten noch eine weitere gläserne Tür passieren, dann standen sie in einem unauffälligen Empfangsbereich: grauer Teppich, zwei historische Stadtansichten von Köln – das Rathaus und der Dom mit dem hölzernen Kran – an der Wand, drei Sessel für Wartende und eine Art Schalter aus dunklem Holz, hinter dem eine ältere Frau in einer weißen Bluse saß, die ihre blondgrauen Haare streng zurückgebunden hatte. Sie blickte auf und musterte sie durch eine schwarze Hornbrille.

»Ja bitte?«, fragte sie.

Birte zeigte ihren Dienstausweis. »Wir würden gerne Herrn Klever sprechen.«

Der Blick der Frau wanderte vom Ausweis zu Birte zurück, noch eine Spur misstrauischer und missbilligender.

»In welcher Angelegenheit?«, fragte sie. »Eigentlich haben wir heute keine Sprechzeit. Der Herr Dr. Klever ist mit einer dringenden Terminsache befasst.« Das Wort »Doktor« hatte sie besonders betont.

»Es wird nicht lange dauern«, sagte Schiller. »Wo finden wir den Herrn Doktor?«

»Bedaure.« Der Tonfall wurde eisig. »Ich muss Sie erst anmelden.« Sie hob einen altmodischen Telefonhörer, wandte sich ein wenig ab und sprach leise hinein.

Schiller konnte nicht hören, was sie sagte, doch nach einer Minute stand ein Mann in einem weißen Hemd und grauer Anzughose in dem Gang, der vom Empfang in die hinteren Räume führte. Er mochte fünfzig sein, war ein wenig korpulent und hatte sein Haar gegelt und zurückgekämmt.

»Die Polizei in meinen heiligen Hallen!«, rief er übertrieben jovial aus und drückte erst Birte, dann Schiller die Hand, als würden sie sich seit Jahren kennen.

Sein Büro lag zwei Türen weiter, ein Raum, der allein durch seine Größe Macht ausstrahlte. Ein schwerer antiker Schreibtisch beherrschte einen Teil des Raumes, ein Konferenztisch mit zehn Stühlen den anderen. An den Wänden wieder historische Stiche.

»Womit kann ich dienen?«, fragte Klever, während er auf zwei moderne Drahtstühle vor seinem Schreibtisch wies, die so gar nicht in dieses Ambiente passten.

»Wir ermitteln in einem Mordfall an einer jungen Frau aus Rumänien«, sagte Birte. »Dazu möchten wir einige Auskünfte.«

Klever zog die Augenbrauen in die Höhe und griff nach einer Brille. Seine Selbstsicherheit schwand für einen Augenblick, meinte Schiller zu erkennen.

»Wie sollte ich Ihnen da helfen können?«, fragte er dann und faltete die Hände vor sich auf dem Tisch, auf dem sich außer einem aufgeklappten Laptop eine einzige Akte befand.

»Wir ermitteln ganz allgemein«, erklärte Birte vage. »Unterhalten Sie Kontakte nach Rumänien?«

»Rumänien?« Klever sprach das Wort aus, als hätte er es noch nie gehört. »Ich habe viel mit Akquisitionen zu tun. Firmen werden gekauft, verkauft. Da berate ich. Rumänien ist in diesem Geschäft nicht sonderlich interessant.«

»Sie haben keine Beziehung nach Rumänien?«, fragte Birte nach.

Klever schien einen Moment nachzudenken. »Meine Frau ist in Temeswar geboren, aber mit fünf Jahren ist ihre Familie nach Deutschland gekommen, doch sonst … Nein, nicht dass ich wüsste.«

»Was genau macht Ihre Frau?« Schiller behielt den Anwalt genau im Blick.

Klever kniff die Augen zusammen, seine rechte Hand wanderte ruhelos über den Schreibtisch.

»Sie ist Betriebswirtin bei einer Bank in Frankfurt. Im Moment aber orientiert sie sich … ein wenig neu, aber ich wüsste nicht, was diese Frage mit einer toten Frau zu tun haben könnte.«

»Wir müssen allen Verbindungen nach Rumänien nachgehen«, erklärte Birte. »Wann und wo können wir Ihre Frau befragen?«

»Gar nicht«, entgegnete Klever schnell und entschieden. »Sie ist gesundheitlich angeschlagen. Meistens ist sie in unserem Haus am Rursee. Sie braucht Erholung.«

Als Schillers Blick durch den Raum schweifte, blieb er an einem Stich über Köln hängen. Das Hahnentor war abgebildet, darüber stand in einer modernen Schrift: »Treues Cölln«.

»Ist Ihre Frau mit ihrem zweiten angemeldeten Wagen unterwegs?«, fragte Birte weiter. »Einem Audi …?«

»Hören Sie«, sagte Klever und beugte sich vor. »Ich habe Ihnen nun einige Auskünfte erteilt. Meine Frau steht bis auf Weiteres nicht für eine Befragung zur Verfügung. Wenn es sein muss, kann ich gerne ein ärztliches Attest vorlegen. Ich darf Sie nun bitten …« Ein Smartphone klingelte in einem Fanfarenton. Hastig griff Klever in seine Tasche und zog das Gerät hervor. »Entschuldigen Sie«, erklärte er, während er aufsprang und zu einer breiten Fensterfront hinüberschritt, die zum Hof hinauswies. Koniferen standen da brav nebeneinander und verdeckten den Parkplatz.

Schiller besah sich auch die anderen Stiche von Köln. Ja, da stand überall: »Treues Cölln«, allerdings in einer Weise, als hätte es jemand als seinen Slogan über die historischen Stadtansichten gesetzt.

Birte hatte den Bildern offenbar noch keine Aufmerksamkeit geschenkt, sie hatte sich ein wenig zur Seite gelehnt, um das Telefonat verfolgen zu können. Klever sprach leise, aber sehr erregt. »Jetzt nicht«, meinte Schiller zu verstehen.

Nach etwa einer Minute kehrte Klever atemlos zu ihnen zurück. Er setzte sich jedoch nicht, sondern blieb stehen. »Tut mir leid. Ein Notfall bei einem wichtigen Mandanten, aber wir haben ja auch alles besprochen, nicht wahr?«

Schiller erhob sich. »Vielen Dank für Ihre Mithilfe«, sagte er mit einem leicht ironischen Unterton. »Nur eines noch: Sie haben zwei Mitglieder von Pro Köln verteidigt. Gibt es weitere Verbindungen … in diese Kreise?«

Klever kam um den Schreibtisch herum, in der Absicht, ihnen die Tür zu öffnen. »Ich bin Anwalt«, sagte er, »und ich verteidige jeden Mandanten, der Anspruch auf ein faires Verfahren hat. Und nun darf ich Sie bitten zu gehen.«

»Treues Cölln«, sagte Birte, als sie wieder in ihrem Wagen saßen. Sie hatte die Überschrift über den Stichen also doch wahrgenommen. »TC – könnte er deshalb das Kürzel an seinem Nummernschild haben?«

Schiller nahm wieder auf dem Beifahrersitz Platz. Birte schien es zu gefallen, dass er ihr meistens das Steuer überließ. »Nele soll sich darum kümmern«, sagte er und nahm sein Smartphone hervor, um ihre Assistentin anzurufen. »Darüber müsste ja etwas im Netz zu finden sein.«

Er sah, wie Klever aus dem Haus stürmte, eine Jacke über der Schulter. Er blickte sich mit einem beinahe panischen Gesichtsausdruck um, anscheinend ohne sie zu entdecken, und lief dann zu seinem BMW.

Birte warf Schiller nur einen kurzen Blick zu. Er nickte. Vielleicht sollten sie einmal nachschauen, wohin es den Anwalt so eilig trieb.

Klever bog Richtung Barbarossaplatz ab. Eine Ampel nahm er bei Gelb. Birte schaffte es gerade noch, ihm zu folgen.

»Da scheint ein Mandant ja sehr in Not zu sein«, sagte Schiller.

»Bottesch wartet auf dich, und vielleicht ist es auch besser, wenn wir den Wagen wechseln.«

Schiller sah Birte an und sprang an einer roten Ampel hinaus, um in ein Taxi zu klettern, das an einem Taxistand parkte.

Er zeigte dem Fahrer, einem älteren Mann mit einem grauen Zopf, seinen Dienstausweis. »Ich muss wissen, wohin der weiße BMW SUV fährt«, sagte er und deutete auf Klevers Wagen.

Der Zopfmann lächelte. »Alles klar«, rief er freudig. »Klingt nach einer spannenden Fahrt.«

Zehn Minuten später waren sie an der Arena in Deutz angekommen. Der Taxifahrer hatte es geschafft, den BMW nicht aus dem Auge zu verlieren, obschon Klever ständig die Fahrspur wechselte. Im Parkhaus fuhr er in die oberste Etage hinauf.

Schiller zahlte und verließ das Taxi an der Auffahrt zur höchsten Plattform.

Das Parkdeck war vollkommen leer. Schiller beobachtete von der Einfahrt aus, wie Klever neben einem zweiten Wagen parkte. Dann sprachen er und der Fahrer eines weißen Audi SUV miteinander. Genau war nicht zu erkennen, wer in dem Audi saß. Schiller nahm sein Smartphone hervor und machte ein paar Aufnahmen. Dann, nach fünf Minuten, lief er die Auffahrt hinunter. Klever hatte den Motor seines Wagens nicht abgestellt. Also hatte er nicht vor, länger zu bleiben. Aber warum dieses konspirativ wirkende Treffen?

Kaum hatte sich Schiller an der Ausfahrt auf die Lauer gelegt, kam Klever mit dröhnendem Motor herangerast. Hektisch steckte er seine Parkkarte in den Automaten und konnte es nicht abwarten, bis sich die Schranke gehoben hatte. Schiller gelang eine Aufnahme, die das blasse, angestrengt wirkende Gesicht des Anwalts zeigte.

Nach wenigen Minuten, nachdem drei weitere Autos die Schranke passiert hatten, rollte der weiße Audi SUV heran. Der Fahrer trug eine Kappe, die sein Gesicht verdeckte, trotzdem war das glatt rasierte Gesicht eines etwa vierzigjährigen Mannes zu erkennen, der keine Anzeichen von Eile zeigte. Wieder gelangen ihm ein paar gute Aufnahmen, und dann erst sah er das Kennzeichen. K-TC-87.

Es wurde Zeit, sich darum zu kümmern, was es mit dem Treuen Cölln auf sich haben konnte.

Zwei Minuten später, während er zu Fuß den Weg nach Kalk ins Präsidium eingeschlagen hatte, rief Birte an. »Bottesch ist weg. Er hat das Hotel verlassen, kurz nachdem wir ihn da abgesetzt hatten.«

31

Sie lag im Dunkeln da und wartete darauf, dass der Schlaf sie übermannte und sie in einen schönen Traum mitnahm. Aber es kam kein Traum. Sie versuchte, an ihren Großvater zu denken. Was er wohl jetzt tat? Wahrscheinlich saß er rauchend vor dem Haus. Machte er sich Gedanken über sie? Hatte er vielleicht sogar schon mitgekriegt, dass sie verschwunden war? Dann dachte sie an ihre Eltern – sie hatte ihre Mutter vor Augen, die ihr in der Erinnerung unglaublich jung erschien: in einem weißen Sommerkleid mit einem Blumenmuster und offenem schwarzem Haar. So hatte ihre Mutter auf der Wiese gestanden, bevor die Eltern nach den Sommerferien wieder zurück nach Köln gefahren waren. Das allerletzte Erinnerungsbild, das sie hatte. Welches Bild würden ihre Großeltern haben, wenn sie nicht mehr nach Sibiu zurückkehrte?

»Ich bin kein guter Mensch«, sagte Vladan plötzlich in die Finsternis hinein, die sie umgab. Sie hatte eigentlich gedacht, dass er längst schliefe. »Ich habe Leute ausspioniert. Erst bei mir im Werk. Wir haben Waschmaschinen hergestellt. Dann habe ich ganz die Seite gewechselt. Der Geheimdienst hat gut bezahlt. Und die Revolution haben wir alle nicht kommen sehen.« Er lachte leise. »Eigentlich habe ich immer auf der falschen Seite gestanden. Immer.«

Sie hörte, wie er sich bewegte, sich herumwälzte.

»Gab es denn niemanden?«, hörte sie sich zu ihrer Überraschung fragen. »Keine Frau?«

»Doch«, sagte er mit einem Hauch von Freude in der Stimme. »Kurz nach der Revolution … Ich habe in einem Restaurant gekellnert, weil ich nichts anderes bekommen habe. Niemand von uns hatte ja mehr Arbeit. Sie hieß Liana und war Kellnerin. Sie hatte langes blondes Haar, das sie sich immer zu einem Zopf binden musste, und ihr Mund … Er hatte so eine schöne Form, dass man immer an Küsse denken musste, wenn man ihn sah.

Wir haben uns gut verstanden. Ich habe sie eingeladen, mein letztes Geld für sie ausgegeben. Wir waren ein Liebespaar, aber dann …« Vladan verstummte, und er sprach eine Weile nicht weiter, sodass sie schon dachte, er sei eingeschlafen. »Dann kam jemand, der mich von der Securitate kannte. Damit war alles zu Ende. ›Du bist ein Lügner‹, meinte Liana. Drei Tage später hat sie gekündigt. Ich glaube, sie ist nach Bukarest gegangen. Ich habe sie nie wiedergesehen.«

Vladan schwieg. Es war ein schweres, unangenehmes Schweigen, das sich in diesem schrecklichen Kellerloch ausbreitete.

Sie wollte etwas sagen, wusste aber nicht, was. Nein, trösten könnte sie einen Menschen wie Vladan nicht, der sie gefangen hielt und ihr nicht die Wahrheit sagte. Die Frau hatte gut daran getan, ihn zu verlassen.

»Wir müssen nun schlafen«, sagte Vladan schließlich.

Sie hörte, wie er sich umdrehte. Die Matratze quietschte.

Sie zog die Decke enger um sich. Es war kalt in diesem Raum. Viel kälter als draußen.

»Wenn ich morgen etwas für dich tun soll, musst du mir die Wahrheit sagen, Vladan.« Sie hatte so laut gesprochen, dass er in seinem Bett aufschreckte. Die Geräusche der Matratze verrieten, dass er sich aufrichtete.

»Ich tue das alles für dich«, sagte er leise. »Damit du gerettet wirst. Nicht so wie Irina. Sie konnte ich nicht retten und die alte deutsche Frau auch nicht.«

»Worum geht es denn?«, fragte sie. »Warum das alles?«

»Es geht um Kinder.« Vladan drehte sich wieder um. »Sie brauchen gesunde Frauen, die ihnen ihre Eizellen geben. Junge Frauen, die anderen Frauen, die Geld haben, helfen, an ein Kind zu kommen. Darum geht es. Sie wollen Eizellen von deutschen Frauen … die werden dann anderen Frauen eingepflanzt … Eigentlich ist das verboten, obwohl es nicht so gefährlich ist, aber … Irina … Sie hätte nur ein paar Wochen hierbleiben müssen, aber Ove … Nein, ich will nicht mehr über ihn reden …« Vladan wandte sich wieder ab. »Wir müssen jetzt schlafen.«

Dann verstummte er, und wenig später hörte sie ihn schnarchen.

Sie jedoch fand keine Ruhe mehr.

Deshalb hatte man sie nach Deutschland gelockt. Wegen ein paar Eizellen? War sie deshalb von diesem alten grauhaarigen Arzt untersucht worden? Hatte man sehen wollen, ob sie gesund war? Ging es um so ein Geschäft, das dieser Ove betrieb, vor dem sie weggelaufen waren?

Am liebsten wäre sie aufgesprungen und hätte Vladan geschüttelt, doch er schnarchte immer lauter. Einmal wälzte er sich hin und her, und dann begann er auch noch, im Schlaf vor sich hin zu brabbeln.

Und wenn sie jetzt floh? Einfach aus dem Haus in die Nacht? Sie müsste nur das Fahrgeld irgendwie zusammenbekommen. Sie hatte keinen Pass mehr, doch wenn sie es geschickt anstellte, dann könnte sie es auch ohne Pass bis nach Rumänien schaffen. Die deutschen Grenzer kontrollierten fast nie, nur in Österreich nahm man es genauer.

Sie ahnte, dass der Schlaf nicht kommen würde, dann aber schlummerte sie doch ein. Ein blasser Traum umfing sie; sie sah Therese, die ihr eine Suppe machte, und ihren Großvater. Merkwürdigerweise befanden sich beide im selben Zimmer. War ihr Großvater auch tot? Sie schreckte auf. Ein matter Lichtstrahl fiel durch das Kellerfenster. Vladan schnarchte noch immer. Viel länger als ein, zwei Stunden konnte sie nicht geschlafen haben.

In dem spärlichen Licht entdeckte sie die Pistole auf dem Tischchen, das zwischen den beiden Betten stand. Es war Vladans Waffe, die echte, mit der er den Mann, den er Ove nannte, töten wollte, wenn sie es recht verstanden hatte.

Töten, ja, er wollte diesen Ove töten, der angeblich Irina umgebracht hatte.

Langsam und ohne ein Geräusch zu verursachen, richtete sie sich auf. Vorsichtig griff sie nach der Waffe. Sie fühlte sich kalt und gefährlich an, ein Mordinstrument.

Konnte man sofort schießen, oder musste da noch eine Entsicherung betätigt werden? Sie wusste es nicht genau.

Langsam richtete sie sich auf. Mit dieser Waffe würde sie Vladan zwingen, sie zum Bahnhof zu bringen und ihr eine Fahrkarte zu kaufen, dann konnte er tun, was er wollte.

Doch was war mit Radu, der sie in ihrem Café in Sibiu angesprochen hatte? Würde er ein Problem sein? Radu war ein netter, freundlicher Mann. Sie würde ihm einfach sagen, dass es ihr in Deutschland nicht gefallen habe oder dass sie krank geworden sei.

»Julika«, sagte Vladan. Sie erschrak, als sie seine Stimme hörte, die sich erstaunlich wach anhörte. »Leg die Pistole wieder zurück, ja?«

»Nein«, sagte sie, »ich möchte, dass du mich zum Bahnhof bringst. Ich will nach Hause, sofort nach Hause.« Immer mehr Licht sickerte durch das Fenster herein, sodass sie die Pistole genau auf die liegende Gestalt von Vladan richten konnte.

Er wandte sich herum. Seine wenigen grauen Haare standen in alle Richtungen ab. »Ich habe es dir doch schon erklärt. Ich brauche dich – als Lockvogel. Damit ich sagen kann, dass ich etwas für Ove habe. Dir wird aber nichts geschehen. Glaube mir.« Er streckte die Hand nach der Pistole aus.

»Nein«, sagte sie. Die Waffe schwankte in ihrer Hand. Sie hatte den Zeigefinger auf den Abzug gelegt. »Ich vertraue dir nicht.« Sie sprach nun Rumänisch, die Sprache, in der sie sich sicherer fühlte. »Ich will nach Hause. Und du hilfst mir jetzt.«

»Ich helfe dir«, sagte er auf Deutsch. »Das tue ich die ganze Zeit. Ohne mich hätte Ove dich schon erwischt, und du weißt nicht, was er mit dir anstellen würde ... Du hast ihn verärgert, du bist abgehauen und hast die alte Frau zu unserem Haus gelockt ... Du bist schuld, dass wir dieses Haus räumen mussten. Ove muss nun ein neues Versteck für seine Mädchen finden, die er nach Deutschland bringen lässt ...« Er verstummte und machte eine winkende Handbewegung. »Nun komm, Täubchen. Bald bist du zu Hause.«

Das Herz hämmerte in ihrer Brust. Wenn du nicht gewesen wärest, wäre ich jetzt bei Therese, und sie würde noch leben.

»Nein«, schrie sie, und dann drückte ihr Zeigefinger auf den

Abzug. Sie erwartete, ein ohrenbetäubendes Knallen zu hören, doch nur ein leises Klicken entstand.

Vladan lachte höhnisch auf, dann aber sprang er aus dem Bett, war mit einem Satz bei ihr und verpasste ihr eine harte Ohrfeige. »Glaubst du, ich lasse eine geladene Waffe neben mir liegen?«, schrie er. »Glaubst du das wirklich?«

Der Schlag brannte auf ihrer Wange. Tränen des Schmerzes und der Wut rannen über ihre Wangen, während er ihr die Pistole entriss.

»Gâscă proastă!«, rief er.

Sie kauerte sich auf ihrem Bett zusammen und begann zu schluchzen.

Vladan fluchte, während er seine Hose überstreifte. Er warf ihr einen hasserfüllten Blick zu, dann schloss er das Zimmer auf und ging hinaus. Sie hörte seine Schritte, danach das Klappen einer anderen Tür.

Sie hatte wieder einen Fehler gemacht. Einen Mann wie Vladan konnte man nicht besiegen.

Als er zurückkehrte, klebten die Haare nass an seinem Kopf. »Das Wasser ist kalt«, sagte er. »Die Heizung ist aus. Wenn du willst, kannst du dich waschen. Ich muss gleich gehen und ein paar Dinge erledigen. Eigentlich wollte ich dich mitnehmen, aber das geht nun nicht mehr.«

Sie nickte. Es tat ihr schon gut, dass er freundlicher klang. In einem muffigen Bad, das offenbar lang schon nicht mehr benutzt worden war, leerte sie ihre Blase, dann wusch sie sich, so gut es ging.

Im Spiegel erblickte sie ihr blasses, freudloses Gesicht. Sie sah sich gar nicht mehr ähnlich. Ihre Augen waren stumpf und leer. Sie war wie jemand, der nichts mehr erwartete. Ihr Großvater hätte sich erschrocken, wenn er sie so gesehen hätte.

Vladan klopfte an die Tür. »Beeil dich!«, rief er auf Rumänisch.

Als sie herauskam, musterte er sie. Sein Blick blieb an ihren Brüsten hängen. »Du bist ein hübsches Mädchen«, sagte er und streckte seine Hand aus, als wolle er sie berühren. Sie wich zurück und biss sich so fest auf die Lippe, dass sie Blut schmeckte. »Du hättest mir vertrauen sollen, Julika, und ein wenig netter sein. Ich will dich beschützen, verstehst du? Wenn Ove glaubt, dass du ihn verrätst, dann bist auch du in Gefahr. Überall.«

Sie nickte stumm und ließ es geschehen, dass er ihr seine fleischige kalte Hand auf die nackte Schulter legte. Für einen Moment dachte sie, dass er sie küssen würde – und dass vielleicht alles ganz anders war. Vielleicht gab es diesen Ove gar nicht, vielleicht war auch die Geschichte von diesen Kindern und Eizellen gelogen, und er wollte sie nur für sich haben. In ihr war auf einmal eine große Kälte. Sie sah seine Hand auf ihrer Schulter und war kurz davor, ihm ihre Faust ins Gesicht zu schlagen. Dann zog er die Hand zurück.

»Ich habe einiges vorzubereiten. Wo wir Ove treffen, wo ich ihn … aus dem Weg bringen werde. Vielleicht kommen wir sogar beide davon. Ja, wir werden es schaffen, ich weiß es.« Er lächelte, aber in seinen Augen war ein Ausdruck, der ihr Angst machte. Er war ein grausamer Mann, ja, Grausamkeit und Hass waren in seinen Augen zu lesen. Er wollte wirklich einen Mord begehen, und sie sollte ihm dabei helfen.

Sie erwartete, dass er sie zurück in den Kellerraum brachte und dann einschloss, aber vorher ergriff er ihre Hände und fesselte sie. »Damit du nicht auf schlechte Gedanken kommst«, sagte er.

Dann gab es ihr einen Klaps und verschwand.

Sie legte sich auf das Bett. Dann tat sie etwas, das sie selbst überraschte, sie schloss die Augen und sang ein Lied, das ihr Großvater mit ihr oft gesungen hatte, ein deutsches Lied. »Der Mond ist aufgegangen, die goldnen Sternlein prangen …«

Warum war er jetzt nicht da? Warum war er damals nicht mit ihren Eltern nach Köln gegangen? Warum hatte er bis ans Ende seiner Tage ein Ziegelmacher bleiben wollen?

Später betete sie, und dann sah sie die Maus, die durch das Zimmer huschte, ein kleines graues Pelzwesen, das sich flink bewegte und immer wieder erstarrte und sich ein wenig aufrichtete, um seinen Kopf zu heben.

Wo kam diese Maus her? Und was mochte sie hier an Futter finden?

Der Großvater hatte Ratten und Mäuse, jedes Nagetier gehasst, aber für sie war es wie ein Trost, dass dieses kleine Pelztier hier aufgetaucht war, doch als sie sich aufrichtete, huschte es unter Vladans Bett und verschwand.

Draußen war nun heller Tag; es fiel jedoch kaum genug Licht herein, dass sie sämtliche Konturen im Zimmer erkennen konnte. Immerhin eines konnte sie sehen: Das schmale Kellerfenster war vergittert. Ihr blieb nichts anderes übrig, als auf Vladan zu warten und zu hoffen, dass sein Plan – wie immer er auch genau aussah – funktionieren würde.

32

Bottesch war verschwunden, aber Birte hatte nur kurz Zeit, darüber nachzudenken, dass nun ein alter Mann, der sich in der Stadt nicht auskannte, durch Köln lief, um seine Enkelin zu finden.

Jan hatte bei der Beschattung Klevers mehrere Aufnahmen gemacht, die Nele am Computer zu vergrößern versuchte, aber der Mann, der am Steuer des zweiten Wagens mit dem Kennzeichen TC gesessen hatte, war kaum zu erkennen, zu tief hatte er die Kappe ins Gesicht gezogen.

Trotzdem lösten die Aufnahmen etwas in ihr aus – ganz intuitiv hatte sie das Gefühl, den Mann vor sich zu sehen, der sie niedergeschlagen hatte.

»Vielleicht kann man auch die rechte Hand vergrößern, die das Lenkrad hält«, sagte Jan und deutete auf den Bildschirm.

»Je mehr ich vergrößere, desto schlechter wird die Auflösung«, erklärte Nele.

War eine Tätowierung zu erkennen – die Buchstaben TC? Nein, das ließ sich nicht ausmachen.

»Würden unsere Freunde von der Kriminaltechnik weiterkommen?«, fragte Jan.

»Möglicherweise«, entgegnete Nele, »obwohl ich da nicht viel Hoffnung habe. Aber immerhin habe ich etwas, das euch bei Treues Cölln weiterhelfen könnte. Im Netz findet man nicht viel, zwei Dinge habe ich jedoch entdeckt. Im Maritim gab es im Herbst einen Empfang unter diesem Namen. Ausgerichtet von Thorsten Klever. Ich habe im Hotel angerufen, aber da wollte man mir über diesen Termin keine Auskunft geben. Datenschutz, hieß es.«

»Und der zweite Hinweis?«, fragte Birte.

»In einem Artikel in der Stadtrevue, dieser alternativen Stadtzeitung, wird Treues Cölln in einem Artikel über die Partei Pro Köln erwähnt.«

»Weißt du, wer diesen Artikel geschrieben hat?«, fragte Jan.

»Der Journalist heißt Björn Schrader«, sagte Nele. »Ich maile dir seine Telefonnummer.«

Jan nickte. »Am liebsten würde ich unseren Anwalt rund um die Uhr überwachen lassen. Er würde uns garantiert noch einmal zu diesem zweiten Mann führen. Immerhin war der mit seinem Wagen unterwegs.«

»Kein Staatsanwalt würde eine solche Aktion absegnen«, erklärte Birte.

»Nein, da müssten wir uns schon selbst etwas einfallen lassen. Wo wohnt dieser Klever eigentlich?«

»In der Friedrich-Schmidt-Straße am Stadtwald – noble Gegend«, sagte Nele. »Und er hat einen zweiten Wohnsitz in der Eifel.«

»Immerhin hat er uns da die Wahrheit gesagt.« Birte bediente sich zum zweiten Mal am Kaffee. Die überdimensionierte Maschine, die in jedem Restaurant hätte stehen können, hatte Jan vor Kurzem besorgt. Seitdem trank er noch mehr Kaffee. »Seine Frau hat sich in die Eifel zurückgezogen.«

»Wir könnten eine Überwachung selbst organisieren – ganz inoffiziell«, meinte Jan. »Ich würde heute Abend beginnen, Broder könnte mich ablösen, dann Max …«

»He, was soll das?«, fragte Nele, obschon sie Jans Extratouren kannte. »Willst du nun dein eigenes Observationsbüro aufmachen?«

Er lächelte. »Ich würde es anders nennen – eine super verdeckte Ermittlung.«

Den Journalisten Schrader trafen sie in einer Pizzeria am Eigelstein. Er mochte fast sechzig sein, war lang und dünn wie ein Marathonläufer. Seine vermutlich letzten Haare hatte er sich abrasiert, sodass er beinahe wie ein tibetischer Mönch aussah, der sich allerdings ganz in Schwarz gewandet hatte.

»Ich hoffe, unser Treffen hat nichts damit zu tun, dass ich hin und wieder Marihuana rauche«, sagte er lächelnd.

»Wir interessieren uns nicht für Drogen«, erwiderte Birte,

»sondern für einen Artikel, den Sie über die rechte Szene in Köln verfasst haben.«

»Da bin ich ja beruhigt«, erwiderte Schrader ironisch. »Aber ganz nebenbei – ich habe einen Krimi über Köln geschrieben. Vielleicht könnten Sie mal hineinlesen, ob ich bei der Recherche irgendwelche Fehler gemacht habe?«

»Geht es in dem Krimi auch um rechtsextreme Politik?«, fragte Jan.

Schrader lächelte. Er schien eine Vorliebe für Ironie zu haben. »Nee, da geht es um Geister und Zombies – ›The Walking Dead‹ in Köln sozusagen.«

Für einen Moment war Birte sich sicher, dass sie von diesem Mann keine vernünftige Auskunft erhalten würden.

»Wir wollen etwas über Treues Cölln wissen«, sagte Jan bestimmt. »Was ist das für ein Verein? Wer steckt dahinter? Zombies sind uns ziemlich egal.«

Schrader lehnte sich zurück und stieß einen leisen Pfiff aus. »Hätte gar nicht gedacht, dass sich noch jemand an diesen Artikel erinnert. Ich wollte, dass man hier mal genauer hinguckt, was in der Stadt so vor sich geht. In Köln glaubt man ja immer, wir seien die Guten. Die ganze Stadt habe damals gegen Hitler rebelliert, weil es in Ehrenfeld die Edelweißpiraten gab und Adenauer als Oberbürgermeister sein Amt abgeben musste. Nichts davon stimmt. Die Kölner waren absolut für die Nazis, sogar im Karneval. Da war nichts groß mit Widerstand.«

»Ihr Artikel … Was genau wissen Sie über diese Organisation Treues Cölln?«, fragte Jan ungeduldig nach.

Schrader winkte nach der Kellnerin und bestellte sich ein zweites Kölsch. »Das geht hoffentlich auf Spesen«, sagte er, wieder spöttisch grinsend. »Wann habe ich schon einmal die Gelegenheit, auf Kosten der Polizei zu trinken?«

Birte bemerkte, dass Jan immer ungehaltener wurde. »Was genau ist dieses Treue Cölln?«, fragte sie daher. »Ein Verein? Die Untergruppe einer Partei?«

»Nein«, erwiderte Schrader. »Es ist ein verdecktes Netzwerk. Bei diesem Anwalt Klever laufen die Dinge zusammen.

Ich glaube, da treffen sich Leute, die sich für patriotisch, ultrakonservativ und gesinnungsfest halten, und reden über die Politik in dieser Stadt. Wer welche Aufträge bekommt. Welche Posten in der Verwaltung besetzt werden. Wie man am besten Einfluss auf die Stadtpolitik nehmen kann. Keine Partei, eine lose Verbindung von Rechten, die klug genug sind, nicht offen und mit dumpfen Parolen aufzutreten.«

»Und Klever ist der Boss?«, fragte Jan.

»Nicht der Boss, eher der Organisator, aber viel mehr weiß ich auch nicht. Ich habe zwei, drei Vermutungen, wer noch dabei sein könnte. Grossmann, der einflussreiche Bauunternehmer, dann Gregor Marklein, der eine Werbeagentur hatte und auch kurz bei Pro Köln aktiv war, aber er ist schnell abgehauen, weil er gesehen hat, wie dumm und hohl diese Leute im Grunde sind.«

»Okay«, sagte Birte, »und wo treffen diese Leute sich?«

»Sorry.« Lächelnd nahm Schrader sein Kölsch in Empfang. »Mehr weiß ich nicht. Ein kleiner, verschwiegener Kreis – so was wie die Bilderberger von Köln, wenn Sie verstehen.«

Von den Bilderbergern hatte Birte schon gehört. Ein globaler Kreis von Großindustriellen und Politikern, die sich einmal im Jahr an einem ständig wechselnden Ort trafen, um geheim und ohne jede Tagesordnung über die Weltpolitik zu sprechen. Verschwörungstheoretiker sahen in diesem Kreis eine Art geheimer Weltregierung.

»Na, ›Bilderberger‹ ist vielleicht ein wenig zu hoch gegriffen«, fügte Schrader hinzu. »Wir sind halt nur in Köln, einer provinziellen Stadt, wo man Karneval für das Wichtigste in der Welt hält, aber Klever hat sein Netzwerk und macht darüber gute Geschäfte. Da bin ich mir ziemlich sicher.«

»Wissen Sie etwas über ihn?« Birte sah, dass Nele ihr eine SMS geschickt hatte und um Rückruf bat.

»Er ist Anwalt und eine Art Immobilienhai. Angeblich gehören ihm allein in der Südstadt zehn Häuser.«

»Aber getroffen haben Sie ihn noch nie?«

»Nee, bedaure.« Schrader leerte sein Kölschglas mit einem

Zug. »Noch nie getroffen, und auf Nazidemos, wo man ihn fotografieren könnte, geht er als Anwalt bestimmt nicht.«

Jan legte seine Visitenkarte auf den Tisch. »Falls Ihnen zu Klever noch etwas einfällt, melden Sie sich bitte«, sagte er, dann zögerte er. »Gehört Frau Klever auch zu diesem Kreis?«

»Olga Klever?«

Birte war überrascht, dass Schrader ihren Namen kannte und ihn aussprach, als wäre er ihm vertraut. »Nein, wohl nicht. Sie war ja vor Jahren bei den Liberalen aktiv, aber dann hatte sie gesundheitliche Probleme – bei der Geburt ist ihr Kind gestorben, lautete ein Gerücht. Na, jedenfalls war sie dann nicht mehr in der Partei aktiv. Zu einem rechten Netzwerk wie Treues Cölln passt sie eigentlich ganz und gar nicht.«

Bevor sie gingen, bestellte Schrader noch ein drittes Kölsch. »Darf ich Ihnen meinen Krimi zusenden?«, fragte er, nachdem er das Glas geleert hatte, mit einem doppelten Schuss Ironie in der Stimme.

Birte nickte. »Ich bin aber eigentlich keine Krimileserin.«

»Zombies sind im Kommen – werden Sie sehen«, erklärte der Journalist zum Abschied. Er erhob sich sogar und deutete eine Verbeugung an.

»Was für ein Kasper!«, sagte Jan, als sie zurück zu ihrem Wagen gingen.

»Immerhin hat er uns weitergeholfen«, erwiderte Birte.

Jan machte wieder keine Anstalten, sich ans Steuer zu setzen. »Da wir Klever ja anscheinend nicht beschatten können, müssen wir irgendwie an seine Frau herankommen. Selbst wenn sie vielleicht nicht zu diesem Kreis gehört, wird sie etwas darüber wissen.«

Birte spürte, dass ihr Smartphone vibrierte. Nele versuchte erneut, sie zu erreichen.

»Ich denke, ich habe etwas Wichtiges für euch«, sagte sie aufgeregt. »Das könnte unser Mann sein. Olga Klever hat einen Adoptivbruder, der ebenfalls in Temeswar geboren ist. Er heißt Uwe Fogt. Er ist in Köln in der Weidengasse gemeldet. Vorbestraft wegen Körperverletzung, Brandstiftung, Sachbeschädigung und Widerstand gegen Polizisten. Bei einer Demonstration von rechten Hooligans hat er ganz in der ersten Reihe gestanden. Klever hat ihn damals verteidigt. Ich schicke euch gleich ein Foto von ihm.«

33

»Ja«, sagte Birte. »Das könnte der Mann sein.«

Sie hielt Schiller das Display ihres Smartphones hin. Ein etwa vierzigjähriger Mann war darauf zu sehen. Offenbar ein Polizeifoto. Er starrte mit düsterer Miene in die Kamera. Diesen Typus kannte man von gewissen Demonstrationen: kurz geschorene Haare, muskulös, ein wenig großkotzig. Das Auffallendste waren die Augen, die stechend blau waren. Schiller war sich jedoch nicht sicher, ob es der Mann in dem Audi war.

»Wir müssen Maria das Foto zeigen«, meinte Birte.

»Aber vorher sollten wir dem Herrn einen Hausbesuch abstatten.« Die Weidengasse lag vom Eigelstein allenfalls einen Steinwurf entfernt.

»Fogt«, stand an einem schmalen, gelb verklinkerten Haus auf einem Stück Papier auf dem Klingelschild, doch niemand öffnete.

»Der Typ hat anderes zu tun«, sagte Birte. »Diesen Vladan ausfindig machen, schätze ich.«

»Und vielleicht gibt es noch andere Gründe, nicht mehr in der eigenen Wohnung aufzutauchen.«

»Du glaubst, wir haben sie mit unseren Ermittlungen aufgescheucht?«, meinte Birte.

Sie waren an ihrem Wagen angekommen. »Wenn Fogt der Typ war, der dich niedergeschlagen hat, dann ist er hinter dir hergelaufen. Und wahrscheinlich war er auch am Busbahnhof, als dieses Mädchen aus Rumänien ankam.«

»Er sucht Vladan«, sagte Birte. »Er will ihn unbedingt haben, ihn und Julika. Die beiden sind eine Gefahr für ihn.« Sie setzte sich hinter das Steuer, ohne den Motor anzuschalten.

»Es wird aber wenig Sinn haben, hier auf Fogt zu warten«, sagte Schiller. Eine SMS ging bei ihm ein.

»Habe noch ein Bild geschickt«, schrieb Nele.

Er klickte die Bilder an. Uwe Fogt lächelte in die Kamera, er trug eine Lederweste ohne Ärmel, was seine Muskeln betonte; sein Haar war kurz geschoren, er hob seine linke Hand, als wolle er dem Betrachter etwas zeigen, und da war deutlich der Ring zu sehen: mit einem prächtigen Totenkopf.

»Was hat Danuta von dem Mann im ›Golde Kappes‹ gesagt? Dass er einen Ring mit einem Totenkopf getragen hat, nicht wahr?« Er hielt Birte das Display hin. »Wir haben ihn. Fogt ist unser Mann. Er ist doch nicht so schlau, wie er zu sein glaubt.«

»Jetzt müssen wir ihn nur noch finden«, sagte Birte. »Klever wird wissen, wo er sich aufhält.«

»Ein Grund mehr, ihn beschatten zu lassen«, erwiderte Schiller.

Als Birte eben den Wagen starten wollte, summte sein Smartphone. »Herr Kommissar«, sagte eine ältliche, zögernde Stimme, »könnten Sie einmal kommen, höflichst? Ich habe etwas für Sie.«

Schiller brauchte einen Moment, um zu begreifen, dass Hermann Bottesch ihn angerufen hatte.

»Wo sind Sie denn?«, fragte er erstaunt.

»Oh Verzeihung«, sagte der alte Mann, »ich habe vergessen, es Ihnen mitzuteilen. Wo sind wir genau?«, fragte er offenbar eine neben sich stehende Person. »Ach ja«, sprach er dann wieder in den Hörer hinein. »Sie kennen das schon. ›Biermeisterei‹ heißt das Lokal. Ich habe eine Spur gefunden, dass meine Enkelin hier gewesen ist.«

Das wissen wir bereits, wollte Schiller antworten, doch da hatte der alte Mann bereits die Verbindung unterbrochen.

Nele sollte alles über diesen Uwe Fogt herausfinden – wo genau er herkam, was er gemacht hatte, seine Vorstrafen, einfach alles, was sich finden ließ.

Endlich hatte der Fall eine Dynamik angenommen, die ihn mitriss. Während sie zu der Bierkneipe an der Liebigstraße fuhren, schrieb Schiller eine kurze SMS an Nadine. »Wir haben einen Verdächtigen. Sehen wir uns noch?«

»Klopf einfach an, mein Polizist«, schrieb sie zurück.

Schiller spürte einen Moment des Glücks, während er ihre Nachricht las; als gäbe es da tief in ihm eine warme Stelle, die in seinen ganzen Körper ausstrahlte.

»Wie nimmt Max es auf, dass euer Urlaub vielleicht ausfällt?«, fragte er Birte.

»Er erträgt es mehr oder minder schweigend«, sagte sie. Dann lächelte sie ihn an, als hätte sie ein wenig von seinem Glück erraten. »Außerdem habe ich ihm versprochen, dass wir unseren Fall bald gelöst haben.«

Schiller nickte. »Eigentlich können wir Therese nicht begraben, ohne ihren Mörder gefunden zu haben.«

Birte erwiderte nichts darauf. Sie parkte genau vor dem Eingang zur »Biermeisterei«. Als sie ausstiegen, sahen sie sich sorgsam um. Nein, da war keine Person, die sich auffällig verhielt und sie möglicherweise beobachtete.

Es war kurz nach achtzehn Uhr, als sie die düstere Kneipe betraten. Keine Gäste waren zu sehen, niemand. Es war totenstill.

Schiller wollte schon abdrehen, als jemand ihn rief.

»Herr Kommissar!« Hermann Bottesch winkte sie zu einem versteckten Tisch in einer Nische neben dem Eingang.

Der alte Mann saß an einem schmucklosen Holztisch, ein Bier vor und Roman Zautner neben sich. Der Wirt, dieser Muskelprotz, hockte zusammengesunken da und wagte kaum aufzublicken.

»Entschuldigung, dass ich Sie angerufen habe«, sagte Bottesch mit seinem merkwürdigen harten Akzent, »aber ich dachte, ich könnte vielleicht helfen.« Er deutete zur Decke. »Oben gibt es eine Wohnung. Da hat Ernst Köber, der sich Vladan nennt, meine Enkelin versteckt – versteckt und gefangen. Sie war so traurig, dass sie etwas an die Wände geschrieben hat, nicht wahr, Roman?« Er versetzte dem Muskelprotz einen Stoß, der ihn aufschrecken ließ.

Roman Zautner richtete sich auf. Sein Blick war glasig und niedergeschlagen. »Ja«, sagte er. »Sie waren dort, sie brauchten ein Versteck, aber dann stand die Polizei auf der Matte …« Er schaute erst Birte und dann Schiller an. »Deshalb habe ich sie sofort weggeschickt. Ich will keinen Ärger«, fügte er matt hinzu.

Schiller spürte, dass Birte genauso überrascht war wie er. Wie hatte Bottesch das aus diesem Bären von Mann herausbekommen?

»Ich weiß, Herr Kommissar, Sie sind überrascht«, sagte Bottesch, als hätte er ihre Gedanken erraten. Für ihn schien nur Schiller für die Ermittlungen wichtig zu sein. »Sie denken, woher weiß dieser alte Mann aus Hermannstadt so etwas? Es ist einfach. Deutschrumänen gehen zu Deutschrumänen. Das ist überall so, da machen wir nicht einmal einen Unterschied, ob einer aus Siebenbürgen kommt oder aus dem Banat. Und dieses Lokal kennt man sogar in meiner Heimat. Mein Sohn war auch früher hier. Und ... ich habe eine Fähigkeit, ich spüre nicht nur, wenn meine Enkelin in der Nähe ist – ich kann auch Menschen verfluchen, so sehr, dass sie zu Recht Angst bekommen.«

Zautner nickte, als könnte er jedes Wort bestätigen. Dann führte er sie in die Wohnung hinauf, die direkt unter dem Dach lag. Ein leicht feuchter, muffiger Geruch schlug ihnen entgegen.

»Die Wohnung gehört zur Kneipe«, sagte Zautner, als wäre er ein Vermieter, der lustlos eine Wohnung präsentierte. »Wir brauchen sie aber nicht ... manchmal schlafen hier Leute ihren Rausch aus oder ... wenn Bekannte aus Rumänien kommen.«

»Ihr Onkel wusste von der Wohnung?«, fragte Schiller.

Zautner nickte mit dunkler Miene, während Bottesch vorausging, als würde er sich bestens auskennen. Der Raum, in den sie gelangten, war spärlich möbliert: ein braunes Cordsofa, das gewiss älter als dreißig Jahre war, ein Sessel in der gleichen Farbe, ein kleiner Holzschrank mit einem Fernseher, der vermutlich noch schwarz-weiß sendete. Mehr gab es hier nicht. Das Fenster wies zu den Bäumen an der Straße hinaus.

»Woher wissen Sie, dass Ihre Enkelin hier war?«, fragte Birte.

In der Tat wies nichts darauf hin, dass sich hier jemand vor Kurzem aufgehalten hatte.

Mit einem Lächeln schritt Bottesch zu einem fahlen roten Vorhang neben dem Fenster und schob ihn beiseite. Auch aus einiger Entfernung war zu sehen, dass jemand etwas auf die gelbliche Raufasertapete geschrieben hatte.

»Mein Name ist Julika Bottesch«, las Birte laut vor, nachdem sie sich der Wand genähert hatte. »Ich bin aus Rumänien. Ich bin hier gefangen von Vladan. Ich sollte in einem Restaurant arbeiten, aber das stimmte alles gar nicht. Jemand soll meinem Großvater Hermann Bottesch Bescheid geben. Er wohnt in Thalheim. Das heißt jetzt Daia, bei Sibiu …«

»Nun bin ich hier«, sagte Bottesch, als hätte seine Enkelin ihn tatsächlich angesprochen.

Schiller wandte sich an Zautner. »Wir könnten Sie auf der Stelle festnehmen. Wegen Beihilfe zur Entführung und zur Freiheitsberaubung. Bei Ihren Vorstrafen müssen wir da keinen Richter groß überzeugen.«

Zautner war an der Tür stehen geblieben. Für einen Moment schien er an Flucht zu denken.

»Es wird Zeit, dass Sie uns ein paar Dinge erzählen, Herr Zautner«, fügte Schiller mit schneidender Stimme hinzu.

»Es ist nicht gut, wenn die Seele vor Schuld zu schwer wird«, sagte Bottesch und ließ mit einer Handbewegung den Vorhang zurückgleiten.

Zautners Blick wanderte zu ihm. »Ernst, also mein Onkel«, sagte er, »er ist eigentlich ein ganz anderer Mensch. Er hätte gerne ein Lokal gehabt, so etwas wie ein Varieté, wo Künstler auftreten, Zauberer, Jongleure, Sänger, solche Leute, und er hätte sie angesagt. Von so etwas träume ich auch … ein besonderes Lokal für …« Er verstummte.

»Stattdessen ist er beim rumänischen Geheimdienst gelandet«, fuhr Schiller dazwischen.

Zautners Kopf zuckte herum. Die Tattoos an seinem Hals spannten sich. »Sie haben ihn gezwungen, er hatte sich auf seiner Arbeit ein paar Werkzeuge ausgeliehen, hatte sich Sachen mitgenommen, wie alle es damals getan haben. So haben die Leute ihren kargen Lohn aufgebessert … Und da hatten sie ihn … Diese Schweine haben ihn damit drangekriegt.«

Bottesch kam zu ihm herüber und strich ihm über die Wange,

als hätte er ein kleines ängstliches Schulkind vor sich. Woher hatte der alte Mann diese Autorität?, fragte Schiller sich, dann traf ihn ein blitzheller Gedanke: Therese hätte diesen Mann sympathisch gefunden, ja absolut gemocht.

»Die Polizei muss aber wissen, was jetzt ist«, sprach Bottesch weiter. »Das Früher ist vergangen, es existiert nur noch in unseren Herzen und Köpfen.«

»Ganz recht«, sagte Birte, die allmählich die Geduld verlor. »Was genau tut Ihr Onkel jetzt hier in Köln? Für wen arbeitet er? Wo wohnt er?«

»Ernst wollte gar nicht aus Rumänien weg«, redete Zautner weiter, tonlos und so, als würde er einen schlecht gelernten Text aufsagen. »Das war seine Heimat, aber er hat da keinen Fuß mehr auf den Boden gekriegt. Deswegen hat er gedacht, dass er doch eigentlich deutsch ist. Er hat meine Mutter gefragt, ob sie ihm hilft, aber die hat gar nicht mit ihm geredet. Dann war er hier in Köln. Vor acht Jahren war das.«

»Gut«, sagte Bottesch, »sehr gut.«

Zautner nickte. »Er hat sich mit Gelegenheitsarbeiten durchgeschlagen, Bauarbeiten, Renovierungen. Ich habe ihm auch mal was besorgt, aber eigentlich war er zu alt für so etwas, und da hat er diesen anderen Mann getroffen – Ove.«

»Ove?«, fragte Schiller. »Sind Sie sicher?«

»Ove – ich habe ihn nie gesehen, aber mein Onkel hat mir von ihm erzählt. Dieser Ove hat wohl einen Wikinger-Tick. Hat sogar mal eine Zeit lang in so einem Zelt gewohnt wie die Wikinger damals.«

Schiller hörte das Summen seines Smartphones. Er spähte auf das Display. »Haben den Wagen von Vladan gefunden«, hatte Nele gesimst.

»Dieser Ove hat ihm immer wieder Jobs gegeben, und zuletzt …« Zautner brach ab. »Ernst durfte darüber nicht sprechen, es war wieder wie früher beim Geheimdienst, meinte er. Ein falsches Wort, und er würde echte Probleme kriegen.«

»Was genau musste Ihr Onkel für diesen Ove machen?«, fragte Schiller.

»Er war so eine Art Hausmeister, eine Pension in Rodenkirchen, keine Ahnung, wo genau. Da musste er nach dem Rechten sehen. Mehr weiß ich ehrlich nicht.« Zautner hob die Schulter. »Ich muss zurück. Susanne ist allein in der Küche, und keiner ist vorne an der Theke, falls Gäste kommen.«

»Man kann nicht mitten im Fluss stehen bleiben«, sagte Bottesch. »Wenn man so weit gegangen ist, muss man weitergehen, oder man geht in der Strömung unter.«

Roman Zautner warf ihm einen dunklen, gehässigen Blick zu. »Ich weiß wirklich nicht viel. Sie haben Mädchen in diesem Haus – Mädchen aus Rumänien.«

»Aber warum?«, fragte Birte mit etwas zu hoher Stimme. »Prostitution?«

»Nein«, sagte Zautner. »Die Mädchen bleiben drei, vier Wochen für eine Hormonkur, und dann ... Dann werden ihnen Eizellen entnommen ... Eizellen für die Kinder von reichen Leuten ... Leuten, die keine Kinder kriegen können. Die Frauen leben ein paar Wochen in der Pension, bis alles erledigt ist. Sie sind immer unter Aufsicht. Nur nachts dürfen sie nach draußen. Deshalb hat Ernst sie immer Nachtengel genannt. Dann bekommen sie dreitausend Euro und können zurück nach Rumänien.«

»Haben Sie den Namen Thorsten Klever schon einmal gehört?«, fragte Schiller.

»Ich hoffe, Sie verhaften mich nicht«, erwiderte Zautner. »Ich versuche mit diesem Lokal zu überleben und mit Susanne etwas aufzubauen, und meinem Onkel wollte ich nur helfen, mehr nicht. Außer diesem Ove hat er nie einen Namen erwähnt, und vor dem hatte er richtig Angst.« Dann hob Zautner die Hände und ließ sie kraftlos fallen. »In Kalk hatte Ernst ein Zimmer, direkt an der Post, aber das hat er wohl aufgegeben und ist in die Pension gezogen. Mehr weiß ich wirklich nicht.«

Bottesch klopfte Roman Zautner anerkennend auf die Schulter. »Nun ist uns allen wohler«, sagte er mit einem sanften Lächeln.

34

Rumänische Frauen wurden nach Köln gelockt, damit man mit ihren Eizellen Geschäfte machen konnte? Der Gedanke hatte Birte für ein paar Sekunden förmlich gelähmt. Kaum hatten sie das Haus verlassen, zog sie ihr Smartphone hervor. Als sie die Stichwörter »Eizellen« und »Leihmutter« eingab, tauchte als erster Eintrag eine Anzeige auf, in der eine Klinik in der Ukraine mit bunten Bildern und einem Arzt mit deutschem Namen für sich warb.

»Entschuldigung«, sagte Hermann Bottesch und hielt ihr seine rechte Hand hin. »Ich möchte noch ein wenig zu Fuß gehen.« Er lächelte. »Ich hoffe, ich konnte helfen, aber noch haben wir meine Enkelin ja leider nicht gefunden.« Dann griff er in seine Tasche und zog ein altes Handy hervor. »Roman ist kein schlechter Junge. Er hat mir ein Telefon gegeben. Dann kann ich Meldung machen, falls etwas sein sollte.«

Birte gab ihm die Hand, und Jan sagte: »Passen Sie auf sich auf und rufen Sie bitte heute Abend an, wenn Sie im Hotel sind.«

Bottesch machte eine Handbewegung, die ausdrückte: Alles gut – ich werde gewiss zurechtkommen.

»Ein erstaunlicher Mann«, sagte Jan, während er sich hinter das Steuer setzte.

Birte surfte weiter im Netz. Es gab tatsächlich mehrere Angebote, eine Leihmutter regelrecht zu buchen – in der Ukraine und auch in Griechenland. Die Seiten wirkten recht einladend und waren in beinahe fehlerlosem Deutsch abgefasst. Andere Angebote bezogen sich nur auf Eizellenspenderinnen. In den meisten Ländern war auch der Handel mit Eizellen verboten. Ganz oft aber gehörte beides offenkundig zusammen; einer Leihmutter wurde eine Eizelle einer anderen Frau eingepflanzt. Sobald das Kind ausgetragen war, wurde es der Frau übergeben, die das Geschäft bezahlt hatte und dann als offizielle Mutter fungierte. Es war Kinderhandel, nichts weiter.

»Was schaust du dir an?«, fragte Jan, während er den Wagen startete.

Sie streckte ihm das Smartphone hin. »In Deutschland ist das Geschäft mit Eizellen und Leihmüttern verboten, aber in der Ukraine scheint es ziemlich verbreitet und lukrativ zu sein. Die Kliniken haben sogar deutsche Namen.«

»Anscheinend hat Klever hier heimlich ein ähnliches Geschäft aufgebaut«, erwiderte Jan. »Mit Eizellenspendern, versteckten Behandlungsräumen. Doch dann ist etwas schiefgegangen. Eine Frau ist tot und die andere verschwunden.« Er fuhr den Ehrenfeldgürtel hinunter. Der Wagen von Ernst Köber war im Parkhaus am Bezirksrathaus entdeckt worden, knapp zwei Kilometer entfernt.

»Aber warum Mädchen aus Rumänien?«, fragte Birte.

»Es sind deutschstämmige Frauen aus Rumänen – vermutlich ist das die besondere Geschäftsidee. Da kann man sicher sein, dass es sich um das richtige Erbgut für seine besondere Kundschaft handelt. Das ist Rassismus, nichts weiter. Widerlich!« Er schwieg einen Moment. »Leuten, die ihren Kreis Treues Cölln nennen, ist so etwas wichtig. Die treuen Kölner stehen für das Reine, das gute Deutsche.« Er sah Birte an. Nun wirkte er echt betroffen. »Und solche Leute haben Therese umgebracht.«

Birte schickte Nele einen Link zu einer ukrainischen Klinik und bat sie, weiterzurecherchieren. Wahrscheinlich würden sie in den nächsten Tagen im Präsidium übernachten müssen, um alles zusammenzutragen.

»Wie verzweifelt müssen Menschen sein, sich an jemanden wie Klever zu wenden?«, fragte Jan laut.

»In Hamburg«, erwiderte Birte, »hatte ich eine Freundin, die fünf Fehlgeburten hatte … Sie wäre verzweifelt genug gewesen, sich an irgendwelche obskuren Geschäftemacher zu wenden, um ihrem Mann und vor allem sich selbst endlich ihren Kinderwunsch zu erfüllen.«

»Hatte nicht auch Klevers Frau eine Fehlgeburt?« Jan bog in das Parkhaus ab. Ein Polizist sicherte die Einfahrt.

»Ihr Kind ist bei der Geburt gestorben, meinte dieser Journalist«, sagte Birte.

Jan parkte in der ersten freien Parkbucht im Erdgeschoss, und sie stiegen aus.

Köbers Wagen befand sich in der obersten Etage. Ein gutes Versteck war dieser Platz sicherlich nicht, und nicht nur das rumänische Nummernschild war auffällig.

»Ein Simca 1100 mit vier Türen«, sagte Jan überrascht, während sie sich dem beigefarbenen Gefährt näherten. »Dass so eine Karre noch läuft. Müsste eigentlich längst durchgerostet sein.«

Zwei Polizisten nickten ihnen zu, von einem Kollegen der Spurensicherung war noch nichts zu sehen.

Der Simca sah kaum fahrtüchtig aus, die Stoßstange wies weitflächig Rostflecken auf, ein Kotflügel war eingedrückt. Die Fenster an den hinteren Türen waren von innen mit braunem Packpapier zugeklebt.

Jan streifte sich Latexhandschuhe über. »Der Wagen ist offen?«, fragte er einen der Uniformierten.

»Ja«, sagte der Beamte mit einem verlegenen Lächeln. »Pannendienst, ADAC. War die schnellste Lösung. Rechnung geht ans Präsidium.«

Behutsam öffnete Jan die hintere Tür hinter dem Fahrersitz. Birte konnte sehen, dass da eine graue Decke lag. Jan beugte sich ein wenig vor, seine rechte Hand strich über die Decke, dann wandte er sich bereits wieder um. Klar, Spuren durften sie auf keinen Fall kontaminieren.

»Blut«, sagte Jan in einem bitteren Tonfall. »Eine Menge Blut, und ich bin sicher, dass es Therese gehört hat. Mit dieser alten Karre ist Köber zum Krankenhaus gefahren und hat sie wie einen angefahrenen Hund vor dem Hintereingang abgelegt. Wenig später ist sie gestorben.«

»Am liebsten«, sagte Jan, »würde ich mir diesen Klever schnappen und ihn windelweich prügeln. Er steckt dahinter. Er hat diese Gruppe gegründet, Treues Cölln, vielleicht nur, um so seine schmutzigen Geschäfte betreiben zu können.«

Birte konnte ihm seine Wut ansehen. Nachdem zwei Männer der Kriminaltechnik an Köbers Simca eingetroffen waren, hatten sie sich zum Präsidium aufgemacht.

»Noch fehlen die Beweise«, sagte Birte. »Und wir müssen Köber und diesen Fogt finden.«

»Er heißt Uwe, aber ich verwette mein karges Monatsgehalt, dass er sich Ove nennt. Er ist dieser Kerl mit dem Wikinger-Tick.« Er dachte einen Moment lang nach. »Solange wir die beiden nicht haben, müssen wir uns an Klever halten ... und an dessen Frau.«

Nele kam herein. Sie sah müde aus. Dunkle Schatten lagen unter ihren Augen; ein ungewohnter Anblick. Sie hatte ihre langen hellblonden Haare zurückgebunden, doch einzelne Strähnen tanzten um ihren Kopf herum.

»Ich habe alles zusammengestellt, was ich zu Fogt finden konnte«, sagte sie und legte ihnen zwei Computerausdrucke hin. »Und nun ...« Ein leichtes Zögern. »Gleich muss ich gehen. Ich habe heute noch eine Verabredung. Kann ich leider nicht aufschieben.«

»Welches Instrument?«, fragte Jan mit einem Lächeln, weil er genau wusste, dass Nele sich nur mit Musikern einließ.

»Gitarre und Keyboard«, sagte sie, »und nein, kein Norweger. Er ist Deutscher und wohnt in Ehrenfeld, ein echt kreativer, aber ich glaube, er trinkt zu viel. Beim letzten Konzert hat er auf der Bühne fast drei Flaschen Rotwein getrunken.«

»Ein trinkfester Deutscher«, sagte Jan. »Mal etwas Neues, aber eines brauchen wir noch. Wir müssen wissen, wo genau Klevers Frau in der Eifel wohnt.«

Birte besah sich Neles Recherche zu Fogt. Er war 1975 in Temeswar geboren und hatte anscheinend die ersten Jahre in einem Kinderheim verbracht, dann war er über ein Adoptionsverfahren nach Deutschland gekommen – zu den Eheleuten Marianne und Helmut Fogt. 1997 war er unehrenhaft aus der Bundeswehr entlassen worden – im Dienstgrad eines Unteroffiziers – wegen heimlicher Schießübungen auf einem Truppenübungsplatz mit anderen Kameraden, die zu einem rechtsradikalen Netzwerk gehörten. 2001 hatte er an einer ungenehmigten, gewalttätigen Demonstration von Hooligans teilgenommen und war wegen Landfriedensbruchs zu acht Monaten auf Bewährung verurteilt worden. Danach gab es keinen Eintrag mehr in ein Strafregister. 2010 hatte er ein Gewerbe angemeldet – eine Firma für Kurierdienste. Nele hatte sogar die Adresse der Homepage aufgeführt. In einer Art blauen Uniform stand Fogt vor einem weißen Kombi und lächelte in die Kamera. Er bezeichnete sich als »Mann für alle Fälle«. »Sie wollen eine Sendung innerhalb von sechs Stunden in Paris haben? Kein Problem! Ich regele das.«

Birte hielt Jan ihr Smartphone hin. »Fogt hat sich eine wunderbare Story gebastelt«, sagte sie. »Er ist Transportunternehmer für Kurierfahrten.«

»Hat Nele nichts über diese Wikinger-Nummer herausgefunden?« Jan schaute sich die Homepage nur mäßig interessiert an. »Aber vielleicht können wir ihn ja einmal buchen. Eine Kurierfahrt nach Sibiu – mit einer Nachricht für Julika Bottesch.«

Olga Klever wohnte in Einruhr in einem kleinen, sorgsam restaurierten Fachwerkhaus direkt am See. Es war fast zwanzig Uhr, als sie in dem kleinen Eifeldorf eintrafen. Ein gelbes Mazda-Cabriolet stand in der Einfahrt – mit einem Kölner Kennzeichen, jedoch ohne das Kürzel TC.

»Sie ist offenbar zu Hause«, sagte Jan hoffnungsfroh.

Sie öffneten ein grün gestrichenes Törchen und gingen über grobe Steinplatten auf den Eingang zu – eine zweiflügelige Tür aus dunklem Holz. Kein Name stand an dem Türschild. Birte betätigte die Klingel, und ein schrilles Schellen durchzog das Haus. Doch niemand öffnete ihnen.

»Ausgeflogen«, sagte Jan, »oder sie hat uns gesehen und zieht es vor, sich stumm zu stellen.«

Im nächsten Moment erklang von der Straße Hundegebell, und eine Frau von etwa vierzig Jahren näherte sich. Ein Golden Retriever zog sie förmlich auf das Haus zu.

»Frau Klever?« Birte zog ihren Ausweis hervor. »Wir sind von der Polizei Köln und haben ein paar Fragen an Sie.«

Der Hund bellte noch lauter, doch mit einem kurzen Ruck der Leine brachte die Frau ihn zum Schweigen. »Ist etwas mit meinem Mann?«, fragte sie atemlos. »Stimmt etwas nicht?«

»Nein, alles in Ordnung. Es geht eher um Ihren Adoptivbruder Uwe und um einen Verein, der sich Treues Cölln nennt«, erklärte Jan.

Die Frau verharrte einen Moment, dann schob sie sich vorbei und schloss die Tür auf.

Dunkelheit umfing sie in der Diele, dann wurden sie in eine geschmackvolle Bauernküche geführt. Das altertümliche Mobiliar – Holzschränke, ein mächtiger Tisch, eine Bank und vier Stühle – war mit Blumenmuster verziert. Von einer Anrichte aus starrten sie vier Porzellanpuppen an.

Der Hund machte sich über einen Napf mit Wasser her, während Olga Klever sich an einen der Stühle lehnte. »Ich kann Ihnen da nicht helfen. Mit Uwe habe ich wenig Kontakt. Wir sehen uns vielleicht ein- oder zweimal im Jahr.«

Birte registrierte, dass sie ihnen keinen Platz anbot, sondern sie abwartend taxierte. Auch der Hund schaute sie neugierig an, bevor er sich unter den Tisch verzog.

»Aber Ihr Adoptivbruder arbeitet für Ihren Mann, nicht wahr?«, fragte Jan.

Olga Klever sah ihn an. Sie hatte ihr rötliches Haar hochgesteckt. Ihre Stirn war von Sommersprossen übersät; sie wirkte nicht krank, sondern lediglich angespannt und ein wenig zu dünn, wie ein Mensch, der sich zu lange zu sehr angestrengt hatte.

»Uwe arbeitet für alle, die ihn buchen. Er ist Fuhrunternehmer.«

Jan nickte ihr zu und setzte sich dann. »Ich fürchte«, sagte er, »wir werden Ihre Zeit ein paar Minuten länger in Anspruch nehmen müssen.«

Olga Klever umfasste mit beiden Händen die Rückenlehne des Stuhls vor sich. »Warum stellen Sie überhaupt alle diese Fragen? Was ist mit Uwe?«

»Eine junge Frau aus Rumänien ist ermordet worden, und eine andere ist verschwunden. Wir haben gehört, dass Ihr Bruder sich manchmal um Frauen aus Rumänien kümmert. Sie beide sind ja auch dort geboren.« Birte versuchte zu erkennen, welche Wirkung ihre Worte hatten.

Olga Klever versteifte sich. Sie schien die Lehnen vor sich noch heftiger zu umklammern. »Wir sind beide in Rumänien geboren, ja, aber wir sind Deutsche. Ich spreche gar kein Rumänisch und Uwe auch nicht. Und von rumänischen Frauen weiß ich nichts.«

Der Hund kam wieder hervor und schnüffelte an Birtes Bein. Im nächsten Augenblick ertönte ein Fanfarenton. Olga Klever griff in ihre Tasche. »Mein Mann«, sagte sie mit einem Blick auf das Display. »Darf ich mich melden?«

»Erst wenn wir mit unserer Befragung fertig sind«, sagte Jan in einem strengen Tonfall. »Wir müssen noch ein paar Dinge wissen. Was für ein Verein ist dieses Treue Cölln?«

Nun sank Olga Klever doch auf den Stuhl, den sie so heftig umklammert hatte. »Warum all diese Fragen?«, sagte sie keuchend. »Was hat das mit einer toten Frau zu tun?«

»Mit einer ermordeten Frau«, korrigierte Birte sie. »Was tut dieser Verein? Wer trifft sich da?«

»Hören Sie ...« Mit tiefblauen Augen blickte Olga Klever erst Jan und dann Birte an. »Ich muss keine Fragen beantworten. Ich bin krankgeschrieben – Burn-out, Erschöpfungssyndrom. Ich muss jede Aufregung vermeiden. Ich werde nun meinen Mann anrufen. Er ist Anwalt. Er wird sich um alle diese Dinge kümmern ...«

Jan lächelte – ein wenig spöttisch, gleichzeitig verständnisvoll. Birte kannte dieses Lächeln, das in manchen Befragungen schon besänftigend gewirkt hatte. »Wir stellen nur ganz harmlose Fragen – ohne Vorwurf, ohne Anklage. Es handelt sich um einfache Ermittlungsarbeit.«

»Tut mir leid«, erklärte Olga Klever. »Ich darf Sie bitten zu gehen. Mein Blutdruck ... ich spüre bereits, dass es mir gesundheitlich schlechter geht.«

»Wie Sie wollen.« Birte wandte sich zur Tür. »Ich müsste nur kurz eine Toilette aufsuchen, wenn das möglich ist.«

Olga Klever machte eine matte Handbewegung. »Die Treppe hinauf – dann die erste Tür rechts.«

Birte spürte, wie Jans Blick ihr folgte. Was soll das jetzt?, fragten seine Augen.

Sie ging eine schmale Holztreppe hinauf. Auch auf dem Treppenabsatz waren zwei Puppen drapiert – in einem antiken Puppenwagen. Mühsam widerstand sie der Versuchung, die drei anderen Türen zu öffnen, die von dem Gang abgingen, in dem die Treppe mündete. Das Bad war überraschend hell und geräumig. Badewanne, Dusche, Bidet, zwei Waschbecken – alles war vorhanden. Sie öffnete den Spiegelschrank über dem ersten Becken, und sofort fiel ihr eine Schachtel Tabletten entgegen. Ibuprofen – nichts Außergewöhnliches. Aber das Schränkchen enthielt nichts anderes als Medikamente. Birte zog ihr Smartphone hervor und machte drei Fotos aus leicht unterschiedlichen Perspektiven. Dann wusch sie sich die Hände und ging wieder hinunter.

Jan und Olga Klever standen bereits an der Haustür. »Ich liebe die Eifel«, sagte sie in einem freundlicheren, gefälligeren Tonfall. »Hier finde ich meine Ruhe. Spaziergänge mit dem Hund – oder ich fahre mit dem Ausflugsboot bis zur Staumauer. Ja, das mache ich im Sommer mindestens einmal in der Woche. Es ist so erholsam und beruhigend.«

»Sie arbeiten nicht mehr?«, fragte Jan in einem Small-Talk-Ton.

»Nein.« Olga Klever lächelte ein wenig wehmütig. »Ich war lange in Frankfurt bei der Deutschen Bank, aber dann gab es die Finanzkrise … Der Stress war nicht mehr auszuhalten.«

Birte näherte sich und reichte Olga Klever die Hand zum Abschied.

»Haben Sie eigentlich Kinder?« Jan schoss seine letzte Frage wie einen Pfeil ab.

Olga Klevers Hand zuckte wie nach einem Stromstoß zurück. »Nein«, sagte sie, »mein Mann und ich haben uns irgendwann gegen Kinder entschieden.«

35

Hatten sie von Olga Klever etwas erfahren? Nichts über ihren Adoptivbruder und darüber, wer oder was dieses Treue Cölln war, sondern lediglich, dass sie offenbar Unmengen von Psychopharmaka einnahm. Und dass sie angeblich keine Kinder gewollt hatte.

Schiller war sicher, dass sie, kaum dass sie das Haus verlassen hatten, ihren Mann anrief.

»Hat ihr Mann gewusst, dass wir bei ihr sind?«, fragte Birte unvermittelt. Sie saß nun wieder am Steuer ihres Passats. Plötzlich trat sie auf die Bremse und hielt, während sie ein langes Waldstück durchquerten, am Straßenrand. Sie öffnete die Tür und sprang heraus. Schiller sah ihr nach, während sie einmal um den Wagen herumging. Am Kofferraum beugte sie sich hinunter. Dann hielt sie etwas in die Höhe.

»Hat man so etwas schon gesehen!« Als hätte sie ein kleines seltenes Tier gefangen, präsentierte sie ein graues Plastikkästchen in ihrer offenen Handfläche, das so groß wie eine Streichholzschachtel war. »Die halten sich für oberschlau! Fogt oder wer auch immer hat an unserer Dienstkarre einen Sender angebracht. Diese Scheißkerle!«

»Hefte ihn wieder an«, sagte Schiller. »Vielleicht können Schultkes Leute etwas damit anfangen, aber vorher sollen sie nicht bemerken, dass sie aufgeflogen sind.«

»Klever und Fogt haben also immer gewusst, wo wir sind«, sagte Birte, nachdem sie den Sender wieder angebracht hatte. »Wahrscheinlich ist er auch deshalb an Zautners Kneipe aufgetaucht.« Sie konnte ihren Zorn kaum zügeln.

Den Rest der Fahrt verbrachten sie schweigend. Die Nacht hatte sich über die Eifel gesenkt. Auf den einsamen Straßen kam ihnen kaum einmal jemand entgegen.

Erst gegen halb elf waren sie zurück in Köln. Den Wagen mit dem Sender stellten sie auf dem Dienstparkplatz ab. Schiller nahm seinen Golf, Birte ihren Alfa. Sie waren zu erschöpft, um ihre Ergebnisse zusammenzutragen. Selbst ein starker Kaffee hätte nun nicht geholfen.

Schiller schickte Nadine eine SMS, doch statt zu ihr fuhr er zu Thereses Bungalow.

Der Schlüssel lag, wie er ihn abgelegt hatte, in dem Versteck an der Kellertreppe. Als Schiller aufschloss, hatte er das Gefühl, Therese wäre da und würde auf ihn warten. Anders als bei seinem letzten Besuch im leeren Haus meinte er nun auch, sie zu riechen – ihren eigentümlichen Geruch nach Alter, Nylonstrümpfen und Babypuder, das sie auch für sich selbst benutzt hatte.

»Therese«, sagte er laut, »was ist mit dir?« In der nächsten Sekunde kam es ihm lächerlich vor, was er hier tat.

Er hatte immer noch nicht wirklich begriffen, dass sie tot war und niemals zurückkehren würde – dass ihr dreiundachtzigjähriges Leben durch einen Gewaltakt beendet worden war.

Er setzte sich in die Küche, ohne das Licht anzuschalten. Eizellenspenderinnen, dachte er, konnte man es als paradox bezeichnen, wenn eine Hebamme wegen illegaler Geschäfte mit Eizellen getötet worden war? Wo war diese Julika? Und wo Vladan? Zogen sie durch die Stadt, von einem billigen Hotelzimmer ins nächste, auf der Flucht vor Uwe Fogt – oder waren sie längst zurück in Rumänien?

»Therese«, sagte er laut vor sich hin, »du fehlst mir. Hättest du nicht irgendeinen Rat für mich?«

Er hörte ihr krächzendes Lachen, das in diesem Haus in jeder Ecke nachhallte.

Min Jung, sagte sie in seinen Gedanken, auf ein paar Dinge musst du schon selbst kommen.

Sie hatte in ihrem Leben nie Zeit gehabt, immer war sie durch die Stadt gehetzt, von einer Frau zur nächsten, Vorsorge, Hausgeburt, Nachsorge. Dann hatte sie Kleidersammlungen organisiert, und auch sonst hatte sie sich immer überall eingemischt. Jeder Obdachlose war ihr ein paar Münzen und ein paar liebe Worte wert gewesen. Zur Ruhe gekommen war sie im Dom, den sie fast täglich aufgesucht hatte, oder wenn sie Musik hören konnte. Mozart hatte sie geliebt – die Fröhlichkeit, die Schwerelosigkeit, die sie da gespürt hatte. »Wenn ein frischer Säugling in meinem Arm liegt«, hatte sie einmal gesagt, »dann denke ich immer, ich halte ein kleines Genie im Arm, eine kleine Marie Curie oder einen kleinen Wolfgang Amadeus. Aber das sind Kinder ja auch, kleine Genies.«

Schiller stand auf und schritt durch das dunkle Haus. Carla hatte auch wieder versucht, ihn anzurufen. In der Zeitung hatte ein ganzseitiger Nachruf auf Therese gestanden. »Die Hebamme von Köln ist tot!«

Alle vermissen dich, sagte er in Gedanken. Und wo bist du?

Wo gingen die Toten hin?

Für Therese war das alles keine Frage gewesen. Sie glaubte an den Himmel als Reich für die Guten und Reinen und für die – wie sie –, die zumindest danach gestrebt hatten. Die armen Sünder!

Als er seinen kleinen Rundgang beendet hatte, kehrte er in die Küche zurück. Es war kurz vor Mitternacht.

»Wer hat dich umgebracht?«, flüsterte er vor sich hin.

Plötzlich kam ihm ein Gedanke. Er zog sein Smartphone hervor und googelte Uwe Fogt. Dann wählte er die auf der Webseite angegebene Telefonnummer.

Eine trockene, kühle Männerstimme meldete sich. »He, *folks*, ihr ruft zu einer Zeit an, wo ich nicht erreichbar bin, sorry. Aber versucht es wieder, ja?«

Eine Ansage, die cool und unkonventionell geschäftsmäßig klingen sollte.

Das war er, dachte Schiller. Das war der Mörder. Nur wo hielt er sich auf?

Von der Straße aus konnte er sehen, dass bei Nadine noch Licht brannte. Zaghaft klopfte er an ihre Tür, und sie öffnete drei Sekunden später. Sie trug ein dünnes schwarzes Kleid, nein, es war nur ein riesiges T-Shirt. Einen Moment später küsste sie ihn und zog ihn an sich.

»Mein Polizist«, flüsterte sie. »Endlich.«

Er bemerkte, dass sie an ihrem Wohnzimmertisch an irgendetwas gearbeitet hatte. Ihr Laptop war angeschaltet und leuchtete in den dunklen Raum hinein. Doch sie zog ihn immer weiter, direkt in ihr Schlafzimmer, wo sie sich gegenseitig langsam und ohne Worte entkleideten.

Er bewunderte, wie schön sie war: ihre weiß schimmernde Haut, ihre kleinen Brüste. Aber vor allem liebte er ihren Geruch. Dieser Geruch war hell und frisch, und es war ein Klang in ihm, ein hoher freundlicher Klang, ja, so kam es ihm vor.

Sie liebten sich auf eine leidenschaftliche und gleichzeitig gelassene Art, als würden sie sich schon lange kennen, und erst als er wieder neben ihr lag, wurde Schiller bewusst, dass er für ein paar Minuten an einem ganz anderen Ort gewesen war, weit weg von allem, nur mit Nadine. So war es ihm mit Carla nicht einmal in ihrer besten Zeit ergangen.

»Ich bin froh, dass du da bist«, flüsterte Nadine.

Er lag in ihrer Armbeuge. »Was hast du gemacht?«

»Ich versuche mich an einem Stück«, sagte sie. »Möchte ich in der nächsten Spielzeit selbst inszenieren. Eine alte Frau, früher eine gefeierte Schauspielerin, eine richtige Diva, sitzt vereinsamt in ihrer Wohnung und denkt an all die Männer, die sie gehabt hat. Und dann erscheinen sie, einer nach dem anderen.«

Er hörte Nadine leise lächeln.

»Was für ein Thema!«, sagte er. Warum schreibt sie so etwas?, dachte er, sprach es jedoch nicht aus. Warum schrieb man überhaupt? Max, Birtes Freund, hatte einen ganzen Roman über einen einzigen Tag geschrieben, den Tag, als das Kölner Stadtarchiv einstürzte. Auf so einen Gedanken wäre er niemals gekommen.

»Was würde eine Frau tun, die keine Kinder bekommen kann, aber unbedingt ein Kind haben will?«, fragte er unvermittelt.

Nadine richtete sich ein wenig auf. »Geht es darum? Steckt das hinter eurem Fall?«

Er nickte und beschrieb kurz, was sie herausgefunden hatten.

Nadine hatte von Anfang an recht gehabt. Es ging nicht um Prostitution, und wenn ihre Vermutung stimmte, dann war es überhaupt kein Zufall, dass diese Frauen alle deutschstämmig waren.

»Was eine Frau tun würde?« Nadine beugte sich über ihn und küsste ihn auf die Wange. »So eine Frau würde alles tun – ihr Hab und Gut verkaufen, sich verschulden. Ja, sie würde alles tun, um ein Kind zu bekommen. Vielleicht sogar einen Mord begehen.«

36

Die Maus war noch zweimal gekommen. So still hatte sie auf ihrem Bett gelegen. Das winzige Pelztier war bis mitten ins Zimmer gelaufen, da hatte es sich aufgerichtet und geschnuppert. Ihr Großvater hasste Mäuse, weil sie sich durch alles hindurchfraßen, aber diese Maus war wie ein Trost, ein Zeichen, dass es die Welt draußen noch gab.

Zwischendurch weinte sie, weil ihr die Hände wehtaten, die Vladan ihr hinter dem Rücken zusammengebunden hatte, und dann musste sie pinkeln, ihre Blase drohte zu platzen. Sie schaffte es, einen Blecheimer, der neben dem Schrank stand und in dem alte Zeitungen steckten, auszuräumen und sich darin zu erleichtern.

Aber Vladan kam nicht. Was tat er? Warum ließ er sie hier liegen?

Sie versuchte sich an schöne Dinge zu erinnern – nicht daran, dass sie hier lag, weil irgendjemand etwas aus ihrem Bauch von ihr hatte haben wollen. Ihre Mutter fiel ihr ein, wie sie, als sie fünf Jahre alt gewesen war, ein kleines knallgelbes Fahrrad aus dem Kofferraum gehievt hatte. Ein Geschenk aus Deutschland – ein Fahrrad für Julika mit lustigen Aufklebern, auf dem ein Kobold mit roten Haaren zu sehen war, der den Namen Pumuckl trug. Wie stolz war sie gewesen, doch gleich auf ihrer ersten Fahrt durch das Dorf, ihre Mutter an ihrer Seite, war sie gestürzt, sie hatte sich böse die Lippe verletzt und einen Milchzahn verloren.

Es wurde dunkel, und sie hatte keine Idee, was sie tun sollte.

Erst spät am Abend kam Vladan. Er schaltete das grelle Deckenlicht an und musterte sie misstrauisch. In einer Tüte hatte er zwei Burger mitgebracht, die schon kalt waren, über die sie sich aber sofort hermachte.

Vladan sah erschöpft aus. »Ich habe alles vorbereitet«, sagte er, nachdem er ihr die Fesseln abgenommen hatte. »Morgen ganz früh geht es los.«

Er führte sie noch auf die Toilette, wo sie auch den Blecheimer auskippen konnte, dann zog er sich aus und kroch ins Bett, diesmal ohne die Pistole auf dem Schränkchen abzulegen.

Sie hätte ihn gerne ein paar Dinge gefragt, doch er rollte sich zusammen, und dann hörte sie ihn schnarchen. Sie selbst konnte nicht schlafen. Die Hände taten ihr weh, nein, eigentlich schmerzte ihr ganzer Körper.

Als durch das vergitterte Kellerfenster das Mondlicht in den Raum fiel, tauchte die Maus wieder auf. Sie trippelte mitten ins Licht und schien da zu tanzen, sie drehte sich um sich selbst und badete in dem silbrigen Mondschein, bis Vladan ein heftiges Schnarchgeräusch von sich gab. Aufgeschreckt stob die Maus in eine finstere Ecke davon.

»Wenn ich einmal ein Kind bekomme«, sagte sie unvermittelt, nachdem die Maus verschwunden war, »dann nur von einem Mann, den ich wirklich liebe. Das schwöre ich bei meinem Leben.«

Vladan drehte sich in seinem Bett um und schaute sie an. »Ja«, sagte er. »Du hast recht. Wir sind keine guten Menschen, wir haben alle zu viele Fehler gemacht.«

Schlief er gar nicht? Konnte er auch keine Ruhe finden, oder war er wie ein Wachhund, der schlief und gleichzeitig auf der Lauer lag?

»Morgen früh wird sich alles entscheiden«, fügte er hinzu, nun jedoch mit schläfriger Stimme.

Die Stimme ihres Großvaters war auf einmal in ihrem Kopf, seine freundliche, nachsichtige Stimme. »Kein Mensch sollte allein sein, und niemand ist es auch. Es gibt immer jemanden, der einen liebt und versteht.«

Dann musste sie doch eingeschlafen sein, denn Vladan rüttelte sie wach.

»Komm«, sagte er, »es geht los. Unser Treffpunkt ist kurz nach Morgengrauen.«

Noch immer war es dunkel draußen. Vladan schaltete das Deckenlicht an. Von der Maus war nichts zu sehen, natürlich nicht. Nun bemerkte sie, dass er ihr neue Sachen gekauft hatte;

zwei Schlüpfer, Jeans, einen orangefarbenen Pullover. Richtig geschmackvolle Sachen, die ziemlich auffällig waren und ihr sogar passten. Aber sie konnte die Kleider nur mit Mühe anziehen, so aufgeregt war sie.

Zehn Minuten später standen sie an einem kleinen weißen Auto, das nagelneu aussah.

»Ein Mietwagen«, sagte Vladan, als er ihren Blick bemerkte. Er hatte sich auch neu angezogen, ganz schwarze Kleidung. Die Pistole hielt er in der Hand.

Sie durfte auf dem Beifahrersitz Platz nehmen. Ihr tat noch immer alles weh, an ihren Handgelenken hatte sie dunkle blutige Striemen. Einen Moment dachte sie, ob Vladan auch ihr eine Waffe geben würde, aber nein, das hatte er nicht mehr vor.

Stumm fuhren sie aus der Straße. Niemand begegnete ihnen, nur einmal ein Lieferwagen.

An einer Ampel kontrollierte Vladan sein Smartphone. Offenbar erwartete er eine Nachricht, aber dann legte er es wieder in das Fach neben sich. Er sprach kein Wort, die Anspannung stand ihm ins Gesicht geschrieben.

»Es ist nicht mehr weit«, sagte er, als hätte er ihren fragenden Blick gespürt.

Mittlerweile war es hell geworden, ein freundlicher, sonniger Tag zog herauf.

Sie spürte, wie ihr Herz immer schneller schlug, als wäre um sie eine Gefahr, die ihr Körper viel eher wahrnahm als sie selbst.

»Du bist ein schönes Mädchen.« Nun schaute Vladan sie doch an. »Du wirst ein glückliches Leben führen – anders als ich.«

Warum sagte er das?

Dann bog er abrupt von der Hauptstraße ab, als hätte er im letzten Moment einen Irrtum erkannt.

Sie waren in der Nähe des Flusses. Keine Häuser mehr, sondern eine schmale Straße und eine Brücke, die zu einer kleinen Insel mit Bäumen führte. Richtig aus Köln hinausgefahren waren sie jedoch nicht.

»Wir sind da«, sagte Vladan tonlos, wie ein Busfahrer, der die Endstation ankündigte.

»Was passiert nun?«, fragte sie mit banger Stimme.

Vladan schaltete den Motor aus und starrte vor sich hin. Er hob die Schultern. »Ove wird denken, dass er dich nun wiederhat, und dann werde ich ihn …« Er verstummte und zögerte. »Du musst nichts tun, nur mitgehen.«

Vladan stieg aus, eine Sekunde später folgte sie ihm. Die Brücke war eine Drehbrücke, erkannte sie an einem großen Schild, das aufzeigte, dass ein Teil der Konstruktion sich bewegen konnte. Niemand war zu sehen, keine Autos, keine Spaziergänger.

Was für ein Tag war heute? Donnerstag oder Freitag, wenn sie sich nicht irrte, aber für einen Werktag war hier wenig los.

Für einen Moment dachte sie an Flucht. Weglaufen, ganz schnell, nur weg. Ihr Herz klopfte noch wilder. Aber Vladan hielt die Pistole in der Hand.

Sie beide gingen langsam in Richtung Brücke, und da, ein Stück weiter an den Bäumen, stand jemand, der offensichtlich auf sie wartete – ein dunkler, geduckter Schatten. Ein zweites Auto war nicht zu entdecken. Vielleicht war dieser Jemand mit einem Boot gekommen.

Vladan starrte geradeaus, und dann tat er etwas, das sie erschreckte. Wieder begriff ihr Körper es zuerst. Er winkte, eine energische, kraftvolle Bewegung ohne jede Angst, sondern voller Zuversicht. Er winkte jemanden heran. Eine Einladung: Hier ist sie – ich habe sie mitgebracht. Ich bin kein Verräter.

Vladan wollte sie nicht retten, sondern er wollte sie ausliefern. Sie war der Preis dafür, dass er hoffte davonzukommen, indem er diesem Ove zeigte, dass er ihm vertrauen konnte.

Sie handelte, ohne zu überlegen, sie drückte sich gegen Vladan, brachte ihn ins Straucheln und langte nach der Pistole in seiner Hand. Überrascht von ihrem Angriff, zuckte er zusammen und geriet ins Taumeln. Er wehrte sie mit einer Hand ab, und dann durchdrang ein mörderisches, ohrenbetäubendes Krachen die Luft. Ein Schuss zerriss die Stille des Morgens und kurz darauf noch einer. Vladan oder sie hatte geschossen. Vladan schrie auf und stürzte zu Boden, sie sah, wie er fiel und wie Blut aus seinem Bein hervorspritzte, doch gleichzeitig hatte sie sich schon umgewandt, und sie lief, rannte so schnell, dass sie beinahe über ihre eigenen Füße strauchelte, weil sie kaum das Gleichgewicht halten konnte. Sie meinte, einen Schuss hinter sich zu hören, dass jemand auf sie zielte, aber vielleicht war es auch nur Einbildung. Sie rannte, ohne sich umzuschauen, zurück zur Hauptstraße. Kein Schuss traf sie, keine Hand legte sich auf ihre Schulter.

Erst als sie die Hauptstraße erreicht hatte, auf der einige Autos harmlos hin- und herfuhren, wagte sie einen hastigen Blick zurück.

Niemand, da war niemand, aber was hatte sie getan? Sie hatte auf Vladan geschossen. Vielleicht war er tot, oder er würde gleich sterben. So viel Blut war aus seinem Bein hervorgesprudelt.

37

Als sie die Tür aufschloss, überfiel sie eine Angst, die aus einer ganz anderen Richtung kam und die nichts mit dem tun hatte, was sie den ganzen Tag gedacht hatte. Was ist, wenn Max nicht mehr da ist? Wenn er genug davon hat, mit einer Polizistin zusammen zu sein, wenn er einfach schon seine Sachen gepackt hat, um allein nach Hawaii zu fliegen?

Der Gedanke entsetzte sie, und für einen Moment war er real. Ja, eine Sekunde lang war sie sicher, dass diese Angst einen tiefen Grund hatte.

Dann roch Birte ihn, seinen typischen Geruch von Rasierwasser, von Kaffee und seiner Haut, die immer ein wenig nach Wind roch, danach, dass er sich bei Wind und Wetter draußen bewegte.

Die Wohnung war dunkel; erst hörte sie auch nichts, dann Musik, so leise, dass sie kaum wahrnehmbar war. Da sang jemand – dieser amerikanische Songwriter, den er mitunter hörte: Jackson Browne, »Late for the Sky«.

Max regte sich; er saß auf dem Stuhl am Esstisch, den Laptop vor sich. Noch immer sagte er kein Wort, doch dann kam er in der Dunkelheit heran, er hatte seine Prothese abgelegt, daher bewegte er sich auf und ab wie ein ungelenker Tänzer. Wortlos umarmte er sie.

»Erst war ich ziemlich wütend«, sagte er leise, nachdem er sich von ihr gelöst hatte, »dann habe ich beschlossen, dass es gar nichts nützt. Ich habe etwas gebacken. Magst du eine Torte essen? Piña-colada-Torte nach einem Originalrezept aus Hawaii.«

Ich liebe ihn, dachte sie in diesem Augenblick, während sie zunächst nichts antworten konnte, ich liebe ihn mehr, als ich jemals einen Menschen geliebt habe.

Die Torte schmeckte furchtbar süß; Max hatte sie ordentlich mit Piña colada versetzt, aber es tat ihr gut, etwas zu essen.

Zehn Minuten später lagen sie im Bett und liebten sich. Birte hatte kaum ein Wort gesagt und tatsächlich für einige Minuten keinen Gedanken an ihren Fall verschwendet.

Diese andere Wirklichkeit holte sie erst wieder ein, als sie nebeneinanderlagen. Max streichelte ihre Brust und schaute in dem wenigen Licht, das von draußen hereinschimmerte, zu ihr auf.

»Heute habe ich das erste Interview zu meinem Buch vereinbart«, sagte er. »In vier Wochen ist es so weit. Übernächste Woche kommt ein Vorabexemplar.«

Als sie sich kennengelernt hatten, war er ein Fahrradkurier gewesen, nun war er ein Schriftsteller mit einem ersten Roman.

»Ich freue mich auf deine erste Lesung«, flüsterte sie. Dann sagte sie etwas, das sie selbst überraschte: »Was würdest du tun, wenn du unbedingt ein Kind haben wolltest, aber deine Frau keines bekommen könnte?«

Sein Kopf hob sich. In der Dunkelheit leuchteten seine Augen auf. »Ich möchte ein Kind haben, irgendwann. Und ich möchte, dass wir bald heiraten – wirklich.«

»Wenn es nicht ginge?«, beharrte sie. »Wenn ich kein Kind bekommen könnte?«

»Ich würde ein Kind erfinden«, antwortete er. »Ich würde eine Geschichte für ein Kind schreiben, das zumindest in meinem Kopf existiert.«

Sie musste lächeln. Max war so anders. Sie überlegte, ihm von ihrer Begegnung mit Olga Klever zu erzählen und von dem Sender an ihrem Wagen, aber dann spürte sie, wie sie davontrieb, in einen wohligen Schlaf hinein. Heirat, dachte sie als letzten Gedanken, er hatte wieder von Heirat gesprochen, und sie hatte wieder nichts erwidert.

Sie erwachte, weil ihr Smartphone irgendwo summte – am Esstisch, da, wo sie es liegen gelassen hatte. Es war bereits acht Uhr, erkannte sie mit einem Blick auf den kleinen Wecker auf dem Nachttisch neben ihr. Max schlief ein Stück von ihr abgewandt.

Das Smartphone summte weiter, ein durchdringender Ton.

Die Müdigkeit steckte ihr noch in den Knochen, als sie nackt in den Wohnraum wankte.

»Na endlich«, sagte Nele, »was ist heute los mit euch? Habt ihr schon Wochenende? Jan geht auch nicht ans Telefon. Die Wasserschutzpolizei hat vor einer Stunde bei Deutz eine Leiche gefunden. Könnte sein, dass es unser Rumäne ist, wenn ich mir das Foto so anschaue, das eben hereingekommen ist.«

Der Tote lag auf einer blauen Plane an Bord eines Polizeiboots, das im Rheinauhafen festgemacht hatte. Jan traf mit seinem Golf fast gleichzeitig mit ihr ein. Er sah genauso übernächtigt aus wie sie. Mittlerweile war es kurz vor neun Uhr. Jan hatte sich immerhin bereits einen Kaffee besorgt. Er hielt einen Pappbecher in der Hand.

Die Rechtsmedizinerin hatte Nele auch schon alarmiert. Monika Grams trug eine leuchtend rote Lederjacke. Sie hatte sich über den reglosen Körper gebeugt.

»Lange«, sagte sie ohne ein Wort der Begrüßung, »hat der arme Kerl bestimmt nicht im Rhein gelegen. Ich wette, seine Lungen sind voller Wasser.«

»Er ist ertrunken?«, fragte Jan. Er hatte sich vorgeschoben, während Birte einen Schritt zurückgeblieben war. Leichen anzuschauen überließ sie seit ihren ersten Tagen bei der Polizei am liebsten ihren Kollegen.

Der Tote trug schwarze Halbschuhe, die vom Wasser wie poliert worden waren, eine schwarze Hose und eine ebenfalls schwarze Jacke, die aussah, als wäre sie aus Ballonseide. Das schüttere graue Haar war nur an den Spitzen noch nass.

Als sie einen Blick auf sein fahles Gesicht mit den geschlossenen Augen werfen konnte, erkannte sie, dass Nele recht gehabt hatte. Dieser Mann war deutlich älter, aber er ähnelte dem Foto von Ernst Köber, das die rumänische Polizei ihnen gemailt hatte.

»Es ist Köber, zweifellos«, sagte Jan einen Moment später. Er deutete auf einen langen Riss in Köbers Hose. »Und hier? Ist er in eine Schiffsschraube geraten?«

Monika Grams erhob sich. »Nein, eine Schiffsschraube hätte

aus seinem Bein Hackfleisch gemacht. Ich muss mir die Leiche auf meinem Tisch genauer ansehen, aber mir scheint das eine Schusswunde zu sein. Jemand hat diesem Mann aus nächster Nähe ins Bein geschossen.«

Jan zog sein Smartphone hervor und machte ein paar Fotos von dem Toten. »Aber an der Verletzung ist er nicht gestorben, nicht wahr?«

»Wenn man am Bein eine Arterie trifft, kann man verbluten«, sagte die Rechtsmedizinerin, »doch eigentlich stirbt man an so einer Verletzung nicht so schnell.«

»Also hat ihn jemand mit dieser Wunde ins Wasser geworfen«, schloss Jan. Er schaute sich nach den Kollegen der Wasserschutzpolizei um. »Wo genau hat man ihn gefunden?«

Ein Uniformierter, der vor dem Steuerhaus gestanden hatte, rief etwas, das Birte nicht verstehen konnte. Sie beugte sich nun auch vor. Am linken Arm trug der Mann eine große goldene Uhr. Die Zeiger waren um sechs Uhr zwanzig stehen geblieben.

Jan trat neben sie. »Ein Ruderer hat ihn drüben in Deutz gefunden. Er trieb da im Wasser. Aber wo, verdammt, ist das rumänische Mädchen?«

Nachdem der tote Köber in die Rechtsmedizin abtransportiert worden war, fuhren sie mit der Wasserschutzpolizei wieder auf den Fluss hinaus.

Jan stand vorne am Bug. Birte neben ihm fröstelte. Die Sonne schien, aber ein kalter Wind schüttelte sie durch.

»Früher habe ich ein Boot hier gehabt«, sagte Jan und starrte vor sich hin. »Mit Therese bin ich manchmal nach Rodenkirchen runtergefahren. Einen Wein trinken im ›Treppchen‹ und zurück. Sie hat es geliebt und die ganze Zeit gekichert.« Er schaute sie traurig an. »Am Samstag ist die Beerdigung. Vierzehn Uhr … Ich habe noch nichts vorbereitet, doch nun wissen wir immerhin, dass einer der Schuldigen tot ist.«

Sie mussten mit dem Boot nur den Rhein überqueren. Kurz vor der Severinsbrücke hatte die Leiche im Wasser getrieben. Hier lag die Einfahrt zum Deutzer Hafen, wo die Polizeiboote für gewöhnlich festmachten. Der schmale Landstreifen hinter dem Hafen war nur über eine Drehbrücke zugänglich und ziemlich einsam. Hatte jemand Köber hierherbestellt, um ihn zu töten? Aber wieso hatte er eine Schusswunde am Bein?

»Wir müssen uns das Gelände ansehen«, sagte Jan neben ihr. »Vielleicht hat man Köber hier ins Wasser geworfen.«

Als das Boot in den Hafen hineinglitt, nahm der Wind ab. Sie unterquerten die Drehbrücke. Nur ein Schiff lag da, das mit Schrott beladen war. Kaum hatten sie festgemacht, zog Jan sein Telefon hervor.

»Schiller, Kriminalpolizei Köln«, sagte er, nachdem er eine Nummer gewählt hatte. »Könnte ich Herrn Rechtsanwalt Klever sprechen?« Er schaute Birte an, während ihm am Ende der Leitung geantwortet wurde. »Aber vielleicht können Sie mir auch eine Auskunft geben. Besitzt Herr Klever ein Motorboot?«

Die Antwort, die er erhielt, konnte Birte nicht verstehen, doch Jans Augen leuchteten auf. Mit einem kurzen Gruß verabschiedete er sich von Klevers Rezeptionistin.

»Klever hat seiner Dame am Empfang eine E-Mail geschrieben, dass er krank ist und sie alle Termine für heute absagen muss.« Jan lächelte, als müsse er einen kleinen Triumph hinauszögern. »Und er besitzt ein Motorboot. Es liegt im Rheinauhafen. Genaueres weiß sie leider nicht.«

38

»Spiel doch für sie«, hatte Nadine ihm am Morgen gesagt, nachdem er eilig geduscht hatte und in seine Wohnung hinaufgelaufen war, um sich ein paar neue Sachen zum Anziehen zu holen. »Nimm deinen Bass und spiel etwas für Therese auf ihrer Trauerfeier.«

Er hatte noch einen Tag und ein paar Stunden Zeit, dann musste er sich neben ihren Sarg postieren und eine Rede halten. Aber was nur sollte er sagen? Zudem hatten sie die Hintergründe ihres Todes noch immer nicht aufgeklärt, auch wenn sie ein paar Schritte weitergekommen waren. Dass Ernst Köber dann tot vor ihm auf den Planken eines Polizeiboots lag, erfüllte ihn für ein paar Sekunden beinahe mit Genugtuung. Dieser Mann hatte Thereses Tod zumindest mitverschuldet, und er hatte sie nicht gerettet, sondern sie viel zu spät zu einem Krankenhaus gefahren und sie einfach auf die Straße geworfen.

Aber wo war Julika, die junge Frau aus Sibiu, abgeblieben? Und von Fogt hatten sie ebenfalls keine Spur.

Nachdem sie sich am Deutzer Hafen umgesehen hatten, ohne etwas von Bedeutung zu entdecken, fuhren Birte und er ins Präsidium. Das Gelände war zu weitläufig. Am Rheinufer jenseits des Hafens könnte man Schießübungen veranstalten, ohne dass es jemand mitbekommen würde. Unmittelbare Anwohner gab es nicht, und anscheinend war auf Köber bereits kurz nach Tagesanbruch geschossen worden.

An ihrem Whiteboard hatten sie alles zusammengetragen, was sie herausgefunden hatten. Köbers Name stand da. Eizellenspenderin – Leihmutterschaft – Treues Cölln – Klever – Fogt – Julika – Irina.

Aber wo sollten sie nun weiter ansetzen?

»Ich bin für eine Hausdurchsuchung bei Klever«, sagte Schiller. »Wenn wir mehr über dieses Treue Cölln in Erfahrung bringen würden …«

»Vergiss es«, unterbrach Birte ihn ungewohnt energisch. »Er ist Rechtsanwalt. In seinem Büro hat er unendlich viele sensible Akten. Mandantenschutz. Kein noch so gutwilliger Richter wird eine Durchsuchung genehmigen, und nicht einmal Dr. Schroeder, unser Staatsanwalt, würde das Wagnis eingehen, es überhaupt zu versuchen.«

Schiller begriff, dass sie recht hatte. Blieb also Uwe Fogt. Sie wussten zu wenig über ihn. Wo hielt er sich auf, wenn er nicht in seiner Wohnung war? Hatte er eine Freundin? Eine Kneipe, einen Club, wo er häufiger auftauchte? Und wo war Julika? Sie war zumindest ein oder zwei Tage lang mit Köber zusammen gewesen. War es nur eine Frage der Zeit, bis man auch sie tot aus dem Rhein fischen würde?

Sein Smartphone summte. Monika Grams hatte ihm eine Nachricht geschickt. »Zwei Schusswunden im Bein. Lunge voller Wasser.« Dazu ein Smiley und der Zusatz, der ihn überraschte. »Bin ich gut, oder was?«

Einen Moment darauf klingelte sein Telefon.

»Ich habe etwas für Sie«, sagte Hermann Bottesch mit heiserer Stimme. »Ich weiß, wo meine Enkelin geschlafen hat. Haben Sie eine Spur von ihr? Ich glaube, sie ist in großer Gefahr.«

War der alte Mann so etwas wie ein Wünschelrutengänger, was seine Enkelin betraf? Oder verfügte er über einen siebten Sinn?

Er rief sie zu der rumänischen Gemeinde in Mülheim. Dort hatte jemand ein Fenster eingeschlagen, offenbar, um in einem Kellerraum zu übernachten. Auf einem Bett fanden sie zwei blutige Fesseln. Lange dunkelblonde Frauenhaare lagen auf einem Kissen. Ein zweites Bett wirkte gleichfalls benutzt.

Bottesch war sich sicher, dass die Haare von seiner Enkelin stammten. Für Schiller erübrigte sich die Frage, warum er hierhergefahren war. Rumänen gehen zu Rumänen. Birte und er waren hier selbst gewesen, aber zu früh, da hatte Köber noch bei Zautner Unterschlupf gefunden.

»Wo?«, fragte Birte den alten Mann. »Wo könnte Ihre Enkelin noch sein?«

Er zuckte mit den Achseln. »Ich weiß nicht. Ich weiß nur, dass es ihr nicht gut geht. Dass sie Angst hat.«

Dann zeigten sie ihm ein Foto des toten Köber.

Hermann Bottesch bekreuzigte sich, als er auf das Display schaute. »Was für ein Unglück!«, murmelte er vor sich hin.

»Wen würde Ihre Enkelin anrufen, wenn sie könnte?«, fragte Schiller. »Gibt es da jemanden in Deutschland?«

»Wir haben ein paar Nachbarn, die in den Westen gegangen sind. Aber die meisten sind abgefahren, als Julika noch sehr klein war. Und ...« Er hob ratlos die Arme. »Und die meisten sind nie zurückgekommen. Sie haben gesagt, sie kommen in den Ferien, aber das haben sie nur ein-, zweimal getan – wenn überhaupt. Ich passe auf ihre Häuser auf, damit sie nicht ganz verfallen, damit nicht durchziehende Flüchtlinge dort hausen und alles kaputt machen, aber sie schreiben nur Postkarten ... manchmal zu Weihnachten.«

Schiller stellte sich ein aussterbendes Dorf in Rumänien vor, in dem viele Deutschstämmige gewohnt hatten, die alle nach und nach verschwunden waren. Zuletzt, so schien es, waren nur Bottesch, seine Frau und seine Enkelin zurückgeblieben.

»Ihre Enkelin lebt«, sagte Birte plötzlich. »Wir sind uns da ganz sicher.«

»Ja«, erwiderte Bottesch. »Das weiß ich, aber ich weiß nicht, wo sie ist.«

»Gut«, erklärte Schiller dann. Er hatte einen Entschluss gefasst. »Wir suchen diesen Anwalt auf, und ich bitte Sie mitzukommen.«

Es war kurz nach zwölf Uhr, als sie bei Klever an seinem Privathaus vorfuhren; sie hatten einen anderen Dienstwagen genommen, einen alten Ford Focus. Die Kriminaltechnik hatte zugesagt, sich den Sender an ihrem Passat anzusehen, aber viel Hoffnung hatte man ihnen nicht gemacht, dass dabei etwas herauskommen würde. Solche Sender waren mittlerweile überall zu bekommen, bei jedem größeren Onlinehändler.

Klever wohnte in einem stattlichen weiß getünchten Haus

mit einem zurückliegenden Balkon und einem ausgebauten Erker; das Gebäude mochte aus den dreißiger Jahren stammen und bewies, wie erfolgreich er als Anwalt war. Durch einen gepflegten Vorgarten gelangte man über einen mit alten Steinen gepflasterten Weg zur Eingangstür. Klevers weißer BMW war nirgendwo zu sehen, aber das Garagentor neben dem Eingang war geschlossen.

Schiller hörte eine dunkle Glocke durch das Haus schlagen. Doch niemand öffnete. War Klever so krank, dass er das Bett gar nicht verlassen konnte?

Bottesch neben ihm trat unruhig von einem Bein auf das andere; er fühlte sich höchst unbehaglich.

Schiller drückte noch einmal auf den Klingelknopf, dann erkannte er durch das schmale Fenster in der Tür, dass sich jemand näherte.

Es war Olga Klever, die ihnen öffnete. Sie war barfuß, trug einen langen dunkelroten Bademantel und wirkte verschlafen.

»Ja bitte?«, fragte sie, dann fügte sie eilig hinzu: »Mein Mann ist nicht da, er ist …«

»Ist er nicht krank?«, fragte Schiller. »Hat Ihr Mann nicht deshalb heute alle seine Termine von seinem Büro absagen lassen?«

»Ich weiß nicht …« Sie griff sich in ihr zerzaustes rötliches Haar. Ihr Blick flackerte von Schiller zu Birte, dann zu Bottesch. »Ich habe ihn gestern Abend nur kurz gesehen. Ich war sehr aufgeregt … Ihr Besuch … Ich musste eine Tablette nehmen und …«

»Wir wollten eigentlich nur kurz Ihren Mann sprechen – wegen einer Auskunft«, sagte Birte mit sanfter Stimme, »aber können wir trotzdem kurz hereinkommen?«

Olga Klever wich zurück, als stellten sie eine Gefahr dar, der sie nichts entgegenzusetzen hatte.

Sie durchquerten eine hell geflieste Diele, an der ein Pop-Art-Bild des Kölner Doms an der Wand hing – die Kathedrale in Gold vor rotem Hintergrund.

Olga Klever schlurfte in eine ganz in Weiß gehaltene, steril wirkende Küche. Hier schien schon lange niemand mehr gekocht zu haben.

»Ich könnte einen Tee machen«, sagte sie, »falls ich alles finde …« Die letzte Bemerkung galt mehr ihr selbst.

Birte bedeutete dem verunsicherten Bottesch, sich zu setzen. Sie nahm neben ihm auf einem weißen Metallstuhl Platz. Schiller beobachtete, wie Olga Klever fahrig Tee aufschüttete und einen durchsichtigen Wasserkocher in Betrieb setzte.

»Sie wissen also nicht, wo Ihr Mann sich aufhält?«, fragte er.

»Nein, keine Ahnung.« Sie hatte eine Dose mit Tee in einer Schublade unter dem Kühlschrank gefunden. »Ich habe bis vor fünf Minuten geschlafen.« Nun hatte sie sich gefasst und reagierte deutlich unfreundlicher.

»In seiner Kanzlei ist Ihr Mann jedenfalls nicht«, fuhr Schiller fort. »Wo könnte er sein? Bei Ihrem Adoptivbruder vielleicht?«

Olga Klever wandte sich um. Sie verschränkte die Arme vor der Brust. »Ich müsste gar nicht mit Ihnen sprechen«, sagte sie. »Und noch einmal: Ich weiß nicht, wo mein Mann ist. Wenn er krank ist, sitzt er vielleicht bei seinem Hausarzt – Dr. Rainer Klefisch. Und von meinem Bruder habe ich seit ein paar Wochen nichts gehört.«

»Ihr Mann besitzt ein Motorboot am Rheinauhafen, nicht wahr?« Birte bemühte sich um einen besonders freundlichen Tonfall, wie Schiller registrierte. Manchmal funktionierte dieses Spiel – *bad cop, good cop*.

»Ja«, sagte sie, »aber er fährt kaum damit. War eine Schnapsidee von ihm. Erst hatte er ein Motorrad, dann dieses Boot.«

»Haben Sie vielleicht ein Foto von dem Boot? Oder wissen Sie, wo es liegt?«, fragte Birte nach.

Olga Klever hob die Schultern. »Keine Ahnung. Ich war höchstens zweimal auf dem Boot. Mir tut es nicht gut – diese Schaukelei und der kalte Wind.« Ihr Blick traf Bottesch, und man sah ihr an, dass seine Anwesenheit sie irritierte, aber sie sich nicht traute, eine Frage zu stellen. Stattdessen verteilte sie drei Tassen Tee. Sie selbst blieb dann am Ende des Tisches stehen.

Birte trank, als hätte sie alle Zeit der Welt.

»Ihr Adoptivbruder«, begann Schiller, der begriff, dass er nun wieder übernehmen sollte, »ist offenbar auch nicht in seiner Wohnung. Hat er noch eine Zweitwohnung, einen anderen Ort, wo er sich häufiger aufhält?«

Ein Auto fuhr draußen vorbei. Olga Klever hob den Kopf und lauschte. Ja, sie wartete auf ihren Mann und hatte tatsächlich keine Ahnung, wo er war. »Uwe hat ein Wohnmobil«, sagte sie. »Damit fährt er durch die Gegend, wenn er nicht arbeitet.«

Schiller warf Birte einen Blick zu. Sie hatten einen Fehler gemacht. Das hatten sie nicht recherchiert. Ein Wohnmobil – also konnte er sich sonst wo aufhalten.

»Mehr kann ich Ihnen wirklich nicht sagen.« Olga Klever wandte sich zum Fenster und blickte hinaus. »Und wenn Sie demnächst aus welchen Gründen auch immer meinen Mann sprechen wollen, dann fahren Sie bitte in seine Kanzlei.«

Sie begann wieder die Kranke zu spielen, die Frau, der alles zu viel war. Schiller spürte Wut in sich aufsteigen. »Frau Klever«, sagte er, »dieser Mann dort ist Hermann Bottesch, er wohnt eigentlich in einem kleinen Dorf in Rumänien, er gehört zu den Letzten der deutschen Minderheit, die das Land nicht verlassen haben, und er sucht seine Enkelin Julika. Jemand hat sie nach Deutschland gelockt, damit sie hier … ihre Eizellen spendet … für eine Leihmutter oder für jemanden, der keine eigenen Kinder auf die Welt bringen kann. Wir haben Ihren Bruder und Ihren Mann in Verdacht, dass sie beide mit dieser Sache zu tun haben. Und mit dem Mord an einer anderen Frau aus Rumänien. Was sagen Sie dazu?«

Olga Klever starrte Bottesch an, feindselig, mit zusammengekniffenen Augen, als müsse sie sich sein Gesicht genau einprägen.

»Sie haben doch ein Kind verloren, nicht wahr?«, schob Schiller nach, als Olga Klever nicht antwortete.

Birte seufzte auf. Sie, begriff Schiller, als er dieses Seufzen vernahm, hätte diesen Satz nicht über ihre Lippen gebracht.

»Ganz recht«, flüsterte Olga Klever. »Ich habe ein Kind verloren, und ich habe mich davon nie erholt. Niemand tut das, keine Mutter.«

»Wir tun viele Dinge aus Trauer und Verzweiflung«, sagte Bottesch unvermittelt, »weil wir nicht alle Schmerzen aushalten können. Manchmal möchten wir nur weinen oder schreien. Menschen brauchen Trost und Fürsprache. Ohne Trost gehen wir ein wie eine Blume, die nicht genug Wasser bekommt.«

»Ganz recht«, sagte Olga Klever leise, »kein Trost, kein …« Sie brach ab.

Schweigen breitete sich aus. Bottesch sah auf seine Hände, er wirkte plötzlich traurig, als hätte er Mitgefühl für diese schöne, abgehärmte Frau, die vor ihm stand und immer kleiner zu werden schien.

»Frau Klever …« Schiller gab noch nicht auf. »… dieser Kreis, der sich Treues Cölln nennt – hat Ihr Mann ihn deshalb gegründet, um getarnte Geschäfte zu machen? Ein Kreis für Leute, die eine Leihmutter suchen, damit sie sich heimlich treffen können …«

Olga Klever schnaubte. »Ich habe genug gesagt. Gehen Sie bitte!« Ihre Stimmung kippte nun völlig. »Treues Cölln ist ein Gesprächskreis, nicht mehr. Mein Mann ist ein Patriot, auch wenn das manche Leute nicht begreifen. Er hat sich über viele Dinge in Köln geärgert, über den Dreck überall, die ständigen Baustellen, dass nichts rechtzeitig fertig wird. Deshalb treffen sich ein paar Bürger, denen die Stadt am Herzen liegt. Das ist alles.«

»Namen«, sagte Schiller. »Geben Sie uns ein paar Namen.«

Olga Klever schüttelte den Kopf. Dann surrte ein Smartphone. Sie griff hastig in die Tasche ihres Bademantels und zog es hervor. Als sie das Gespräch annahm, konnte selbst Schiller die laute, aufgeregte Stimme ihres Mannes hören. »Olga, bist du noch in Köln? Fahr bitte sofort in die Eifel zurück, ja?«

39

Sie hatte keinen Blick, für niemanden. Sie hastete die Hauptstraße entlang. Autos rauschten an ihr vorbei, Passanten auf dem Weg zur Arbeit kamen ihr entgegen, Männer auf dem Fahrrad, die sie fast umgefahren hätten, doch niemand interessierte sich für sie. Ihr Herzschlag dröhnte so laut, dass er alles andere übertönte.

Du hast einen Menschen getötet, schrie eine Stimme in ihr. Sie hatte Vladan getötet. Es konnte nicht anders gewesen sein.

Erst als sie einen Bahnhof erreicht und ihr Herzschlag sich ein wenig beruhigt hatte, begriff sie, dass sie noch immer die Pistole in der Hand hielt und dass ihr Pullover voller Blut war. Sie hätte die Waffe am liebsten weggeworfen, irgendwohin, doch dann schob sie das Metallding tief in ihre Hosentasche. Wie sollte sie das Blut loswerden? Ihr orangefarbener Pullover und ihre Jeans sahen aus, als hätte sie ein Schwein geschlachtet, und auch an ihren Händen klebte Blut.

Für die Toilette im Bahnhof musste man bezahlen, aber sie hatte keinen Cent in der Tasche. Nichts.

Voller Panik lief sie zu den Gleisen hinauf. Ein Zug stand da. Sie sprang hinein und begab sich geradewegs auf die Toilette. Aus einem Plastikhahn tröpfelte ein wenig Wasser, immerhin genug, um sich die Hände zu waschen.

Als der Zug nach ein paar Momenten ruckelnd anfuhr, zuckte sie zusammen. Was würde nun passieren? Aber im Grunde war es gleichgültig, wohin der Zug fuhr. Sie wollte nur weg, alles hinter sich lassen.

Mit einem Papiertaschentuch, das sie unter Wasser hielt, versuchte sie auch ihren Pullover zu säubern, das Blut ließ sich jedoch nicht so einfach abwaschen. Sie verrieb es eher, als dass sie es entfernte.

Dann kam der Zug quietschend zum Stehen. Sie hörte eine Durchsage. »Endstation – alles aussteigen!«, sagte eine harte, unfreundliche Stimme.

Weit konnte sie nicht gekommen sein. Sie vernahm Schritte auf dem Gang und eine Tür, die sich mit einem Zischen öffnete. Sie wartete ein paar Momente, dann schloss sie auf und spähte auf den Gang hinaus. Niemand war zu sehen. Eilig verließ sie die Toilette und sprang aus dem Zug.

Sie war auf dem Kölner Hauptbahnhof gelandet. Hier war sie vor fast zwei Wochen angekommen, unten auf dem Busbahnhof, voller Hoffnung und trotzdem mit einem klammen Gefühl im Bauch. Zum ersten Mal hatte sie ihre Großeltern zurückgelassen, doch damals hatte sie noch gedacht, sie würde in einem Restaurant arbeiten und viel Geld verdienen, von dem sie einen Teil ihrem Großvater schicken würde.

Nun war sie eine Verbrecherin geworden, eine Kriminelle, die ins Gefängnis gehörte.

Sie lief eine Treppe hinunter und gelangte in die Haupthalle, durch die ein Strom von Menschen driftete. Alle hasteten mit angestrengten Gesichtern umher, jeder schien auf seiner eigenen Bahn dahinzugleiten und sein Ziel zu kennen. Sie ließ sich mit der Menge zum Ausgang treiben. Da ragte imposant und mächtig der Dom auf. Plötzlich wusste sie, wohin sie gehen würde.

Es nahm ihr den Atem, nachdem sie den Eingang passiert hatte. Die Kirche war bereits geöffnet; eine Orgel erscholl; es war wie eine Flut aus Tönen, die sich in die Kirche ergoss. Hell war der Dom, hell und bunt, weil so viel Licht durch die großen farbigen Fenster fiel. Als würde die Musik sie leiten, ging sie weiter in das Gotteshaus hinein, vorbei an rot gekleideten Männern, die offenbar die Aufseher waren. Eine Messe begann, nur wenige Gläubige verteilten sich im Kirchenschiff. Sie suchte sich eine Bank ganz am Rand aus und sah, wie ein uralter glatzköpfiger Priester an den Altar trat.

Wie konnte es sein, dass sich in solch einer Kirche nur so wenige Menschen zu einem Gottesdienst versammelten? Sie selbst war anders als ihre Großeltern nicht gläubig, aber nun spürte sie etwas, etwas, das ihr Kraft und neue Zuversicht verlieh.

Weil der Priester so undeutlich sprach, konnte sie kaum etwas verstehen; die Worte waren allerdings auch nicht wichtig; wichtig waren die Musik und das schwebende bunte Licht.

Es gibt einen Gott, sagte dieses Licht, und es gibt so viel mehr: Liebe, Wahrheit, Hoffnung.

In dieser Kirche war auch Therese, die alte Frau, oft gewesen, fiel ihr ein. Sie schloss für einen Moment die Augen und stellte sich vor, Therese würde neben ihr sitzen. Doch nein, die alte Frau war tot, und auf einmal spürte sie wieder, schwer und stechend, die Pistole in ihrer Hosentasche. Sie war mit einer Waffe in ein Gotteshaus gegangen.

Einen Moment später, so kam es ihr jedenfalls vor, legte sich eine Hand zart auf ihre Schulter. Sie schreckte auf.

»Pardon, gnädige Frau«, sagte ein älterer Mann, der das rote Gewand der Aufseher trug, in einem vornehmen Flüsterton, »Sie dürfen hier nicht schlafen. Das ist das Haus Gottes.«

Sie nickte heftig, Ja, gewiss, nicht schlafen. Ja, sie hatte verstanden.

Sie sprang so abrupt auf, dass ihr schwindlig wurde. Sie roch nach Schweiß und Blut, doch der ältere Mann hatte sich bereits wieder abgewandt, sodass er es nicht bemerkte.

Die Messe war längst beendet. Nun spazierten Touristen durch den Dom, tuschelten miteinander, machten Fotos.

Sie hastete auf den Ausgang zu und drehte sich noch einmal um. Ein letzter Blick in diese einzigartige Kathedrale. Vielleicht würde sie nie wieder die Gelegenheit haben zurückzukehren.

Sie hatte Vladan erschossen – und wenn nicht erschossen, dann wahrscheinlich schwer verletzt.

Die Sonne schien, über den Domplatz wehte ein kühler Wind. Es mochte nun neun Uhr sein oder vielleicht sogar ein wenig später. Sie hatte Hunger und noch immer keinen einzigen Cent in der Tasche.

Zwei Polizisten schlenderten über den Domplatz; der Blick des einen traf sie und wanderte dann gleich weiter. Das Blut auf ihrem Pullover war getrocknet und sah nun wie Schmutz aus.

Auf der Rückseite des Doms hantierte ein jüngerer Mann, der

eine knallgelbe Latzhose trug, mit zwei Eimern und einer Art Kescher, einem langen Stock, an dem ein runder Draht befestigt war. Er tauchte den Draht in den größeren der beiden Eimer und warf einige riesige schillernde Seifenblasen in die Luft. Sofort blieben die ersten Passanten stehen, und zwei kleine Kinder, die kaum laufen konnten, lösten sich von ihren Müttern und versuchten, die umhertanzenden Blasen einzufangen.

Den Mann stachelte dieser erste Erfolg weiter an. Immer mehr Seifenblasen warf er durch geschickte Bewegungen seines Keschers in die Luft.

Große und kleine Blasen schwirrten um sie herum; die Kinder kreischten begeistert, ältere Männer holten ihre Smartphones hervor und filmten das Schauspiel lächelnd.

Ein Gefühl der Schwerelosigkeit hatte sich über den Platz gelegt – nur durch ein paar tanzende Seifenblasen.

Unvermittelt hüpfte der Seifenblasenmann auf sie zu, ergriff ihre Hand und zog sie in den Kreis um seine zwei Eimer, den niemand der Zuschauer zu betreten gewagt hatte.

»Komm und hilf mir«, sagte er leise in einem Akzent, der verriet, dass er kein Deutscher war. Er zeigte ihr, wie sie den Stock mit dem gebogenen Draht in den Eimer tauchen sollte, um dann die Seifenblasen zum Himmel zu werfen. Sie lachte; ja, ihre Blasen waren kleiner und flogen auch nicht so hoch, doch auch sie schillerten und wurden mit Staunen betrachtet.

Während sie Kunstwerke aus Seife produzierte und dem Wind überließ, lief der Seifenblasenmann mit einem Hut herum und sammelte Geld ein. Jedes Mal, wenn jemand eine Münze oder sogar einen Schein hineinwarf, neigte er wie ein Zirkuskünstler den Kopf.

Erst als er auch die hinteren Reihen abgelaufen war, kehrte er zu ihr zurück und nahm ihr den Stock wieder ab – mit einer noch tieferen Verbeugung.

»Ich bin Andrej«, raunte er ihr zu. »Nun siehst du nicht mehr traurig aus. Bleib noch ein bisschen, ja?«

Sie nickte, während sie langsam zurückwich, und Andrej zwinkerte ihr zu. Er mochte dreißig sein, sein Haar hatte er zu einem kleinen Zopf gebunden; unter seinem gelben Overall war er klapperdürr, und seine Füße steckten in löcherigen schwarzen Stoffturnschuhen.

Nach etwa zwanzig Minuten wiederholte sich das Spiel – er holte sie in den Kreis und sammelte Geld ein, derweil sie sich abmühte, möglichst große Seifenblasen in den Wind zu werfen.

»Ich mache einen Break«, sagte Andrej dann, »du hast mir schön geholfen. Nun essen wir zusammen, ja?«

Andrej war ein sanfter Zauberer, er schaffte es, sie abzulenken und in eine völlig andere Welt zu versetzen. Er führte sie auf der anderen Seite des Bahnhofs in einen vietnamesischen Imbiss und bestellte für sich und für sie. Dann erzählte er ihr in gebrochenem Deutsch, weil sie kaum Englisch sprach, wer er war. Er sei ein IT-Experte aus Krakau, doch vor vier Wochen habe seine Freundin ihn verlassen, er habe seinen Job gekündigt, und nun mache er eine Reise durch Europa – als Seifenblasenmann. Bis Gibraltar wolle er kommen und dann umkehren.

Sie tranken Tee und aßen ein Gericht, das aus Reis und Tofu bestand, und zwischendurch hatte sie das Gefühl, zu träumen. Was war plötzlich passiert? Sie saß mit einem sympathischen Mann da, der sich auch für sie interessierte, für ihr Leben in Rumänien, und vor ein paar Stunden noch war sie eine Gefangene gewesen.

Leider konnte sie Andrej nicht die Wahrheit sagen. Sie habe sich mit einer Freundin gestritten, erklärte sie, diese Irina habe noch ihr Gepäck in ihrem Auto und sei damit weggefahren. Deshalb sei sie gewissermaßen mittellos zurückgeblieben.

Es war Andrej nicht anzusehen, ob er ihr glaubte oder nicht.

»Ich habe eine Unterkunft – ein kleines Zimmer«, sagte er. »Wenn du willst, kannst du dort ein paar Tage bleiben – bis ich weiterziehe.« Es klang ehrlich und kein bisschen, als würde er mehr von ihr wollen.

Sie nickte, sagte aber kein Wort. Dann geschahen zwei Dinge beinahe gleichzeitig. Als sie zurück durch den Bahnhof gingen, weil Andrej mit seinem Seifenblasenspiel weitermachen wollte, sah sie auf einem riesigen Bildschirm plötzlich Vladan. Abrupt blieb sie stehen. Ja, das war Vladan auf einer Fotografie; er hatte die Augen geschlossen, er wirkte bleich und leblos, aber es war eindeutig sein Gesicht, das in einer Nachrichtensendung, die da ohne Ton lief, gezeigt wurde.

Sie spürte, wie ihr der Schweiß ausbrach und ihr Herz loshämmerte.

»Was ist?«, fragte Andrej und griff nach ihrer Hand.

Sie machte einen Schritt, taumelte weiter. Sie hatte Vladan getötet. Man hatte ihn gefunden – ermordet – und fragte sich nun, wer ihn getötet hatte. Warum hätte sonst sein Gesicht auf diesem riesigen Bildschirm auftauchen sollen?

»Mir ist nicht gut«, flüsterte sie. »Vielleicht das Essen.«

Andrej griff in seine Tasche und holte einen Schokoladenriegel hervor. »Iss«, sagte er. »Das hilft dir. Schokolade hilft immer.«

Sie nahm den Schokoriegel, brachte es aber nicht fertig, hineinzubeißen.

Ich habe jemanden erschossen, hätte sie beinahe gesagt, einen Mann, der mich gefangen gehalten hat … wegen … weil er etwas von mir haben wollte … für ein Kind. Doch nein! Diese Geschichte hätte nicht einmal ein so freundlicher Mensch wie Andrej ihr geglaubt.

Kaum hatten sie den Dom umrundet, geschah etwas anderes. Als sie fast wieder an dem Platz angekommen waren, an dem Andrej sein Seifenblasenspiel fortsetzen wollte, verdüsterte sich auch seine Miene abrupt. Zwei Polizisten in Uniform standen wartend da.

Im ersten Moment glaubte sie, die Polizisten seien ihretwegen gekommen, doch dann stieß Andrej einen lauten Fluch aus. Mit einer schnellen Bewegung ließ er den Eimer mit der frisch aufgefüllten Seifenlauge und seinen Kescher fallen und lief davon.

Ratlos spazierte sie umher. Sie fror, manchmal streifte sie der Blick eines Passanten, aber eigentlich hatte sie das Gefühl, dass niemand sie sah. Sie hatte geglaubt, dass sie hierhergehören würde; sie war auch eine Deutsche, wie ihr Großvater ihr immer eingeredet hatte, doch das stimmte nicht. Sie gehörte hier nicht hin, sie sprach anders, sie verstand auch vieles nicht, was hier geredet wurde, und das Tempo, mit dem die Menschen umherliefen, war nicht ihr Tempo.

Was hätte sie am liebsten getan? Sich irgendwo hingesetzt und auf ihren Großvater gewartet. Im Grunde war sie gar keine erwachsene Frau von fünfundzwanzig Jahren, sondern eine ängstliche Zwölfjährige, die gerne auf ihre Wiese gelaufen wäre und die Hände ausgebreitet hätte, damit die Schmetterlinge kamen und sich auf ihre Haut setzten. Warum war sie überhaupt fortgegangen? Sie hatte ihre Arbeit in dem Café in Sibiu gehabt. War es wegen Florim gewesen? Weil er sie verlassen hatte? Ach, es spielte nun keine Rolle mehr.

Sie ging zum Rhein hinunter, die Promenade entlang, dann wieder zurück. Als sie sich noch einmal in den Bahnhof schlich, tauchte das Foto von Vladan auf der Leinwand nicht mehr auf; jetzt waren da ein Sportler, ein Tennisspieler, der einen Pokal gewonnen hatte, und der amerikanische Präsident zu sehen.

Sollte sie sich der Polizei stellen? Ihnen alles erklären? Für einen Moment dachte sie daran, aber schon wenige Sekunden später sank ihr der Mut. Sie würde ins Gefängnis kommen, und ihre Großeltern würde es umbringen, zu erfahren, dass ihre einzige Enkelin zu einer Mörderin geworden war. Nein, es musste ihr etwas anderes einfallen.

Als sie noch einmal am Dom vorbeilief, in der stillen Hoffnung, Andrej zu begegnen, der es geschafft hatte, der Polizei zu entkommen, wusste sie, was sie tun würde, als hätte das alte Gemäuer es ihr zugeflüstert.

Therese, die alte Frau, hätte bestimmt nichts dagegen, wenn sie in ihr Haus ging und sich ein paar Geldscheine lieh, die sie in ihrer Küche in einer Pappschachtel aufbahrte, wie sie ihr verraten hatte.

Zum Glück hatte sie sich den Weg zum Haus der alten Frau gemerkt; eine Straßenbahn, in die man sich hineinschleichen konnte, ohne zu bezahlen, fuhr in diesen Stadtteil hinaus. Sie setzte sich auf einen Einzelplatz und hielt den Kopf gesenkt, als würde sie dadurch möglichst wenig Aufmerksamkeit auf sich ziehen.

Verzeih mir, alte Frau, sagte sie stumm vor sich hin, aber ich weiß mir keinen anderen Rat. Ich brauche ein wenig Geld, um nach Hause zu kommen. Dann bezahle ich alles zurück, versprochen.

Irina, Therese und Vladan waren tot, die einzigen Menschen, mit denen sie in diesem fremden Köln zu tun gehabt hatte. Es war, als würde ein Fluch auf ihr liegen.

Die meiste Zeit fuhr die Bahn unter der Erde; am Anfang drängten sich die Menschen an den Türen, doch dann, als sie eine hässliche Straße entlangfuhr, leerten die einzelnen Wagen sich nach und nach. An der vorletzten Station musste sie aussteigen; das hatte Therese ihr erklärt. Sie sprang hinaus und brauchte nur ein paar Momente, um sich zu orientieren. Ja, sie musste sich nach rechts wenden, in eine schmale Straße mit weißen niedrigen Häusern. Der Schlüssel zur Eingangstür befand sich in einem Versteck an der Kellertreppe; auch das hatte die alte Frau ihr verraten. Therese war so freundlich und hilfsbereit gewesen, dass ihr plötzlich die Tränen kamen. Wo war die alte Frau jetzt? Hatte man sie schon begraben, wo sie doch keinen Mann mehr und keine eigenen Kinder gehabt hatte?

Das Haus hatte die Nummer 7; eigentlich ihre Glückszahl. Das hatte sie auch gesagt, als sie zum ersten Mal hier gewesen war. Die alte Frau hatte heiser gelacht. »Deshalb wohne ich hier – weil die Sieben auch meine Glückszahl ist. Die Zahl für Gott und die Welt.«

Sie wartete einen Moment, ging einmal auf und ab, doch in dem Haus war niemand zu sehen. Sollte sie klingeln, falls doch jemand da war? Sie öffnete ein rostiges, quietschendes Tor und ging dann sofort zur Kellertreppe. Sie musste die Wand vorsichtig abtasten, um den lockeren Stein zu finden, und da lag tatsächlich ein langer einzelner Schlüssel.

Es wird alles gut, sagte der Schlüssel. Er schmiegte sich sofort in ihre Hand, doch kaum wollte sie zurückgehen, die Treppen wieder hinauf, fiel ein Schatten auf sie. Da stand jemand, eine massige Gestalt, ein Mann mit einer Basecap.

»Julika«, sagte er in einem Tonfall, der freundlich tat, aber es nicht war, »du hast uns eine Menge Ärger gemacht, aber nun habe ich dich ja endlich.«

40

»Also, wenn Klever krank bei seinem Arzt sitzt«, sagte Birte, »dann darfst du mich ab morgen Berta Jessen nennen.«

Gemeinsam mit Bottesch hatten sie Klevers Haus verlassen. Olga Klever sah ihnen von einem Fenster nach, als wollte sie ganz sicher sein, dass sie auch wirklich gingen.

Jan nickte und lächelte. »Birte ist ein viel schönerer Name als Berta – wird wohl nicht dazu kommen.« Er wandte sich noch einmal um. »Aber warum ist er so aufgeregt, dass er seine Frau bittet, unbedingt in die Eifel zurückzufahren?«

Bottesch räusperte sich. »Ich möchte gerne noch ein wenig spazieren gehen … durch die Stadt, wenn Sie gestatten.«

Klar, er wollte sich mit seinem siebten Sinn weiter auf die Suche nach seiner Enkelin begeben.

»Halten Sie uns auf dem Laufenden«, sagte Birte nur, bevor sie in ihren Dienstwagen stieg.

Jan hatte bereits Nele am Telefon. Offenbar hatte sie herausgefunden, wo genau Klevers Motorboot lag. Die Untersuchung des Senders an ihrem alten Dienstpassat hatte allerdings nichts erbracht.

»Schultke muss einen seiner Leute hinausschicken«, sagte Jan. »Ich könnte mir vorstellen, dass sie noch Blutspuren von Köber finden werden.«

Dann, kaum dass er aufgelegt hatte, meldete sich die Rechtsmedizinerin bei ihm.

Birte konnte ihre laute und irgendwie fordernde Stimme hören, als wollte sie Jan provozieren. Vielleicht, dachte sie, hatte Monika Grams von dem One-Night-Stand erfahren, den Jan mit ihrer Vorgängerin gehabt hatte.

»Beehren Sie mich doch einmal, Herr Schiller«, sagte sie. »Ich glaube, ich habe etwas für Sie.«

Als Jan nachfragen wollte, worum es ging, hatte sie bereits aufgelegt.

»Du übst anscheinend eine besondere Wirkung auf Ärztinnen aus, die es lieben, an Leichen herumzuschnippeln«, sagte Birte. »Ist dir das schon einmal aufgefallen?«

Jan schwieg einen Moment lang. »Weißt du was?«, sagte er dann. »Ich war über zehn Jahre mit Carla zusammen, und ich hatte keine Ahnung, was Liebe ist. Nun, seit ein paar Wochen, seit ich Nadine kenne, weiß ich es.«

So hatte sie ihn noch nie reden hören. Sie wollte etwas entgegnen, etwas wie: Wann stellst du mir diese Wunderfrau endlich einmal vor? Denn bisher hatte sie Jans Freundin nur einmal aus der Ferne gesehen, doch er hatte schon wieder sein Smartphone ergriffen.

»Ich möchte Sonnenblumen neben dem Sarg stehen haben, große Sonnenblumen, so viele Sie auftreiben können. Diese Feier darf nicht zu traurig werden. Außerdem brauchen wir vier Mikrofone. Eine Band wird zu Ehren der Toten spielen.«

Als er die Verbindung unterbrochen hatte, sah er Birte an. »Morgen um zwei Uhr stehe ich neben Thereses Sarg ... Wir haben noch fünfundzwanzig Stunden, um Fogt und Klever zu finden und den Fall aufzuklären.«

Sie antwortete nichts darauf, sondern bog zur Rechtsmedizin ab.

Monika Grams saß in ihrem dunklen Raum, der zum Melatenfriedhof hinauswies, sie trug zivile Kleidung, einen geschmackvollen dunkelroten Rock und eine schwarze Bluse. Sie hatte sogar ein wenig Make-up aufgelegt. Birte versuchte darauf zu achten, ob sie vielleicht enttäuscht war, dass Jan nicht allein gekommen war, doch wenn, dann ließ sie es sich nicht anmerken.

»Der Kriminalassistent, der bei der Obduktion dabei war, ist schon wieder gefahren«, sagte sie. »War, glaube ich, das erste Mal, dass er so etwas gesehen hat – der arme Kerl.« Sie hielt eine Plastiktüte in die Höhe. »Der Tote hatte ein paar persönliche Sachen in seinen Taschen. Solltet ihr euch ansehen.«

Sie hielt ihnen die Tüte hin. Birte reagierte als Erste, sie zog sich Latexhandschuhe an, bevor sie die Tüte nahm und öffnete.

Sie enthielt ein dünnes Lederportemonnaie. Ein verknitterter Zwanzig-Euro-Schein klebte darin, dann zwei Scheine, die Birte nicht kannte, wahrscheinlich rumänisches Geld, eine Rechnung für Kleidung über hundertfünfzig Euro und mehrere Fotos, die alle wegen der Nässe leicht gewellt waren. In einem kleinen Fach befanden sich ein paar Münzen.

Monika Grams nickte, als Birte die Fotos auf den Schreibtisch legte. Es waren sechs Frauenporträts – fünf Passbilder, nur eines der Fotos hatte ein anderes Format. Dieses Foto war älter, noch in Schwarz-Weiß und in der Mitte geknickt. Es zeigte eine Frau mit langen blonden Haaren, die mit leicht gesenkten Lidern in die Kamera blickte. Von ihrer Kleidung war wenig zu sehen, nur ein weißer Kragen, der möglicherweise zu einer Art Kluft gehörte. Die fünf anderen Fotos waren in Farbe, sie wirkten, als seien sie alle mit derselben Kamera aufgenommen; fünf junge Frauen, die den Betrachter anschauten, zwei lächelten ein wenig gezwungen, drei blickten verunsichert; drei waren dunkelhaarig, zwei Frauen waren blond; sie mochten alle Mitte zwanzig sein.

»Das waren die Frauen, auf die Köber aufpassen musste«, sagte Jan. »Die fünf – die sechste passt nicht ins Bild.«

»Ganz recht«, sagte Monika Grams. »Auf der Rückseite der fünf kleineren Fotos hat er sich etwas notiert. Man kann es nicht mehr richtig lesen, weil die Schrift zerlaufen ist.«

Vorsichtig drehte Birte die Fotografien um. Ja, da stand etwas, jeweils ein Wort. Man konnte noch einzelne Buchstaben erahnen.

»Die Namen«, sagte sie, »er oder jemand anders hat die Namen der Frauen aufgeschrieben.«

Wahrscheinlich war auch die Frau, die sie verbrannt in dem einsamen Haus gefunden hatten, auf diesen Fotos zu sehen, und es musste noch vier andere geben, die sie nach Deutschland gelockt hatten. Julika Bottesch war jedoch nicht darunter.

»Sonst ist nichts in dem Portemonnaie?«, fragte Jan.

Jemand klopfte an die Tür. »Hallo?«, fragte eine dumpfe Stimme.

Roman Zautner stand da – in einer schwarzen Lederjacke und einer schwarzen Samthose, zurechtgemacht wie für eine Beerdigung. »Ich bin herbestellt worden«, sagte er und sah Birte überrascht an. »Wegen meinem Onkel. Wie ist er gestorben? Welches Schwein hat ihn umgebracht?«

»Jemand hat Ihren Onkel in einen Hinterhalt gelockt«, sagte Jan mit harter, gefühlloser Stimme. »In den Hinterhalt ... und ihm dann zwei Kugeln ins Bein geschossen, vielleicht um ein paar Dinge zu erfahren, und dann hat er ihn in den Rhein geworfen. Ihr Onkel ist jämmerlich ertrunken. Nur leider – und das hat der Mörder nicht erwartet – hat ein Ruderer ihn sehr bald gefunden. Deshalb liegt er nun hier in der Rechtsmedizin.«

Die Sätze verfehlten ihre Wirkung auf Zautner nicht. Er schien sich zu ducken, als wäre jedes Wort ein Pfeil, dem er ausweichen wollte.

»Es wäre an der Zeit, uns nun alles zu sagen«, schob Jan nach. »Über Fogt, über Klever, über diesen Verein, der sich Treues Cölln nennt.«

Birte sah an Zautners Miene, wie es in ihm arbeitete – Wut, Entsetzen, vielleicht auch Angst spiegelten sich auf seinem Gesicht.

»Alle haben in Ernst immer nur den Scheißkerl gesehen, den Betrüger, den Trickser, den ehemaligen Geheimagenten, dabei war er so gar nicht. Er kannte sich mit Pilzen aus. Im Herbst sind wir Pilze sammeln gegangen, er hatte da wirklich jede Menge Ahnung. Von Pflanzen, auch von Tieren. Als Kind hatte er eine Schmetterlingssammlung ... Er war ... Er war kein schlechter Mensch.«

Einen Moment trat Stille ein. Zautner begann zu schniefen, er strich sich über die Augen, als müsse er sich eine Träne wegwischen. Es sah nach schlechter Schauspielerei aus, doch Birte begriff, dass es ernst war. Roman Zautner schien zum ersten Mal in seinem Leben zu weinen, und er tat es unbeholfen und linkisch.

Jan jedoch war unerbittlich. »Sie können Ihren Onkel gleich

sehen, aber vorher sagen Sie uns alles, was wir noch nicht von Ihnen gehört haben. Wo genau befindet sich das Haus, in dem Ihr Onkel auf diese Frauen aufgepasst hat?«

Zautner hob den Kopf, er fing sich wieder. Noch einmal rieb er sich die Augen, aber Tränen waren da keine. »Ich weiß nicht viel«, sagte er leise, »wirklich. Diesen Fogt habe ich nie gesehen. Ich durfte Ernst auch nie besuchen, das war streng verboten, aber ich weiß, wo das Haus ist, eine alte Pension. In Rodenkirchen. In der Gneisenaustraße.«

Das Haus lag in einer stillen Seitenstraße, ein graues zweistöckiges Gebäude, von dem der Putz abplatzte und das man über bröckelige Steinplatten durch einen ungepflegten Vorgarten erreichte. Eine ebenfalls steinerne Treppe führte zu einer doppelflügligen Eingangstür. Eine andere, schmalere Treppe, die noch brüchiger aussah, führte zu einer Kellertür hinab. Kein Auto parkte in der Einfahrt. Es war auch niemand zu sehen.

Jan nickte Birte zu, dann ging er die Stufen hinauf. »Pension Rheinsonne«, stand auf einem verblichenen Türschild. Sie hörten ein schrilles Klingeln, aber niemand zeigte sich.

»Habe ich auch nicht erwartet, dass man uns hier empfängt«, sagte Jan. Er griff nach seinem Smartphone. »Wir werden uns Zutritt verschaffen müssen. Jemand von der Kriminaltechnik muss kommen.«

Im nächsten Moment wurde die Tür geöffnet. Eine ältere Frau mit hellroten Haaren wollte soeben das Haus verlassen. Sie trug einen weißen Mantel und billige Sandalen. Erschreckt blickte sie erst Jan und dann Birte an.

»Arbeiten Sie hier?«, fragte Jan und zog gleichzeitig seinen Ausweis hervor.

Die Frau starrte auf den Ausweis. Ihre Lippen begannen sich zu bewegen. Birte kam es vor, als würde sie stumm Buchstaben vor sich hin sprechen.

»Wir sind von der Kriminalpolizei Köln«, fügte Jan bereits ungeduldig hinzu.

Die Frau wandte den Blick nicht von seinem Ausweis.

»Sie kann nicht lesen«, sagte Birte leise. »Sie bemüht sich, aber es fällt ihr schwer.«

Dann endlich hob die Frau den Blick. Sie mochte fünfzig Jahre alt sein; ihre Wangen waren eingefallen, an den Haarwurzeln war ein silbriger Schimmer zu erkennen.

Die Putzfrau, dachte Birte, sie hatten die Putzfrau angetroffen, die dafür sorgen sollte, dass man nichts mehr fand, keine wirkliche Spur.

»Wir sind von der Polizei und würden uns gerne im Haus umschauen«, sagte Birte und betonte jedes Wort.

Die Frau sah ihr auf die Lippen und nickte dann heftig. Ihre Augen begannen zu leuchten. Ja, sie hatte verstanden.

»Sie ist stumm oder taubstumm«, sagte Birte an Jan gewandt, »deshalb hat es so lange gedauert, bis sie uns verstanden hat.«

Die Frau wedelte mit den Händen und gab einen freundlichen, schrillen Laut von sich.

»Großartig«, murmelte Jan. »Klever hat eine Taubstumme angestellt.«

Die Frau ließ sie jedoch bereitwillig ins Haus. Es schien sich tatsächlich um eine kleine Pension zu handeln, sie betraten eine geräumige Diele mit einer Garderobe und einem kleinen Sofa. Dann gelangte man in einen Speisesaal mit drei Tischen, an denen jeweils vier Holzstühle standen. Alles wirkte aufgeräumt und unbenutzt.

Birte spürte, dass Jan neben ihr immer ungehaltener wurde.

»Ist noch jemand hier?«, fragte Birte die Taubstumme, die ihnen geräuschlos folgte.

Die Frau schüttelte lächelnd den Kopf und zog dann einen Schlüsselbund hervor, den sie laut rasselnd hin- und herschwenkte.

»Verstehe«, sagte Birte. »Alle sind weg. Sie sind die Letzte hier.«

Wieder nickte die Frau und breitete die Arme aus.

»Frag sie, ob sie uns erklären kann, wer hier alles gewesen ist«, sagte Jan unwirsch, als wäre Birte eine Art Übersetzerin. Er selbst ging in eine angrenzende Küche voraus.

»Sie haben hier gearbeitet?«, fragte Birte.

Sie begriff, dass die Frau ihr die Worte von den Lippen ablesen konnte.

Die Frau nickte erneut und hob ihre Hand mit drei gestreckten Fingern.

»An drei Tagen in der Woche?«

Wieder ein Nicken.

»Hier haben junge Frauen gewohnt, nicht wahr?«

An ihnen vorbei ging Jan zu einer Holztreppe, die in die erste Etage hinaufführte.

Die Frau sah ihm mit ernster Miene nach und nickte dann ein weiteres Mal.

»Und ein Mann war auch hier, ja?«

Die Frau zögerte. Es schien sie zu ängstigen, dass Jan aus ihrem Sichtfeld geriet.

Birte zog ihr Smartphone hervor. Sie klickte ein Foto an, das sie von dem toten Köber gemacht hatte.

»War es dieser Mann?«

Die Taubstumme blickte auf das Bild, ihre Stirn unter dem roten Haarschopf legte sich in Falten, dann riss sie den Mund auf, und ein hohes, gellendes Quieken, wie Birte es noch nie gehört hatte, entrang sich ihrer Kehle.

41

Etwas Dunkles umfing ihn, Trauer und das ungute Gefühl, dass er es nicht schaffen würde, den Fall aufzuklären, bevor er morgen Therese begraben würde. Ja, er hatte wirklich gedacht, er könnte neben dem Sarg stehen, befreit und erleichtert, weil er für ein wenig Gerechtigkeit für Therese gesorgt hatte. Doch die Besichtigung des Hauses in Rodenkirchen hatte nichts erbracht. Sie hatten sich die Räume angesehen, alle waren leer gewesen, nur auf einem Schrank hatte verloren ein weißer Stoffhase gelegen, und an eine Wand hatte jemand den Satz gemalt: »Ich bin allein, ich weine.«

Im Haus umherzugehen hatte ihn bedrückt. Hier war Therese vermutlich zu Tode gekommen; ein Schlag, ein Sturz – nun, wo auch Köber tot war, würden sie es vermutlich nie erfahren.

Die stumme und gehörlose Frau hieß Rita Esser, sie wohnte in Ostheim. Birte hatte sie mit sanften Worten überredet, mit ihnen ins Präsidium zu fahren, doch dann hatten sie zwei Stunden gebraucht, bis sie jemanden aufgetrieben hatten, der Gebärdensprache beherrschte.

Herausgekommen war dann auch nicht viel. Köber war der einzige ständige Bewohner gewesen, ganz selten sei noch ein anderer Mann dort gewesen, aber wohl nie über Nacht: Uwe Fogt. Und die jungen Frauen, die ein paar Wochen in dem Haus gewohnt hatten, seien alle nett und sehr schüchtern gewesen. Sie hätten sich fast nur in ihren Zimmern aufgehalten. Warum sie da waren, darüber hatte Rita Esser sich keine Gedanken gemacht.

Schiller hatte schließlich Birte die Befragung überlassen.

Und wer dieses Haus gemietet hatte oder besaß, hatte Nele auch noch nicht herausfinden können. Irgendeine Immobilienfirma in Luxemburg, die aber per Telefon nicht zu erreichen war.

Schiller fuhr zu Frank ins Café.

Therese, sagte er stumm vor sich hin, verzeih mir. Wir haben uns bemüht, aber wir wissen immer noch nicht, was genau passiert ist.

Nicht einmal von Nadine erhoffte er sich Trost und Zuspruch.

Frank servierte ihm ein riesiges Stück Apfelkuchen und einen doppelten Espresso.

»Meine kräftigste Bohne«, sagte er. »Siehst aus, als könntest du einen starken Kaffee vertragen.«

Schiller nickte wortlos. Hanno, der Saxophonist, hatte ihm eine Nachricht geschickt. Mit acht Musikern würde er morgen in der Trauerhalle auftreten. Sie würden mit »My Way« von Sinatra beginnen, dann »Dream a Little Dream of Me«, dann noch etwas Kölsches, »Die Stadt« von Trude Herr; sie könnten auch andere Songs spielen, falls er sich etwas anderes wünsche, nur ein Lied bitte nicht: »Niemals geht man so ganz«.

Schiller war zu erschöpft, um zu antworten. Der »Buuredanz« – sollten sie nicht auch Thereses Lieblingslied spielen? Nicht einmal der bittere Kaffee brachte ihn wieder auf Touren.

Frank kassierte zwei Jugendliche ab, die zwei Kisten Cola kauften, dann kam er zu ihm.

»Siehst bleich aus, Schiller. Du schläfst zu schlecht.«

Ich liebe eine Frau, hätte er dann fast geantwortet, und ich habe die Frau verloren, die mich mein ganzes Leben begleitet und irgendwie auch beschützt hat.

»Selbst mich fragen die Leute nach Therese aus«, sagte Frank. »Irgendwann wird in Köln eine Straße nach ihr benannt. Wirst sehen.«

»Eine Allee«, erwiderte Schiller. »Am besten eine Allee mit den schönsten Bäumen.«

»Nun übertreibst du aber.« Frank lächelte. »So eine Straße gibt es hier nirgendwo.«

Frank holte sich eine Flasche Kölsch, und dann tranken sie schweigend.

»Ich müsste eine Rede halten«, sagte Schiller dann, »aber mir fehlen die Worte ... Ich weiß es genau ... Ich werde dastehen wie ein Idiot und denken: Therese, warum bist du gestorben? Und warum haben wir deinen Mörder nicht gefasst?«

»Dann sag einfach nichts.« Frank trank seine Flasche aus.

Schiller hörte das Rauschen von der Straße, aber er hörte auch Thereses Stimme. »Ach, Junge, ist alles nicht so schlimm. Jeder muss mal sterben. Ich hatte ein gutes Leben. Ich hätte mich nur gerne verabschiedet, aber wir sehen uns ja wieder.«

Ja, daran hatte sie geglaubt – an einen Himmel, wo sie ihren Mann wiedersehen würde, ihre Eltern, all die Menschen, die vor ihr gegangen waren.

Aber er ... Nein, diesen Glauben hatte er nicht.

»Was möchtest du jetzt am liebsten tun?«, fragte Frank unvermittelt.

Schiller schaute ihn an. Seit über zehn Jahren kam er nun hierher, sie waren Freunde, irgendwie, ohne dass sie viele Worte gewechselt hatten, aber nun wirkte Frank ernsthaft besorgt.

»Am liebsten würde ich nun zu Nadine fahren und mit ihr tanzen«, sagte Schiller, ohne über diese Worte nachgedacht zu haben.

»Dann tue es doch.« Frank grinste. Falten kräuselten sich um seine Augen, die früher nicht da gewesen waren. »Nadine ... so heißt sie also.«

Schillers Smartphone summte, und er war sicher, dass sie es war. Telepathie – »Wo bleibt mein Polizist?«, würde sie fragen.

Doch eine Männerstimme mit einem deutlichen Akzent meldete sich.

»Ich würde gerne noch einmal mit dieser Frau sprechen«, sagte Bottesch. »Der traurigen Frau von heute Mittag. Ich bin sicher, sie weiß etwas und könnte uns helfen.«

»Ja«, sagte Schiller. Anscheinend hatte Bottesch keine Spur von seiner Enkelin gefunden. »Wo sind Sie?«

Bottesch stand am Rudolfplatz.

»Warten Sie«, sagte Schiller. »Ich bin in fünfzehn Minuten da. Vielleicht ist Frau Klever ja doch nicht in die Eifel gefahren.«

Es war kurz vor zwanzig Uhr, als er den alten Mann auflas. Hermann Bottesch schien sein Aufenthalt in Köln anzustrengen, er sah blass und erschöpft aus und stieg schwerfällig in den Golf.

»Vielen Dank«, sagte er. »In Deutschland ist die Polizei recht freundlich.«

»Wir haben von Ihrer Enkelin leider nichts Neues gehört«, sagte Schiller, »aber wir haben immerhin das Haus gefunden, in dem man die jungen Frauen aus Rumänien untergebracht hatte.«

Bottesch starrte vor sich hin und nickte. »Ganz recht«, sagte er. »Wir sind Rumänen, keine Deutschen. Das fällt mir auf, wenn ich hier herumgehe. Ich habe mich immer für deutsch gehalten, aber das war ein Irrtum.« Er seufzte.

»Sie hätten auch in den Westen gehen können«, sagte Schiller.

»Ja.« Bottesch sah ihn an, müde und mutlos. »Das hat mein Sohn mir auch gesagt, damals. Aber ich fühle mich dem Land verbunden, der Erde, den Pflanzen, Gräsern, meinen Bienen. In so einer Stadt ...«, er machte eine kreisende Bewegung mit seiner rechten Hand, »... da könnte ich nicht existieren. Verstehen Sie das?«

»Ja, ich verstehe Sie ... glaube ich«, schob Schiller nach.

»Ich kann das Land riechen«, sagte Bottesch. »Ich spüre, was passiert.«

»Und wie ist es mit Ihrer Enkelin?«, fragte Schiller. »Was für eine Verbindung haben Sie da?«

Bottesch lächelte. Zum ersten Mal sah Schiller dessen Gebiss – braune, schlecht gepflegte Zähne, als würde er ständig Tabak kauen.

»Die allerengste. Deshalb ist sie vielleicht auch geblieben, wegen dieser Verbindung. Können Sie sich das vorstellen? Ein junges Mädchen in einem völlig leeren Dorf? Wir waren zwei Jahre fast völlig allein im Dorf, dann sind nach und nach Rumänen gekommen, und die Regierung hat Geld gegeben, um die Häuser zu renovieren. Da habe ich auch wieder angefangen, Ziegel zu brennen – aus Lehm in meinem Ofen im Hof. Ist ein gutes Geschäft geworden. Aber für Julika war es schwer. Auch wenn ihr die Arbeit in ihrem Café in Sibiu gefallen hat.«

Schiller hatte mittlerweile die stille Straße am Stadtwald erreicht, in der Klever wohnte. Langsam rollte er an dem Haus vorbei. Klevers weißer BMW mit dem TC-Kürzel als Kennzeichen stand in der Einfahrt.

»Wenn Olga Klever noch da ist, ist sie nicht mehr allein«, sagte Schiller. »Ihr Mann, der Anwalt, ist zurück.«

Bottesch nickte stumm. Er hatte die Augen geschlossen. Nun sah er aus, als wäre er deutlich über achtzig, was vermutlich auch stimmte.

»Dann wird es schwieriger, mit ihr zu reden«, sagte er.

»Was genau wollen Sie von Olga Klever?« Schiller blieb am Straßenrand stehen und schaltete den Motor ab. Hier herrschte wenig Verkehr.

»Sie weiß viel mehr, und da ist eine Schuld in ihr, die an ihr nagt und die sie sehr bedrückt. Deshalb dachte ich, bei der richtigen Frage, bei ein wenig Ruhe würde sie reden, die Wahrheit aussprechen, über sich und ihren Mann.«

Was sind Sie? Diese Frage lag Schiller auf den Lippen. Ein Wahrsager? Ein Menschenleser? Oder sogar so etwas wie ein Schamane, der irgendwelche Stimmungen aufnahm und übersetzte?

»Ich kann so etwas«, fuhr Bottesch fort. Er hatte die Augen noch immer geschlossen. »Lachen Sie darüber, aber ich spüre Schwingungen. Ich weiß, dass meine Enkelin noch irgendwo in dieser Stadt ist und furchtbare Angst hat, und ich weiß, dass diese Frau sich schuldig fühlt. Sie wollte auch ein Kind haben, von einer fremden Frau. Das Ganze hat auch mit ihr zu tun. Sie ist sich dessen bewusst, deshalb schläft sie schlecht, sie schwitzt, sie macht sich Vorwürfe.«

»Sie hätte uns die Wahrheit sagen können.« Im Rückspiegel beobachtete Schiller die Zufahrt zu Klevers Haus.

»Sie war blockiert, eine Sperre aus Angst und Schuld und Liebe, ja, Liebe zu ihrem Mann, den sie vielleicht sogar zu alldem angestiftet hat. Hatte Frau Klever einmal ein Kind?«

»Ja, wir nehmen es an«, sagte Schiller. »Es ist wohl kurz nach der Geburt gestorben.«

Bottesch öffnete die Augen wieder. Er saß stumm da, betrachtete dann seine Hände. Er wirkte, als ob er nicht mehr so sicher wäre, mit Olga Klever sprechen zu wollen. Mittlerweile war es dunkel geworden.

»Ich spüre, wie sehr Sie um die alte Frau trauern, Herr Schiller«, sagte Bottesch. »Sie standen sich ja sehr nahe, wie ich erfahren habe. Aber Trauer ist etwas sehr, sehr Gutes. Man muss trauern, um sich zu reinigen, um sich selbst zu spüren. Ein Mensch, der nicht trauert, lebt nur halb.«

Schiller antwortete nichts darauf. Eine SMS von Nadine war eingegangen. »Vermisse meinen Polizisten. Wann kommst du?«

»Noch eine Befragung. In einer Stunde«, schrieb er zurück.

»Wir sollten jetzt hineingehen«, sagte er zu Bottesch.

Der alte Mann blickte ihn an. »Ganz recht«, sagte er. »Ich darf nicht so müde sein, nicht, wenn ich Julika helfen will.«

Im Rückspiegel erkannte Schiller plötzlich einen hellen Lichtschein. Da war irgendwo eine Lampe angesprungen. Dann tauchte ein Schatten auf und schnell wieder ab.

Einen Moment später raste Klevers weißer BMW aus der Einfahrt.

»Kleine Programmänderung.« Schiller startete den Motor und wendete den Golf. »Da hat es jemand ziemlich eilig. Ich muss sehen, wo Klever so dringend hinwill.«

Bottesch lächelte unvermittelt und hielt sich am Armaturenbrett fest. »Ich fahre eigentlich nie Auto, ein-, zweimal im Jahr im Omnibus, aber es macht ja richtig Spaß.«

Sie schafften es, die Ampel am Gürtel kurz nach Klevers SUV zu nehmen. Dann ließ Schiller ihm ein wenig Vorsprung, er achtete jedoch darauf, nicht so weit zurückzufallen, dass er an einer Ampel halten musste.

Klever fuhr ziemlich schnell den Gürtel hinunter, dann bog er auf die Autobahn ab und hielt sich Richtung Norden. Erst als er an der Ausfahrt Seeberg die Schnellstraße verließ, dämmerte es Schiller, welches Ziel Klever hatte.

Therese hatte hier gewohnt, aber was, verdammt, sollte Klever in ihrem Haus wollen?

Gab es da etwas, das Julika zurückgelassen hatte und das sie übersehen hatten?

»Die alte Frau ... die Hebamme, die nun tot ist«, sagte Schiller zu Bottesch, der angespannt auf dem Beifahrersitz hockte, »sie hat hier gewohnt.«

Schiller sah, wie Klevers Bremslichter aufleuchteten. Er parkte ein Stück von Thereses Bungalow entfernt, lief dann aber in genau diese Richtung.

»Bleiben Sie bitte im Wagen.« Schiller hielt direkt hinter dem weißen BMW. »Ich sehe nach, was Klever da will. Sollte ich in einer Viertelstunde nicht zurück sein, rufen Sie bitte meine Kollegin Birte Jessen an. Ihr Handy funktioniert ja noch?«

Bottesch nahm das alte Gerät hervor, betrachtete es und nickte. »Es könnte gefährlich für Sie werden«, sagte er.

»Ja«, sagte Schiller. »Ich weiß, aber ich habe meine Dienstpistole dabei.« Er stieg aus und zog seine Waffe aus dem Halfter.

42

Sie wusste sofort, dass sie Ove vor sich hatte, den Mann, der Vladan so viel Angst eingejagt hatte.

Er streckte ihr eine Hand entgegen, an der ein dicker Ring mit einem Totenkopf aufblinkte. »Wir sollten uns ein wenig unterhalten«, sagte er. Es klang fast freundlich und höflich.

Sie wollte etwas sagen, aber die Zunge klebte ihr am Gaumen, ihr Mund war ausgedörrt, eine Wüste. Stattdessen nickte sie nur.

Ove nahm ihre Hand, er drückte sie so sehr, dass sie seine Kraft spürte. Keinen Gedanken verschwendete sie daran, die Pistole zu ziehen, die noch in ihrer Hose steckte.

»Nimm den Schlüssel mit«, sagte er. »Der lag doch hier, oder nicht? Und … Hast du die Pistole noch, mit der du auf Vladan geschossen hast? Wir haben sie überall gesucht.«

Sie nickte stumm. Dann gingen sie die Treppe hinauf zur Eingangstür.

Ove schob sie vor sich her, er war riesig, sicherlich fast zwei Meter groß. Seine Hose war aus schwarzem Leder, das bei jedem Schritt knirschte, und seine Füße steckten in schwarzen Stiefeln. Er nahm ihr den Schlüssel ab und öffnete die Tür, die knarrend aufsprang, dann schob er sie ins Haus.

»Am besten in die Küche«, sagte er, »und kein Licht, bitte. Wir brauchen hier keine Nachbarn, die neugierig werden könnten.«

Sie bog in die Küche ab; in ihrem Magen rumorte es. Wieder versuchte sie, etwas zu sagen, doch wieder kam nur ein Keuchen über ihre Lippen.

Es war nun fast völlig dunkel, sodass man von dem Tisch und den Stühlen nur die Konturen im Zwielicht erkennen konnte. Sie glaubte, den Geruch von Therese wahrzunehmen, und irgendwo schrie eine Katze.

»Setz dich«, sagte Ove. Er griff mit seiner rechten Pranke nach ihr. »Und wo ist nun die Pistole?«

Als sie nicht sofort antwortete, riss er sie herum und tastete sie ab. Mit einer groben Bewegung zerrte er ihr die Waffe aus der Hose.

»Du siehst gar nicht so aus, aber du bist ein böses Mädchen.« Er drückte sie auf einen Stuhl, dann setzte er sich ebenfalls – ihr genau gegenüber.

Sie konnte sein Gesicht unter der Kappe nicht erkennen, aber es war klar, dass er sie anstarrte und nachdachte. Seine muskulöse Brust bewegte sich unter einer schwarzen Jacke auf und ab; wahrscheinlich war er Boxer, zumindest war er sehr stark; er brauchte eigentlich keine Waffe, weil er zwei Hände hatte, die jeden einschüchtern würden.

Ein paar Minuten saß er nur so da; sie hatte das Gefühl, unter seinem Blick immer kleiner zu werden, und das wollte sie auch: kleiner werden, verschwinden, sich in Luft auflösen.

Dann dachte sie plötzlich an Irina. Was hatte Vladan ihr in Andeutungen erzählt – dass Ove etwas mit Irina gehabt hatte? Dass er sie getötet hatte?

»Du bist ein böses Mädchen«, wiederholte Ove. Er zog eine Zigarette hervor und begann zu rauchen. »Ich habe dich im Bahnhof gesehen. Mein Glück, sonst wärst du mir wieder durch die Lappen gegangen.« Er inhalierte tief. »Ihr Rumänen treibt euch gerne an Bahnhöfen rum, was?«

»Ist Vladan tot?« Ihre Stimme war kaum mehr als ein Krächzen. »Habe ich ihn … totgemacht?«

Ove hielt einen Moment inne, sein rechter Arm mit der Zigarette blieb in der Luft stehen.

»Du hast ihn totgemacht?« Er führte die Zigarette zum Mund. »Du hast ganz andere Sachen gemacht. Du hättest nicht abhauen dürfen … Na, das war Vladans Schuld, er hat nicht richtig aufgepasst, der rumänische Vollpfosten, und dann die dumme alte Frau … Das ist ihre Hütte hier, nicht wahr? … Wo kam die Alte auf einmal her? Steht vor der Tür, und Vladan dreht durch.« Er blies ihr den Rauch ins Gesicht. »Ach, eigentlich egal. Nur …« Er rückte mit dem Stuhl näher heran. »Was machen wir jetzt, wir beiden Hübschen?« Die andere Hand strich über ihr Gesicht, hart und fordernd. Dann kniff er sie in die Wange. Sie hatte Mühe, einen Aufschrei zu unterdrücken.

»Ich möchte nach Hause«, sagte sie leise.

»Du bist verrückt«, sagte er. Nun klang er zum ersten Mal nicht mehr so fest und unerschütterlich. »Du kannst nicht nach Hause. Nicht nach dieser Geschichte …«

»Was ist Irina passiert?«, fragte sie. Dass diese Frage ein Fehler war, begriff sie, noch bevor Ove seine Hand hob und ihr ins Gesicht schlug. Sie musste sich am Tisch abstützen, um nicht vom Stuhl zu fallen. Ihre Wangen brannten, und der Schmerz breitete sich schnell aus. Ihr Herz pumpte immer schneller.

Seine Hand zuckte zurück.

»Niemand darf nach Irina fragen«, keuchte er.

Sie begriff, dass Irina wirklich tot war. Ihre letzte Hoffnung, dass Vladan sie angelogen hatte, verflog. Sie spürte, dass ihr übel wurde.

»Ich muss nachdenken«, sagte Ove keuchend. »Dieser ganze Mist hätte niemals passieren dürfen. Ihr hättet nur tun müssen, was wir euch sagen. Dann wären alle happy gewesen.«

Plötzlich, in all der Dunkelheit, die in Thereses Küche hineingeschwappt war, hatte sie einen hellen Gedanken. Sie hatte ihr Leben verwirkt, sie würde sterben, Ove würde sie töten; es würde ihm nichts ausmachen, er könnte das mit seinen Händen erledigen, obschon er nun ja Vladans Waffe hatte und vielleicht noch eine eigene. Die Frage nach Irina war der letzte Nagel in ihrem Sarg gewesen.

Sie beobachtete, wie er aufstand und zum Fenster ging. Das Licht, das hereinfiel, kam mittlerweile nur noch von einer Straßenlaterne. Sie schwitzte, in ihrem Magen rumorte es wieder, sie fühlte sich vor Schwäche und Angst einer Ohnmacht nahe.

»Sorry«, sagte Ove, aber nicht zur ihr; er hatte sein Smartphone am Ohr, er telefonierte. »Ja, ich weiß … aber ich musste dich anrufen … Ein neues Handy, keine Sorge … Alles gut. Ich habe die Kleine. Habe sie am Bahnhof gesehen und bin ihr nach … Mit der Straßenbahn … Nein, das war kein Fehler … Komisches Gefühl … Im Haus dieser Hebamme … Du musst mich abholen und dann … Nein, ich kann hier kein Taxi nehmen, verdammt … Wir müssen nachdenken … Ja, Scheiße, aber nicht weiter …« Eine kurze Pause entstand. »Ich mache dann erst mal Urlaub, mit dem Camper nach Spanien oder so … Beeil dich!«

Ove steckte sein Smartphone wieder in die Tasche und wandte sich ihr zu.

»Du musst keine Angst haben«, sagte er dann, freundlicher, gefasster. »Wir finden eine Lösung.«

Da wusste sie, dass er zu einem Entschluss gekommen war, wie er sie umbringen würde.

Wo war Vladans Waffe? Hatte er sie eingesteckt oder irgendwo abgelegt?

Als Ove sich erneut eine Zigarette anzündete, meinte sie, in dem winzigen Moment, als die Flamme seines Feuerzeugs aus dem Zünder hochsprang, die schwarze Pistole vor ihm auf dem Tisch zu sehen.

Hilf mir, Großvater, flehte sie stumm.

Sie hatte nichts mehr zu verlieren.

Schiller beobachtete, wie Thorsten Klever auf Thereses Bungalow zusteuerte, hektisch und irgendwie unrund, kein Laufen, kein Gehen, eine panikartige Bewegung. Der sonst so selbstbewusste Anwalt hatte Angst und war unsicher – so viel war an seinem Schritt abzulesen.

Aber was, verdammt, wollte er hier?

An der rostigen Pforte blieb Klever kurz stehen, um sich zu orientieren. Dann sah er sich um, und Schiller schaffte es noch rechtzeitig, sich hinter einem Stromkasten an der Straße zu verbergen.

Dann ging Klever auf die Eingangstür zu. Schiller hörte, wie er klopfte, sehr zaghaft. Drei Sekunden später wurde ihm geöffnet. Im ganzen Haus brannte kein Licht. Trotzdem meinte er, im Küchenfenster eine Bewegung wahrzunehmen. Zwei oder drei Schatten, die hereinkamen – genau war es nicht zu erkennen. Eine Person blieb stehen, dann, im Aufleuchten eines

Feuerzeugs, nahm Schiller für einen Moment eine Gestalt mit einer Kappe wahr.

Uwe Fogt – er war im Haus, er hatte Klever herbestellt, deshalb hatte der Anwalt so überstürzt sein Haus verlassen.

Aber warum?

Plötzlich wusste Schiller, was passiert war.

Weil Julika hier war – weil sie sich keinen anderen Rat gewusst hatte, als in Thereses Haus Schutz zu suchen, wahrscheinlich hatte sie sogar von dem Ersatzschlüssel an der Treppe gewusst.

Was konnte er nun tun?

Zwei bewaffnete Männer waren im Haus. Bis ein SEK-Team bereit war, würde es sicherlich eine Stunde dauern, und zwei, drei Besatzungen eines Streifenwagens würden kaum ausreichen. Außerdem konnten Fogt und Klever jeden Moment mit Julika das Haus verlassen.

»Ist meine Enkelin dort drinnen?« Hermann Bottesch tauchte wie aus dem Nichts neben ihm auf.

Ich weiß nicht, wollte er entgegnen, doch stattdessen sagte er: »Ja, ich glaube schon. Zusammen mit den beiden Männern, die sie nach Deutschland gelockt haben.«

Bottesch seufzte. »Das ist ein Problem«, sagte er, aber noch immer in seinem freundlichen, beinahe einschmeichelnden Tonfall.

»Ja«, sagte Schiller. »Wir haben vielleicht nicht viel Zeit.«

»Sie kennen sich hier aus?«, fragte Bottesch.

Schiller sah ihn an, überrascht von dieser Frage. »Therese war wie eine Mutter für mich.«

»Gibt es einen Hintereingang?«

»Es gibt eine Terrassentür, nichts sonst. Eine Treppe führt zu einem kleinen Keller, aber da befindet sich nur die Heizungsanlage. Von dort gelangt man nicht ins Haus.«

Bottesch nickte. »Wir müssen es versuchen«, sagte er. »Ich lenke die Männer ab. Ich gehe zur Tür und klingele. Mich kennen die beiden nicht. Ich tue so, als wäre ich ein Nachbar, der von einer Reise zurück ist. Ich weiß nicht, dass Therese tot ist, und möchte meinen Schlüssel zurückhaben.«

Schiller spürte, wie er seine Muskeln anspannte. War es nicht Wahnsinn, worüber sie da nachdachten? Er starrte zu Thereses Küchenfenster. Nichts war mehr zu entdecken. Keine Flamme, keine Bewegung.

»Ich rufe Verstärkung«, sagte Schiller. Er hob sein Smartphone ans Ohr.

»Wenn wir hier stehen und zusehen, wie meine Enkelin erschossen wird, werde ich Sie so sehr verfluchen müssen, dass Sie danach keinen schönen Tag mehr erleben werden«, sagte Bottesch und klang völlig ernst. Er griff in die Tasche seiner Jacke und zog ein Klappmesser hervor. »Damit kann man eine Terrassentür öffnen, wenn man es ein wenig geschickt anstellt«, sprach er weiter, und er sah Schiller auffordernd an.

Schiller dachte nach. Wieder flammte ein Feuer in der Küche auf. Fogt oder Klever, einer von ihnen war anscheinend Kettenraucher.

»Ich rufe erst meine Kollegin an«, sagte er leise.

Birte war sofort am Apparat. Er setzte sie mit drei Sätzen in Kenntnis.

»Du musst abwarten«, sagte Birte beschwörend, die sofort die Lage erfasst hatte. »In einer halben Stunde kann alles für den Zugriff bereit sein.«

Schiller wusste, dass sie log, und unterbrach die Verbindung.

Er zog seine Dienstpistole hervor. »Fünf Minuten – dreihundert Sekunden. Dann klingeln Sie.«

Leicht geduckt näherte er sich dem Haus. Wenn jemand am Fenster stand und hinausschaute, war er bereits erledigt, bevor er einen Schritt auf Thereses Grundstück gesetzt hatte. Zum Glück hatte Klever die Pforte nicht geschlossen. Geräuschlos kam er am Eingang vorbei, ließ den Treppenabgang, wo der Ersatzschlüssel gelegen hatte, links liegen, dann schlich er an der Hauswand entlang. Zwölf Schritte, und er war an der Terrasse angekommen. Ein Lichtschimmer lag über dem verwilderten Garten. Das Gras stand hoch, Wasser plätscherte, ein alter Springbrunnen, der Tag und Nacht lief.

Ein kurzer Schreck ergriff Schiller. Hatte Therese nicht

Jalousien, die automatisch bei Einbruch der Dunkelheit herabgelassen wurden? Ja, aber der Motor war seit einiger Zeit defekt, und Therese hatte nie genug Geld gehabt, um ihn zu reparieren.

»Therese«, flüsterte er, als er sein Gesicht fahl und schemenhaft in der Scheibe der Terrassentür gespiegelt fand, »ich hoffe, alles geht gut. Ein Blutbad in deinem Haus …«

Er setzte das Messer an, die Tür war alt und sprang nach dem dritten Versuch auf.

Schiller verharrte und lauschte.

Wie viel Zeit war vergangen?

Dann hörte er, wie Bottesch klingelte, laut und dringlich rollte der Gong durch das Haus.

Sie hörte eine Katze schreien, lang und anhaltend. Da war jemand, der Therese vermisste. Johannes Paul, so hatte Therese die Katze genannt, nach einem Papst, der längst tot war, und obwohl das Tier eindeutig weiblich war. Sie hatten herzlich darüber gelacht.

Sie spürte, dass Ove sie anstarrte. Er rauchte Kette und schwieg. Manchmal schnaufte er oder zog sein Smartphone hervor, um auf das Display zu starren.

Sie hatte keine Ahnung, ob sie etwas sagen sollte. Die Pistole lag wieder auf dem Tisch in seiner Reichweite. Ove hatte sie nur kurz in die Hand genommen, als er sich zum Telefonieren abgewandt hatte.

Was wäre, wenn sie nun aufstehen und versuchen würde, aus dem Fenster zu gelangen? Oder wenn sie schreien würde?

»Eines habe ich gelernt«, sagte Ove plötzlich, nachdem er seine fünfte oder sechste Zigarette ausgedrückt hatte. »Man sollte sich nicht für zu schlau halten, weißt du? Deutschstämmige Mädchen aus Rumänien – ihr seid nicht so brav, wie ihr ausseht.« Er schnaufte abfällig und verstummte wieder, als hätte er nur zu sich selbst gesprochen.

Sie spürte, dass er nervös wurde und dass sich in seiner Nervosität Wut aufbaute.

»Ich mag Kinder«, sagte sie, »aber es müssen eigene Kinder sein.«

Er spuckte aus. Mittlerweile war er nicht einmal mehr ein Schatten, der vor ihr saß. Sie konnte seine Konturen kaum mehr erahnen. »Was hat Valdan dir erzählt? Dass du Kinder für uns kriegen solltest? Aber so ist es ja gar nicht. Es geht um einen kleinen Eingriff, nicht mehr. Mit zehntausend Euro in der Tasche wärest du wieder nach Haus gefahren, wenn du nicht der alten Frau Bescheid gesagt hättest.«

Abermals schrie die Katze, und wieder sah er auf die Uhr.

Dann plötzlich bewegte sich die Küchentür; die Katze kam herein, schob sie leicht auf. Offenbar gab es irgendwo eine Katzenklappe im Haus, von der sie nichts gewusst hatte.

Ove griff nach der Pistole und sprang auf. Einen Moment später klopfte es an der Tür.

»Na endlich«, sagte er und packte sie am Arm, um sie von ihrem Stuhl zu reißen. »Du bist ein böses Mädchen«, zischte er und zerrte sie in den Flur.

Noch ein Klopfen, dann öffnete Ove die Haustür. Ein Mann stand da, er keuchte, als wäre er hierhergelaufen.

»Was ist das für eine Scheiße!«, fluchte der Mann.

»Komm rein«, raunte Ove. »Hat dich jemand gesehen?«

»Hier in dieser toten Gegend?«

Sie schoben sie zurück in die Küche. Noch immer dachte Ove nicht daran, ein Licht anzuschalten.

»Die Kleine ist eigentlich ganz süß«, sagte Ove, nachdem er sie auf ihren Stuhl gedrückt hatte. Plötzlich lachte er. »Sie wollte nach Hause, am liebsten heute noch.«

Der andere Mann steckte sich ebenfalls eine Zigarette an. Sie konnte sein gehetztes Gesicht eine Sekunde lang sehen; er war glatt rasiert, Anfang fünfzig, und er war ganz anders gekleidet, er trug ein Jackett, darunter ein weißes Hemd und eine Krawatte, ein Geschäftsmann.

»Vielleicht sollten wir sie einfach gehen lassen«, sagte der Mann. »Zweitausend Euro, und sie ist weg, geht in ihr dämliches Café zurück, wo sie hergekommen ist. Wir vergessen das alles …« Er inhalierte und stöhnte auf, vielleicht weil er seinen eigenen Worten nicht glauben konnte.

Die Männer waren verzweifelt, dachte sie auf einmal, sie wussten nicht mehr weiter; sie waren vielleicht Mörder, aber so einfach war es dann doch nicht, eine Frau wie sie zu töten.

»Ich würde gerne gehen«, sagte sie zaghaft, »gehen und nicht mehr wiederkommen. Deutschland gefällt mir nicht. Ich bin hier nicht zu Hause. Ich würde bei meinem Großvater bleiben und …«

»Sie haben Vladan zu früh gefunden«, unterbrach Ove sie, ohne auf das zu reagieren, was sie soeben gesagt hatte. »Da ist etwas schiefgelaufen. Wir haben ihn an der falschen Stelle ins Wasser geworfen.«

Der andere Mann atmete laut aus. »Das ist das Haus dieser Hebamme, nicht wahr? Haben Hebammen nicht Medikamente? Schlaftabletten oder so etwas. Damit könnten wir die Kleine eine Zeit lang ruhigstellen.«

»Endlich hast du einmal eine gute Idee«, sagte Ove.

Im nächsten Moment hörte sie ein Geräusch. Die Katze schlich um ihre Beine und schnurrte, aber da war noch ein Geräusch, von draußen, als würde sich jemand nähern.

Die Türglocke erklang – ein mächtiger Gong.

Die beiden Schattenmänner versteiften sich.

»Ist dir doch jemand gefolgt?«, zischte Ove.

Der andere Mann antwortete nicht.

Noch einmal die Türglocke.

Die Katze schnurrte lauter.

»Wer könnte das sein?«, flüsterte der Mann mit der Krawatte.

»Na«, sagte Ove, »ein SEK-Kommando wird kaum klingeln, bevor sie die Tür einrammen. Ich gehe nachsehen. Da war doch ein Spion in der Tür.«

In der nächsten Sekunde hörte sie eine Stimme, nach der sie sich tagelang gesehnt hatte. Jemand, der nur ihr Großvater sein konnte, rief: »Therese, bist du da? Ich bin aus dem Urlaub zurück. Ich brauche meinen Hausschlüssel.«

Ove bewegte sich zur Tür, geräuschlos und sehr angespannt, aber wenn sie sich nicht täuschte, hatte er sich nicht vorgebeugt, um die Pistole an sich zu nehmen.

Lieber Großvater, flüsterte sie stumm, ich hoffe, dass ich mir das alles nicht einbilde in meiner Todesangst. Du stehst vor der Tür, du bist vom Himmel gefallen, um mich zu retten.

Sie kniff die Augen zusammen, versuchte, in der Dunkelheit etwas zu erkennen.

Dann schnellte sie nach vorn, packte die Katze, nahm sie in einer schnellen fließenden Bewegung hoch und warf sie dem Krawattenmann ins Gesicht.

Er schrie lauthals, die Katze fauchte, und sie sprang auf und langte nach der Pistole, doch im nächsten Moment schlug die Küchentür krachend an die Wand, und grelles Deckenlicht flammte auf.

Ove stand mit verzerrtem Gesicht da, ohne Kappe, ja, sie sah in dem Licht, das in den Augen wehtat, sein hasserfülltes verschwitztes Gesicht und zwei blaue hasserfüllte Augen, jedoch nicht die Pistole in seiner Hand. Dass er schoss, spürte sie gar nicht. Da war kein Schmerz, nur ein dröhnendes Donnern wie bei einem Erdbeben. Sie hatte noch nie eines erlebt, aber genau so stellte sie sich eines vor, ein Knirschen und Krachen, Wände brachen ein, die Decke stürzte auf einen zu, der Boden wölbte sich. Und tatsächlich gaben ihre Füße nach, als wäre sie in einen tiefen Krater gesunken, der sich durch das Beben in Thereses Küche aufgetan hatte und der sie verschlang.

Schiller hörte, wie Bottesch laut nach Therese rief, während er sich durch ihr düsteres Wohnzimmer bewegte; er wagte es nicht, sich mit der Lampe seines Smartphones den Weg zu leuchten, er wusste noch ungefähr, wie die wenigen Möbel standen; das längliche Sofa, der Beistelltisch, doch überallhin hatte Therese Kartons mit Sachen gepackt, die sie zu irgendwelchen Kleiderkammern brachte.

Über eine Kiste wäre er beinahe gestolpert, dann war er an der Tür zu dem schmalen Flur angelangt.

Bottesch rief noch immer etwas. Man hatte ihm also nicht geöffnet.

Schiller meinte, einen Schatten wahrzunehmen, der durch den Flur schlich.

Was sollte er tun? Er war im Haus, hatte seine Dienstpistole entsichert in der Hand. Wie konnte er zwei Männer, die vermutlich beide bewaffnet waren, außer Gefecht setzen? In seiner Tasche vibrierte sein Smartphone, das er rechtzeitig auf stumm geschaltet hatte. Birte – sie war höchstwahrscheinlich unterwegs und wollte ihn davon abbringen, etwas Unüberlegtes zu tun.

Schiller spürte, dass er schwitzte. Er hatte keinen Plan, nur das Gefühl, keine Zeit verlieren zu dürfen.

Bottesch rief nichts mehr, er hatte offenbar wieder abgedreht und war auf die Straße zurückgekehrt.

Dann jaulte eine Katze schrill auf; jemand schrie, und der Schatten im Flur jagte an ihm vorbei. Es war Fogt, doch nun ohne Kappe.

In der Küche blitzte ein Licht auf, und dann schoss jemand. Schiller sprang in den Flur. Fogt war im Halbprofil zu sehen. Er stand da und feuerte.

Schiller reagierte, ohne nachzudenken. Während Fogt das zweite Mal schoss, traf er ihn knapp oberhalb des rechten Knies. Der Lärm machte ihn beinahe taub, doch der muskulöse Mann knickte sofort ein und riss überrascht den Kopf herum. Schiller feuerte noch einmal, nun auf dessen Arm mit der Waffe. Er sah, wie Fogt den Mund aufriss, scheinbar ohne einen Schrei auszustoßen. Seine Hand zuckte zurück, als wäre ein Blitz in ihr eingeschlagen, die Waffe fiel zu Boden und schlitterte durch die offene Tür in die Küche. Schiller stürmte heran, die Pistole von sich gestreckt. Mit dem Knie traf er Fogt an der Schulter, sodass der endgültig zu Boden ging, dann sprang er über dessen massigen Körper in die Küche. Grelles Licht ließ den Raum wie eine Bühne aussehen, auf der soeben etwas Schreckliches passiert war. Eine dunkelblonde Frau in einem orangefarbenen Pullover wand sich am Boden, mit blutigen Händen versuchte sie, unter den Tisch zu kriechen, als könnte sie sich da in Sicherheit bringen. Nur vage registrierte Schiller, dass eine Katze fauchend an ihm vorbeihuschte. Klever hatte sich ganz in eine Ecke gedrückt. Er nahm mechanisch die Arme hoch und hatte den Mund geöffnet, ohne jedoch etwas zu sagen.

Mit den Füßen schob Schiller die Pistole weiter, die Fogt fallen gelassen hatte. Doch da, auf dem Tisch, lag noch eine Waffe.

»Halten Sie die Hände weiter hoch und rühren Sie sich nicht«, rief er Klever zu. Seine Worte klangen verzerrt in seinen Ohren, doch nun konnte er weitere Geräusche wahrnehmen; das Wimmern der Frau unter dem Tisch und Fogt, der hinter ihm stöhnte und fluchte und anscheinend versuchte, auf die Beine zu kommen.

Als Schiller sich umdrehte, stand Fogt vor ihm, mit blutigem verzerrtem Gesicht; er hatte seine Hände geballt und wollte sich auf ihn stürzen, doch dann tauchte Bottesch hinter dem muskulösen Mann auf und verpasste ihm einen gezielten Schlag gegen den Hals, der ihn sofort zu Boden brachte.

Einen Moment später vernahm Schiller, verzerrt und blechern, eine leise Frauenstimme. »Großvater, bist du das? Bist du endlich gekommen, um mich zu retten?«

Epilog

Die Trauerhalle auf dem Melatenfriedhof war so voll, dass sich viele Menschen draußen vor den offenen Türen drängten. Am Morgen, nach einer kurzen Nacht und allenfalls drei Stunden Schlaf, hatte Schiller gedacht, dass er kein Wort herausbringen würde, doch nun stand er hier, vor einer Vase mit Sonnenblumen und neben dem braunen Sarg, in dem die tote Therese lag, ihre sterblichen Überreste, wie der Pfarrer erklärt hatte, der vor ihm gesprochen hatte. Ein großes Farbfoto stand neben einer weißen brennenden Kerze; Therese in ihrem babyblauen Wollmantel, ihre braune Ledertasche, ohne die sie kaum jemals das Haus verließ, in der Armbeuge, das Haar wirr und ungekämmt – und dazu ihr mädchenhaftes Lachen und das Funkeln in ihren Augen hinter den dicken Brillengläsern.

Schiller spürte, wie ihm die Kehle eng wurde.

Die Band neben ihm spielte. Hanno hatte sein Versprechen gehalten und die besten Musiker der Stadt organisiert. »My Way« von Frank Sinatra in einer ganz eigenen Version mit einem Saxophon, das Hanno so virtuos einsetzte, dass wirklich jedem die Tränen kamen. Später, zum Abschluss, würde auch noch ein Chor singen, den Hanno an der Musikhochschule aufgetan hatte.

Schiller sah Birte in der zweiten Reihe, neben ihr Max, ganz ungewohnt in einem Anzug und mit gegelten zurückgekämmten Haaren. Auch Nadine war da, ganz außen, ihr Blick war völlig konzentriert auf ihn gerichtet, und kaum spürte sie, dass Schiller sie ansah, lächelte sie. Henning Broder saß neben ihr, in einem roten Jackett stach er aus den Trauergästen heraus. Danuta hatte sich bei ihm eingehakt, sie hatte ihre Haare hochgesteckt und sah völlig verändert aus. Maria neben ihr hielt sich ein Taschentuch vor das Gesicht und weinte hemmungslos.

Schillers Blick kehrte zu Nadine zurück. Wieder schickte sie ihm ein Lächeln, als würde sie einen Impuls empfinden, sobald er seine Augen auf sie richtete. Ja, er liebte sie, er war sich nun ganz sicher. Er hatte mit Therese einen geliebten Menschen verloren und gleichzeitig einen anderen gewonnen. Nein, hörte er die alte Hebamme in seinem Kopf, du hast mich doch gar nicht verloren, dummer Junge.

Als er um vier Uhr am Samstagmorgen zurück in die Wohnung gekommen war, hatte Nadine ihn wortlos umarmt, und dann hatten sie fast zwanzig Minuten zusammen geduscht. Erst danach hatten sie geredet. Jede Kleinigkeit, die in Thereses Haus geschehen war, hatte er ihr geschildert – auch seine Angst, dass alles hätte schiefgehen können, weil er gegen jeden Plan und gegen jede Vorschrift gehandelt hatte.

Auch Hermann Bottesch konnte Schiller im dunklen Meer der Trauergäste ausmachen. Der alte Mann hatte vermutlich keine Minute geschlafen. Seine Enkelin lag im Krankenhaus, Fogt hatte ihr in die Schulter geschossen; sie hatte eine Menge Blut verloren, doch es bestand keine Lebensgefahr. Auch für Fogt nicht, der noch im Krankenwagen vor Wut so randaliert hatte, dass man ihm ein Beruhigungsmittel hatte verabreichen müssen.

Zehn Minuten nachdem die Schüsse gefallen waren, war Birte mit zwei Ambulanzen und drei Streifenwagen am Tatort eingetroffen. Klever hatte sich widerstandlos festnehmen lassen. Später im Präsidium, nach drei Tassen Kaffee, hatte er geredet; alles sei aus dem Ruder gelaufen, es sei ihm doch mit dieser Gruppe Treues Cölln nur darum gegangen, zu helfen; es gebe so viele Paare, die keine Kinder bekommen könnten; seine eigene Frau sei darüber depressiv geworden. Für den Tod von Irina Schlattner sei Fogt verantwortlich; er habe sie zu seiner Geliebten gemacht und dann bei einem Streit getötet.

»Warum mussten es immer Frauen aus Rumänien sein?«, hatte Birte gefragt.

Überrascht hatte Klever aufgeblickt, als würde er den Sinn dieser Frage nicht verstehen. »Weil wir deutsche Kinder haben wollten«, hatte er dann geantwortet. Dreizehn Eizellenspenderinnen hatten Fogt und er über einen Mittelsmann in den letzten zwei Jahren aus Rumänien geholt; ein gutes Geschäft, von dem die Frauen erst in Köln erfahren hatten. Eingeschüchtert, wie sie waren, hatten sich alle darauf eingelassen. Die meisten Spenden waren an Leihmütter in die Ukraine gegangen.

Fitschen, der Kriminaldirektor, und selbst der Staatsanwalt Dr. Schroeter waren noch in der Nacht gekommen. Anders als Birte, die ihm den Einsatz und seinen Alleingang offenkundig übel nahm, hatten sie Schiller zu der ungewöhnlichen Aktion gratuliert. Die Bedenken und die Vorwürfe an ihn würden gewiss später noch kommen – da war er ganz sicher.

Hanno, mit dem grauen Zopf und der schwarzen Lederweste, die sein Markenzeichen waren, trat einen Schritt vor und begann ein so grandioses Solo, dass man das Gefühl hatte, gleich würde nicht nur das Dach der Trauerhalle wegfliegen, sondern das ganze Gebäude könnte sich in die Lüfte erheben.

Dann verebbten die letzten Töne. Zuletzt vibrierte ein langer Basston und verwehte in der Trauerhalle, als wäre das ein Zeichen für ihn.

Schiller machte einen Schritt zum Mikrofonständer hin. Er sah den Oberbürgermeister, er sah den Polizeipräsidenten, er sah zwei bekannte Schauspielerinnen, deren Kinder Therese auch auf die Welt gebracht hatte, ein Schriftsteller war da, der Therese einmal für ein Buch interviewt hatte, der Vizepräsident des 1. FC Köln, selbst ein weltberühmter Maler, der kaum mehr sein Haus verließ, war anwesend, und dann, während sein Blick durch die totenstille Trauerhalle streifte, erblickte er Friedbert Frings, den Chorleiter und ehemaligen Geliebten seiner Mutter. Auch Carla war gekommen, ganz hinten in der letzten Reihe, ihr Gesicht unter einem schwarzen Schlapphut verborgen, ihr neuer Freund saß neben ihr.

Nun, sagte Therese in seinem Kopf, nun, min Jung, solltest du allmählich etwas von dir geben, ein oder zwei Sätze, bitte nicht mehr, die Leute haben nicht ewig Zeit.

Er nickte. Ja, verstanden, alte tote Frau.

Er räusperte sich. Sein Blick suchte erst Nadine, dann Broder, der ihm sanft zunickte.

»Einen Engel«, sagte Schiller mit leicht zitternder Stimme, »hatte ich mir als Kind immer anders vorgestellt – nicht mit einem Gebiss, mit langen grauen Haaren, einem alten muffigen Wollmantel und mit einer Strumpfhose, die mindestens drei Löcher hatte, aber als Therese mich zum ersten Mal aus dem Kinderheim abholte, wusste ich schon, dass ich mich geirrt hatte. Niemand sagte so schöne helle, lichte Worte wie sie, niemand konnte wie sie mit einem Lachen Dunkelheit verscheuchen. Und zum Glück sterben Engel nie – auch wenn wir sie nicht mehr sehen können. Alles Gute, Therese, und vielen Dank für so viel unvergesslich Schönes!«

Dank

Mein Dank gilt wieder einmal Hejo Emons, Ulrike Emons, Christel Steinmetz und dem gesamten Team am Kölner Neumarkt. Jeden Tag wird dort bewiesen, wie ein engagierter Verlag arbeitet. Vielen Dank auch an meine Lektorin Marion Heister, die sich nun schon zum neunten Mal um Schiller und Co. kümmern musste.

Die Erfolgsserie von Reinhard Rohn:
Alle Titel sind auch als eBook erhältlich.

Falsche Herzen
ISBN 978-3-89705-601-5

Kölnisch Wasser
ISBN 978-3-89705-722-7

Kölner Lichter
ISBN 978-3-89705-869-9

Barfuß in Köln
ISBN 978-3-89705-992-4

Der Richter von Köln
ISBN 978-3-95451-186-0

Kölner Finale
ISBN 978-3-95451-606-3

Kölner Ringe
ISBN 978-3-7408-0205-9

Die drei Toten von Köln
ISBN 978-3-7408-0525-8